AF398352

Nicoletta Leek ist das Pseudonym der Autorin Nicole Knoblauch. Sie ist fasziniert von romantischen Geschichten und starken Frauenfiguren. Ihre Veröffentlichungen umfassen verschiedene Genres, bei denen es jedoch immer ein verbindendes Element gibt: Die Liebe. Wenn sie nicht schreibt, näht die studierte Germanistin und Historikerin historische Kostüme. Zusammen mit ihrem Mann und ihren zwei Söhnen lebt sie ihr persönliches Happy End im Rhein-Main Gebiet.

NICOLETTA LEEK

LADY PHOEBES STÜRMISCHE SEHNSUCHT

Erstausgabe Juni 2025

Copyright © 2025 dp Verlag, ein Imprint der
dp DIGITAL PUBLISHERS GmbH
Made in Stuttgart with ♥
Alle Rechte vorbehalten

Lady Phoebes stürmische Sehnsucht

ISBN 978-3-98998-601-5
E-Book-ISBN 978-3-98998-604-6

Covergestaltung: Anne Gebhardt
Umschlaggestaltung: ARTC.ore Design

Unter Verwendung von Abbildungen von
elements.envato.com: © digiselector
periodimages.com: © Maria Chronis, VJ Dunraven Productions,
PeriodImages.com
stock.adobe.com: © Danicha, © อาริษา วันดี, © Kimo

Lektorat: Sandra Florean
Satz: dp DIGITAL PUBLISHERS GmbH
Druck und Bindung: Books on Demand GmbH, Norderstedt

So kann es nicht weitergehen

Phoebe

Juni 1820

»Wie schön, dass du hier bist!« Georgina breitete die Arme aus und zog Phoebe an sich, was wegen ihres angeschwollenen Leibes nicht ganz gelingen wollte.

Bis zur Geburt des dritten Kindes sollte es zwar noch fünf Monate dauern, doch man sah es ihr mit jeder neuen Schwangerschaft früher an. Diese Beobachtung verschwieg Phoebe und erwiderte stattdessen die Umarmung.

»Ich freue mich auch.« Das stimmte nur zum Teil. Sie war froh, ihre Schwester zu treffen und bei ihr wohnen zu können. Schließlich hatte sie keine eigene Bleibe und war darauf angewiesen, von Verwandten aufgenommen zu werden.

Deshalb pendelte sie seit zwei Jahren zwischen Sussex, wo ihre Zwillingsschwester Helen lebte, und ihrer älteren Schwester Georgina in Kent. Und ständig war eine schwanger. Fast als hätten sie sich abgesprochen. Wann immer eine der beiden entbunden hatte, traf auch schon die Nachricht der anderen ein, erneut guter Hoffnung zu sein.

Die Geburt von Helens Sohn, ihrem zweiten Kind, war erst neun Wochen her, dementsprechend war Georgina an der Reihe.

Phoebe freute sich ja für ihre Schwestern, aber langsam wurde es ihr zu viel. Für eine Frau, die sich nicht dafür interessierte, Hebamme zu werden, geschweige denn zu heiraten oder Kinder zu bekommen, hatte sie entschieden zu viele Geburten miterlebt.

Das Gefühl, in einer endlosen Schleife der ewig selben Ereignisse gefangen zu sein, verstärkte sich von Tag zu Tag.

»Möchtest du die Kleinen sehen? Henry ist richtig erwachsen geworden und Sophie lernt gerade laufen.«

Phoebe lag es auf der Zunge, zu sagen, dass ein kaum Dreijähriger sicher nicht erwachsen war, verkniff sich jedoch einen spitzzüngigen Kommentar. Mit jungen Eltern über ihre Kinder zu diskutieren war ein Fehler, den sie gelernt hatte, zu vermeiden. Wenn man sich einmal auf so ein Gespräch einließ, endete es erst nach Stunden. Deshalb antwortete sie diplomatisch: »Ich freue mich darauf, die beiden wiederzusehen.«

»Wunderbar.« Georgina hakte sich bei ihr ein. »Gehen wir gleich nach oben und du erzählst mir währenddessen alles über den kleinen Alexander.« Sie seufzte theatralisch. »Ich freue mich für Helen, doch es stimmt mich auch betrüblich, dass wir uns kaum mehr sehen.«

»Dann solltet ihr eure Schwangerschaften besser planen oder mal eine Pause einlegen«, rutschte es Phoebe heraus. Der Versuch, ihre Worte durch ein Lächeln abzumildern, misslang, was sie deutlich an Georginas Gesicht sehen konnte.

»Höre ich da einen gewissen Unmut?« Die Frage kam
nicht verärgert, aber mit Erstaunen.

Phoebe war versucht, zu verneinen, entschied sich jedoch dagegen. Sie kannte sich und wusste, dass sie irgendwann sowieso mit der Wahrheit herausplatzen
würde. Sie war an der Grenze dessen angekommen,
was sie schweigend ertragen konnte. »Vielleicht ein
winziges Bisschen«, sagte sie deshalb vorsichtig und
wartet auf Georginas Reaktion.

Die blieb stehen und griff nach ihrer Hand. »Was ist
denn los?«

»Puh, wo soll ich anfangen?« Sie atmete einmal tief
ein und beschloss, aus dem Bauch heraus zu antworten.
»Seit zwei Jahren reise ich von hier zu Helen und zurück und sehe euch dabei zu, wie ihr eigene Familien
gründet und ein Kind nach dem anderen bekommt.«

»O je.« Georgina schlug die Hand vor den Mund und
bekam diesen Ausdruck in den Augen, der Phoebe
sagte, dass sie besser geschwiegen hätte.

»Wie unsensibel von uns. Wir haben dich davon abgehalten, dein eigenes Glück zu finden. Dir eine eigene
Familie ...«

»Nein, nein, nein, nein!« Phoebe wedelte abwehrend
mit der Hand. »Ich will gewiss nicht heiraten oder gar
eine eigene Familie gründen, nichts läge mir ferner.«
Um ihren Standpunkt zu unterstreichen, schüttelte sie
mehrfach den Kopf. »Ich vermisse, was wir früher gemacht haben: Das Untersuchen und Einordnen von Artefakten, das Lesen von Fachartikeln oder mit dir und
Chadwick darüber zu fachsimpeln. All die Dinge, die
wir in Ägypten getan haben. Und vorher.« Sie biss sich
auf die Unterlippe und sah zu ihrer Schwester.

In deren Gesicht zeigte sich zuerst Überraschung und dann Reue. Nachdenklich strich sie sich über den Bauch. »Ich wusste nicht, dass …«

»Es ist halb so wild«, warf Phoebe ein, die wünschte, sie hätte nie etwas gesagt. »Die Reise war lang und ich hatte zu viel Zeit, auf dumme Gedanken zu kommen. Lass uns zu den Kindern gehen.« Diesmal gelang ihr ein Lächeln, aber sie erkannte an Georginas zusammengekniffenen Augen, dass diese ihr den Sinneswandel nicht abkaufte.

Allerdings sagte sie nichts weiter dazu und Phoebe war froh, fürs Erste davongekommen zu sein. Nur ließen sich ihre Worte nicht mehr zurücknehmen und würden sicher in den nächsten Tagen zu einem unangenehmen Gespräch führen. Zeit genug, um sich die richtigen Argumente sorgsam zurechtzulegen. Denn auch wenn sie sich eine Veränderung sehnlichst wünschte, war sie doch vollständig vom Wohlwollen ihres Vormunds abhängig, und das war niemand anderes als Lord Chadwick, der Ehemann ihrer älteren Schwester.

Eigentlich hatte sie keinen Grund, sich zu beschweren, ihre Schwestern waren stets hilfsbereit gewesen und würden ihr gewiss niemals einen Strick daraus drehen, wenn sie nicht ständig zur Verfügung stand. Dennoch hatte Phoebe das Gefühl, dass sie sich irgendwie revanchieren, sich nützlich machen musste, auch wenn es sie Stück für Stück in den Wahnsinn trieb. Es war eine verzwickte Lage, an der sie niemandem außer sich selbst die Schuld geben konnte und aus der sie trotzdem keinen Ausweg sah.

Curtis

»Clay ist wohlbehalten in New York angekommen und jetzt auf dem Weg nach Westen.« Curtis sah von seiner Mutter zu seinem Vater, der sich jedoch weiter hinter seiner Zeitung versteckte, anstatt zu antworten. Auch seine Mutter tat so, als habe sie ihn nicht gehört, und strich Butter auf ihren Toast.

»Wir ignorieren also weiter, dass er noch am Leben ist?« Diesmal richtete er die Frage an niemand Bestimmten, da er sowieso nicht mit einer Antwort rechnete.

Überraschenderweise reagierte diesmal sein Vater, indem er von seiner Zeitung aufsah. »Seit dem Tag, an dem dein Bruder dieses Schiff betreten hat, habe ich nur noch einen Sohn: dich. Und jetzt will ich nichts weiter hören.« Ein Blick aus stahlgrauen Augen, die so sehr seinen eigenen glichen, traf Curtis.

Seine Mutter blickte ebenfalls auf und ergriff die Chance, ihr Lieblingsthema anzusprechen: »Was uns zu der Frage bringt, wann du endlich gedenkst, deinen Pflichten nachzukommen? Du bist jetzt Lord Griffin und damit geht eine Verantwortung einher.«

Curtis presste die Zähne aufeinander und hieß den Schmerz willkommen, den ein Stück Wange erzeugte, das dazwischen geriet. Er gab ihm die Kraft, ruhig und beherrscht zu antworten. »Das ist mir bewusst, Mutter. Allerdings bin ich erst siebenundzwanzig. Da bleibt genug Zeit, um meine Pflicht zu erfüllen.« Er betonte das Wort absichtlich abfällig, weil er hoffte, die ewig gleiche Diskussion damit abkürzen zu können.

»Das kommt auf die Umstände an«, gab seine Mutter zu bedenken. »Und die haben sich grundlegend geändert. Du bist nicht nur der Erbe des Titels, sondern auch unser einziger verbleibender Sohn. Es ist deine Pflicht, schnellstmöglich für einen Erben zu sorgen.«

Pech gehabt. Sie waren mittendrin in dem leidigen Thema und ein Ende der Diskussion war nicht in Sicht. »Wie gesagt, ich bin noch jung und ...«

»So selbstsüchtig haben wir dich nicht erzogen«, schnitt sie ihm das Wort ab. »Was ist, wenn dir etwas zustößt? Dann geht der Titel an irgendeinen entfernten Verwandten und deine Schwestern stehen mit nichts da.«

»Na ja, nicht direkt, Vater ist ja auch noch da.« Hilfesuchend sah Curtis zu ihm. Der jedoch vermied den Blickkontakt und widmete sich noch intensiver seiner Zeitung. Aus dieser Richtung war offensichtlich keine Schützenhilfe zu erwarten.

»Vater war achtunddreißig, als ihr geheiratet habt«, verteidigte sich Curtis verzweifelt, was ihm einen bösen Seitenblick seines Erzeugers einbrachte, der nun doch seine Zeitung beiseitelegte.

»Glaub mir, mein Sohn, ich wünschte heute, ich hätte früher geheiratet. Dann hätte ich längst Enkel, die das alles hier ...« Es folgte eine weitläufige Bewegung mit der Hand. »... eines Tages erben, und müsste mir nicht euer Gezanke anhören. Hör auf, herumzujammern, und werde deiner Verantwortung gerecht wie ein Mann.«

Curtis hätte einwerfen können, dass seine Eltern bereits drei Enkelkinder hatten, wusste jedoch, wie sinnlos das war. Am Ende waren das alles nur Kinder von Töchtern und damit für den Stammbaum irrelevant.

»Muss ich gleich neun Kinder in die Welt setzen, so wie ihr?«, fragte Curtis. Er hätte den Mund halten sollen, was er meistens tat, doch er war wütend auf seine Eltern wegen ihrer Haltung zu Clay. Sein Bruder war eine Mesalliance mit einem Dienstmädchen eingegangen, nach Amerika ausgewandert und deshalb enterbt worden. Das hatte dazu geführt, dass er, Curtis, der jüngere Sohn, den Titel und die Bürde des Erben übernommen hatte.

»Hüte deine Zunge«, zischte sein Vater. »Nur weil du jetzt den Titel erbst, kannst du dir nicht alles erlauben. Du lebst hier unter meinem Dach und vergiss nicht, dass ich derjenige bin, der dir bisher erlaubt hat, deinen Hirngespinsten nachzujagen. Wenn du dich weiterhin mit deinem Museumskram beschäftigen möchtest, tust du, was deine Mutter von dir verlangt. Wir sind eine angesehene Familie und haben den Sturm der letzten Wochen nur überstanden, weil jedes einzelne Mitglied seinen Beitrag geleistet hat. Deshalb nimmst du an allen Veranstaltungen teil, die deine Mutter für angemessen hält, um heiratswilligen jungen Damen zu begegnen, und bemühst dich, so schnell wie möglich eine passende Ehefrau zu finden. Habe ich mich klar ausgedrückt?«

Erneut biss Curtis die Zähne aufeinander, um nicht die Beherrschung zu verlieren. Es brachte nichts, jetzt einen Streit mit seinen Eltern vom Zaun zu brechen. Sie würden nie verstehen, dass er das Museum jedem gesellschaftlichen Ereignis vorzog. Das Beste war es, freundlich zu nicken, bei ein paar Veranstaltungen aufzutauchen, um seine Mutter zu beruhigen, und ansonsten weiterzuleben wie bisher. Denn eins war sicher: Er hatte nicht vor, in absehbarer Zukunft zu heiraten.

»Wie Ihr wünscht, Vater«, sagte er höflich und erhob sich. »Ich verabschiede mich.« Ohne weitere Erklärung verbeugte er sich kurz in Richtung seiner Eltern und verließ den Raum, um den Tag im Museum zu verbringen.

Drei Monate später

Phoebe

»Lord Hallow hat geschrieben und mich dringend gebeten, nach London zu kommen.« Timothy, Lord Chadwick, schnitt ein Stück Braten ab und sah von Phoebe und zu seiner Frau. »Er hätte gern meine Expertise bei der Einordnung und Registrierung der Fundstücke aus dem Tal der Könige und Abu Simbel.«

Völlig ohne ihr Zutun beschleunigte sich Phoebes Herzschlag. Zum einen, weil sie mit Wehmut an ihre Zeit in Ägypten dachte. Nichts war mit dem Gefühl zu vergleichen, das einen überfiel, wenn man im unendlichen Wüstensand auf Überreste aus längst vergessenen Epochen traf.

Das war die Gelegenheit, auf die sie seit Wochen wartete. Jetzt musste sie alles richtig machen, um eine Chance zu bekommen, dabei sein zu dürfen. Fürs Erste war es jedoch besser, die Reaktion ihrer Schwester abzuwarten.

»Wie lange würde das dauern?« Georgina fuhr sich mit der Hand über den Bauch. Eine Geste, die Phoebe zeigte, wie wenig ihr die Vorstellung gefiel, ihr Mann könne kurz vor der Geburt nach London reisen.

»Ich könnte binnen einer Woche zurück sein, wenn ich mich auf das Wichtigste beschränke. Allerdings gibt es Probleme mit Belzoni. Er plant seine eigene Ausstellung in der Egyptian Hall und hat sich direkt mit den Herren von der Society angelegt. Du weißt ja, wie er ist. Es wäre wirklich besser, wenn jemand, der ihn kennt, vor Ort wäre, um zu vermitteln.«

»Ich helfe gern«, warf Phoebe ein, die den richtigen Zeitpunkt für gekommen hielt, sich in Erinnerung zu bringen. Sie hatte sich stets gut mit Chadwicks Ausgrabungspartner verstanden und wusste, wie mit dem temperamentvollen Italiener umzugehen war.

»Ich wüsste deine Hilfe zu schätzen«, sagte Chadwick langsam. »Und Belzoni würde sich bestimmt auch freuen, dich wiederzusehen. Ich weiß, dass er große Stücke auf dich hält. Allerdings bin ich nicht sicher, ob die Herren der Society davon begeistert wären.«

»Ich verspreche, mich von meiner allerbesten Seite zu zeigen.« Phoebe strahlte ihren Schwager hoffnungsvoll an. »Bei der Ausgrabung in Ägypten haben wir es auch geschafft, die Männer davon zu überzeugen, dass ich weiß, was ich tue. Im Vergleich dazu sind ein paar verstaubte Gelehrte doch ein Klacks.«

»Da wäre außerdem noch die Londoner Gesellschaft«, gab Georgina zu bedenken. »Du kannst dich als ledige Frau nicht mit einer Horde Männer treffen. In Ägypten war es egal, was die Leute hinter deinem Rücken gedacht oder gesagt haben, aber hier wäre es fatal. Nicht nur dein Ruf wäre völlig ruiniert. Es würde auch auf Timothy zurückfallen.«

»Ich nehme eine Anstandsdame mit. Eine, die über jeden Zweifel erhaben ist.« Zu ihrem Leidwesen erkannte Phoebe, dass sie bettelte, doch daran war nichts zu ändern. Sie wollte diesen Besuch in London.

»Das könnte gehen.« Chadwick sah zu Georgina. »Phoebe könnte bei eurer Tante Victoria leben, die mit Sicherheit auch für passende Begleitung sorgen kann.«

Lady Victoria, Viscountess Castleton, war ein an- und gerngesehenes Mitglied des Londoner *ton* und hatte sich gegenüber Phoebe und ihrer Familie in den vergangenen Jahren mehr als großzügig gezeigt. Seit Phoebes erster Saison 1817 war das Haus von Tante und Onkel ein sicherer Anlaufpunkt für sie und ihre Schwestern, wenn sie in London weilten. Wenn sie bei ihr leben konnte, war Georgina bestimmt einverstanden. Theoretisch brauchte sie die Erlaubnis ihrer Schwester nicht, doch in Wirklichkeit war deren Einverständnis das Einzige, was zählte. Denn Phoebe wusste genau, dass ihr Vormund, Lord Chadwick, seiner Ehefrau keinen Wunsch abschlagen konnte.

»Wenn Phoebe ohnehin im British Museum ist, könnte sie Lord Hallow bei der Zuordnung der Fundstücke helfen und ich wäre früher frei, um zurückzukommen«, fuhr Chadwick fort. »Sie kennt sich mit den Artefakten genauso gut aus wie ich. Und Belzoni frisst ihr aus der Hand.«

In diesem Moment erkannte Phoebe, dass sie gewonnen hatte. Georgina würde der Aussicht, dass ihr über alles geliebter Timothy früher nach Hause kam, niemals widerstehen können.

»Phoebe, bist du wirklich sicher, dass du das willst?« Fragend sah Georgina zu ihrer Schwester, die gar nicht schnell genug nicken konnte.

»Wenn ich euch damit helfen kann.«

»Und mit wem würde sie dort arbeiten?«

Phoebe fragte sich, warum ihre Schwester das unbedingt wissen wollte. Für sie spielte es eine untergeordnete Rolle. Sie würde mit Beelzebub persönlich zusammenarbeiten, um der Eintönigkeit ihres momentanen Daseins zu entfliehen. Sie wollte nicht länger die ewige Tante sein. Dass sie es nicht übers Herz brachte, es ihrer Schwester ins Gesicht zu sagen, machte es nicht weniger wahr.

Chadwick verzog kurz den Mund, bevor er antwortete: »Lord Hallow, du erinnerst dich an ihn?«

»Dieser unfreundliche Alte, der keine Zeit mit Höflichkeiten verschwendet?«

»Ich sehe, du weißt, wen ich meine.« Und an Phoebe gewandt fügte er hinzu: »Er mag ein wenig kauzig sein und nimmt kein Blatt vor den Mund, aber er ist äußerst zielorientiert und wird deine Expertise sicher zu schätzen wissen.«

»Ich freue mich darauf, ihn kennenzulernen.« Und das stimmte, denn das klang nach einem Mann, dem ihr Geschlecht egal war.

»Lord Hunting wird sicher auch mit von der Partie sein.«

Die Nennung dieses Namens entlockte beiden Frauen ein Stöhnen. Lord Hunting hatte Georgina vor ihrer Hochzeit mit Chadwick für kurze Zeit den Hof gemacht und Phoebe war ihm bei diesen Besuchen ebenfalls begegnet. Ein Witwer auf der Suche nach einer Ersatzmutter für seine Kinder.

»Ist er denn inzwischen wieder verheiratet?«, fragte sie.

»Soweit ich weiß nicht«, antwortete Chadwick.

Na toll, hoffentlich kam der Mann nicht auf die Idee, ihr den Hof zu machen.

»Nach den Ereignissen um Georginas und meine Eheschließung glaube ich allerdings nicht, dass du Avancen von ihm zu erwarten hast. Er hat sich ja auch vor drei Jahren nicht für dich interessiert, warum sollte sich das geändert haben?«

»Weil er noch verzweifelter ist?«, beantwortete Phoebe die Frage.

»Warum denn verzweifelt?« Chadwick schien ihre Befürchtungen nicht zu teilen. »Er hat einen Erben und seine Älteste feiert im Frühjahr ihr Debüt. Es gibt keinen Grund, warum er dringend heiraten müsste.«

Ein Räuspern von Georgina veranlasste Chadwick, zu seiner Frau zu sehen. »Es gibt da durchaus noch andere Dinge, für die eine Ehefrau gut ist«, bemerkte diese mit einem verschmitzten Lächeln, das in Phoebe ein Kichern aufsteigen ließ.

Das verging ihr allerdings, sobald sie daran dachte, wie unangenehm sie Hunting und sein Werben um Georgina empfunden hatte. Vor ihm musste sie sich in Acht nehmen. »Gibt es noch mehr Männer, die an den Fundstücken arbeiten?«, wechselte sie das Thema.

»Vermutlich noch der junge Lynch. Jüngerer Sohn eines Earls, der seine Zeit ganz den Studien der alten Ägypter widmet. Ich habe bisher nur selten mit ihm zu

tun gehabt. Scheint ein anständiger Kerl zu sein und
ein hervorragender Restaurator. Und das waren alle in
der ägyptischen Abteilung.«

»Das klingt doch nicht schlecht.« Hunting bereitete
ihr Sorgen, doch das wollte sie nicht zugeben. Sie wäre
ja nicht mit ihm allein, sondern in Begleitung einer Anstandsdame und der beiden anderen Herren. Was
konnte da schon schief gehen?

Neue Perspektiven

Phoebe

»Sind wir uns einig?« Tante Victoria bedachte Phoebe mit einem Lächeln, welches verdeutlichte, dass sie keinen Deut von ihren Forderungen abrücken würde.

Sie saßen in einem wundervoll eingerichteten Raum mit hohen Decken, weißen Wänden und großen Fenstern, dem oberen Salon des Londoner Stadthauses, in dem ihre Tante nebst Mann lebte. Phoebe hatte sich hier stets wohlgefühlt.

»Mrs Stroud wird als meine ständige Anstandsdame fungieren«, sagte Phoebe bestätigend. »Ich begleite dich zu jedem gesellschaftlichen Ereignis und zu jeder Veranstaltung, die du für wichtig erachtest, selbst wenn ich dafür der Arbeit fernbleiben muss.« Sie sah ihre Tante ebenfalls mit einem Lächeln an. »Aber ich kann mindestens an jedem zweiten Tag ins Museum.« Das war die einzige Forderung, die sie gestellt hatte, und sie war stolz darauf, sie durchgesetzt zu haben. Hin und wieder mal einen Tag den gesellschaftlichen Pflichten zu opfern, schien ein geringer Preis dafür, dass sie ihrer Passion nachgehen und mit den Fundstücken arbeiten konnte, die sie selbst vor drei Jahren geholfen hatte, dem Wüstensand zu entreißen.

Die Anstandsdame war ein kleiner Wermutstropfen. Nur zehn Jahre älter als Phoebe hätte Mrs Stroud nicht unterschiedlicher sein können. Zwar war sie, genau wie Phoebe, die Tochter eines Landadligen, damit endeten jedoch die Gemeinsamkeiten. Sie hatte in jungen Jahren einen Pfarrer geheiratet, der vor nicht einmal vierundzwanzig Monaten verstorben war. Seitdem verdingte sich Mrs Stroud als Gesellschafterin für junge Damen. Phoebe glaubte nicht, dass sie mit der ewig griesgrämig dreinblickenden Frau gut auskommen würde, doch ihre ständige Anwesenheit war eine von Tante Victorias Bedingungen.

Chadwick war der Unterhaltung bisher stumm gefolgt und rieb sich nun die Hände. »Dann wäre ja alles geklärt und wir können aufbrechen, sobald Mrs Stroud ...« Ein leises Klopfen an der Tür unterbrach ihn und kündigte das Eintreffen der Pfarrerswitwe an. »Wie schön, dass Sie sich zu uns gesellen, Mrs Stroud«, begrüßte er sie, was ihm ein mürrisches Kopfnicken einbrachte.

Einerseits empfand Phoebe eine gewisse Genugtuung darüber, dass diese Frau vollkommen immun gegen Chadwicks Charme zu sein schien. Warum sollte nur sie unter ihr leiden? Andererseits fragte sie sich, ob Mrs Stroud überhaupt dazu in der Lage war, zu lächeln.

Chadwick ignorierte die nach unten gezogenen Mundwinkel geflissentlich und erhob sich. »Brechen wir auf? Ich habe die Kutsche vorfahren lassen und angesichts der Temperaturen dafür gesorgt, dass für die Damen heiße Steine im Inneren bereitliegen.«

»Wie aufmerksam«, sagte Mrs Stroud, ohne dabei die geringste Emotion zu zeigen.

»Gut, ich hole nur noch meinen Mantel.« Fest entschlossen, sich die Laune nicht verderben zu lassen, erhob sich Phoebe und verließ den Salon gemessen, ganz so, wie man es von einer jungen Dame ihres Standes erwartete.

Sobald sie außer Sichtweite war, beschleunigte sie ihre Schritte undamenhaft und erlaubte einem Grinsen, sich auf ihrem Gesicht auszubreiten. Heute war der erste Tag ihres neuen Lebens und sie würde alles daransetzen, bei den Herren der Society einen guten Eindruck zu hinterlassen. Die würden sehen, was sie an ihr hatten. Insgeheim malte sie sich aus, wie man sie am Ende auf Knien anflehte, zu bleiben und dauerhaft für das British Museum zu arbeiten. Ja, das würde ihr gefallen.

»Phoebe, halt dich zurück und lass mich reden, wenigstens heute. Ich ahne, wie sehr du dich eben bei deiner Tante gezügelt hast, und appelliere an dich, es auch den Rest des Tages zu tun.« Chadwick sah sie flehentlich an. »Bitte«, schob er hinterher.

Dank ihrer hervorragenden Laune senkte Phoebe huldvoll den Kopf. Es würde ihr schwerfallen, zu schweigen, doch sie war zuversichtlich, dass sie es schaffen würde.

Neben ihr räusperte sich Mrs Stroud, die damit ihr generelles Missfallen über die Gesamtsituation ausdrückte, es jedoch ironischerweise vorzog, nichts zu sagen.

»Ich benehme mich, versprochen. Die Herren von der Society werden mich lieben«, sagte Phoebe und schenkte ihm ihr strahlendstes Lächeln, das ihn hoffentlich überzeugen würde. Das Schnauben von Mrs Stroud ignorierte sie.

Sie konzentrierte sich lieber auf das warme Kribbeln, welches ihren Körper bei der Vorstellung durchlief, endlich wieder Zeit mit Artefakten aus dem alten Ägypten verbringen zu dürfen.

»Gut.« Ihr Schwager lächelte. »Mein Einfluss reicht weit, aber wenn die Kuratoren sich weigern, mit dir zusammenzuarbeiten, bin selbst ich machtlos.«

»Ich werde mich vornehm zurückhalten«, versprach Phoebe sicher zum hundertsten Mal. »Mit abfälligen Blicken, dummen Witzen, Hohn und Spott komme ich zurecht, das bin ich aus Ägypten gewohnt. Die Herren werden früh genug erkennen, was meine Expertise wert ist.«

»Das sollten sie. Hoffentlich bevor ich nach Hause fahre.«

Das war dann doch recht ambitioniert, denn Chadwick wollte in drei Tagen zurückreisen.

»Ich werde mich gleich vom ersten Tag an unentbehrlich machen. Die werden schon sehen, was ich kann.«

Dieser Kommentar sorgte dafür, dass Chadwick die Brauen hob und Mrs Stroud sich erneut räusperte. Um seine Mundwinkel zuckte es allerdings.

»An deinen fachlichen Fähigkeiten zweifele ich keine Sekunde, meine Liebe. Die Frage ist eher, wie lange du es schaffst, keinen der Gentlemen vor den Kopf zu stoßen.«

Die Kutsche hielt im Hof des British Museums, Phoebe stieg mit einem Lächeln aus und folgte Chadwick hinein. Sie schenkte weder der Architektur des altehrwürdigen Hauses noch den ausgestellten Fundstücken große Beachtung, während sie hinter ihm herlief und sich innerlich für das Kommende wappnete.

In ihrem Rücken spürte sie den strengen Blick der Pfarrersfrau und ihr schauderte bei dem Gedanken, dass sie ab jetzt jeden ihrer Handgriffe beobachten würde. Obwohl sie Mrs Stroud erst vor kurzem kennengelernt hatte, war sie ihr bereits hochgradig unsympathisch. Strenggläubig – nach Phoebes Maßstäben geradezu fanatisch religiös und puritanisch – bestand sie darauf, jeden Morgen und Abend mit ihr in der Bibel zu lesen. Kopfschüttelnd verscheuchte Phoebe den Gedanken an Mrs Stroud. Sie würde lernen, mit ihr auszukommen.

Obwohl es nicht ihr erster Besuch im British Museum war, erfasste ein erneutes Kribbeln ihren Körper. All das Wissen, das an diesem Ort zusammengetragen war, versetzte sie in einen Zustand höchster Erregung. Sie würde ein Teil davon werden und sich beweisen. Endlich.

»Eine Sache noch.« Chadwick blieb so abrupt stehen, dass sie beinahe in ihn hineingelaufen wäre. »Mir wurde mitgeteilt, dass ein weiterer Mitarbeiter die Gruppe verstärkt.« An seinem Tonfall und den leicht nach oben gezogenen Augenbrauen erkannte Phoebe, dass Chadwick den Herren, den er gleich erwähnen würde, nicht sonderlich schätzte.

»Es handelt sich um Archibald Fitzwilliam, den ältesten unehelichen Sohn von Prinz William Henry.«

Diesmal verstand Phoebe das laute Schnauben von Mrs Stroud. Selbst sie hatte von den Eskapaden des Prinzensprosses gehört, obwohl sie nicht viel Zeit in London verbracht hatte. Er hatte einen Ruf als notorischer Schürzenjäger und Spieler.

»Wie es aussieht, hat der Prinz dafür gesorgt, dass Hallow den Jungen unter seine Fittiche nimmt.«

»Den Jungen? Er ist fünfundzwanzig«, murmelte Mrs Stroud. »Alt genug, um sich am Riemen zu reißen, möchte man meinen.«

»Wahre Worte, Mrs Stroud«, sagte Chadwick. »Bitte haben Sie ein besonderes Auge darauf, dass der Mann sich keine unerwünschten Freiheiten erlaubt. Allzu groß wird die Gefahr nicht sein, denn Hallow meinte, dass Fitzwilliam nur selten auftaucht und, selbst wenn er da ist, die meiste Zeit in einer Ecke herumlümmelt und seinen Kater auskuriert. Trotzdem sollte er keine Gelegenheit bekommen, sich Phoebe in unangemessener Weise zu nähern.«

Die Pfarrerswitwe drückte die Schultern durch und hob energisch das Kinn. »Seid unbesorgt, das werde ich zu verhindern wissen.«

Phoebe unterdrückte ein Lächeln und beglückwünschte Chadwick insgeheim zu seinem diplomatischen Geschick. Durch seinen Kommentar hatte Mrs Stroud das Gefühl, eine wichtige Aufgabe zu erfüllen, ohne Phoebe dabei maßregeln zu müssen. Am Ende stellte sie sich vielleicht sogar als nützlich heraus.

So oder so musste sich Phoebe auf andere Dinge konzentrieren, um den Herren Kuratoren so bald wie möglich zu beweisen, wie wertvoll sie für dieses Projekt war.

Curtis

»Sie kommen«, rief Lord Hunting mit einer Aufregung in der Stimme, die der Situation völlig unangemessen war.

Sicher, der Earl of Chadwick, welcher von seinen Kollegen mit einem solchen Enthusiasmus erwartet wurde, hatte die Ausgrabung in Ägypten geleitet, deren Artefakte sie augenblicklich untersuchten. Einige seiner Funde waren höchst interessant, möglicherweise einzigartig, wie ein erster schneller Blick darauf verraten hatte. Doch war das die Aufregung um seine heutige Ankunft im British Museum wert? Sicher nicht!

Für die Erhaltung von Wissen – was eines der wichtigsten Ziele überhaupt war – brauchte es Männer wie Chadwick, die die Feldarbeit leisteten. Und Männer wie ihn, Curtis, die sich darum kümmerten, dass die Fundstücke untersucht, vermessen, in einen zeitlichen Zusammenhang gebracht, katalogisiert und gegebenenfalls präpariert wurden. Das geschah am besten hier in dieser Halle mit ihren großen Fenstern auf beiden Seiten, die möglichst lange Tageslicht schenkten.

»Hat er sein Mündel mitgebracht?« Die Frage kam in mürrischem Ton vom alten Lord Hallow, der eine kleine Statuette beäugte, die er einer der Kisten entnommen hatte.

Etwa einhundertfünfzig dieser Kisten standen in einer Ecke des Raumes, fein säuberlich gestapelt, und warteten darauf, von ihnen geöffnet zu werden. Geordnet geöffnet. Nur mit Mühe unterdrückte Curtis das Verlangen, Hallow die Statuette aus der Hand zu reißen und sie zurückzulegen. Solange die Artefakte nicht ordnungsgemäß ins Verzeichnis aufgenommen waren, hatten sie in den Kisten zu verbleiben. Hallow sollte das selbst am besten wissen.

»Ja«, antwortete Hunting und gab seiner Missbilligung durch Kopfschütteln Ausdruck. »Wir haben geahnt, dass es so kommen würde.«

»Sie hat hier nichts verloren.« Der ältere Hallow schnaubte und Curtis musste den beiden recht geben.

»Glaubt ihr, dass sie wirklich maßgeblich an der Ausgrabung des Tempels von Abu Simbel und gleich zwei Gräbern im Tal der Könige beteiligt war?«, fragte Hunting jetzt und schüttelte, schon während er sprach, abermals den Kopf.

»Das erscheint mir doch ein wenig übertrieben«, meldete sich Curtis zum ersten Mal zu Wort. Er kannte sich mit Frauen aus, kein Wunder, war er doch mit sieben Schwestern aufgewachsen. »Mal ehrlich, wie hätte man sich das vorzustellen?« Er sah in die Runde und erntete ein Schnauben von Hunting, ein Schulterzucken von Hallow und ein Kopfschütteln von Fitzwilliam, der sich gelangweilt und offensichtlich verkatert auf einem Stuhl fläzte. »Genau, es ist schlicht und ergreifend nicht vorstellbar«, bekräftigte Curtis seine Worte. »Zufällig habe ich bei meiner Grande Tour vor einigen Jahren die Pyramiden besucht. Ich weiß also, wovon ich spreche. Die Hitze in diesem Land ist absolut unerträglich.«

»Dem stimme ich zu«, sagte Hallow. »Genau wie Ihr habe ich die Strapazen auf mich genommen, um das Ursprungsland der Zivilisation einmal mit eigenen Augen gesehen zu haben. Es verleiht eine besondere Perspektive auf die Ausstellungsstücke, mit denen wir hier arbeiten. Aber die Hitze ist selbst für einen gestandenen Mann zu viel, besonders wenn er dazu körperliche Arbeit verrichten soll. Völlig unmöglich für ein zartes Frauenzimmer. Falls sie wirklich dort war, hat sie bestenfalls im Schatten gesessen und sich Luft zugefächelt.«

»Ganz meine Meinung«, stimmte Curtis zu und sah zu Hunting, von dem alle Anwesenden wussten, dass er England zeitlebens nie verlassen hatte und das auch nie tun würde. »Nach meiner Ägyptenreise habe ich beschlossen, dass ich in England besser aufgehoben bin. Vorzugsweise in einem Gebäude. Frische Luft und Natur werden deutlich überbewertet.«

»Hört, hört«, antworteten die anderen Männer gleichzeitig und nickten zustimmend.

Vorsichtig streckte Curtis seinen Nacken und dachte an den Mann, der gleich eintreten würde. Chadwick war das genaue Gegenteil von ihm. Der Earl liebte es, im Freien zu arbeiten, und ließ jedes Mal, wenn er hier war, die Fenster öffnen, was dazu führte, dass sich jede Menge Getier in die Räumlichkeiten verirrte. Äußerst lästig. Curtis für seinen Teil war froh, wenn er wieder verschwand.

Allerdings hatte er großen Respekt vor Chadwicks fachlicher Meinung. Wenn es um die alten Ägypter ging, war er der einzige Engländer, der sich mit Curtis messen konnte. Für die Hartnäckigkeit des Earls sein Mündel betreffend konnte es nur zwei Gründe geben: Entweder war sie wirklich so brillant, wie Chadwick behauptete – was eher unwahrscheinlich schien. Oder Chadwick wollte seiner Frau einen Gefallen tun, die er über alle Maßen vergötterte, wenn man dem Klatsch glauben durfte. Das erzählten zumindest Curtis' Schwestern, auf die in solcherlei Dingen Verlass war.

»Vermutlich wird dieser Miss Phoebe nach wenigen Tagen langweilig und wir sind sie los«, sagte er deshalb ruhig. Abwarten war meist eine gute Strategie. Häufig lösten sich Probleme auf die ein oder andere Weise von selbst. Und falls nicht, war immer noch Zeit, zu handeln. Was brachte es, sich den Kopf zu zerbrechen? Er hatte der Angelegenheit schon zu viel Zeit gewidmet.

Also senkte er den Blick und widmete sich den Scherben auf seinem Tisch. Seiner Vermutung nach handelte es sich um Kanopen, die häufig aus Alabaster bestanden. Allerdings fehlten die typischen, Tierköpfen nachempfundenen Deckel und die unterschiedlichen Farbschattierungen brachten ihn an seine Grenzen. Es würde ihn all seine Konzentration kosten, sie zusammenzusetzen. Solange diese Frau ihn dabei nicht störte, konnte er sie ignorieren, bis unweigerlich das geschah, was er prophezeit hatte: Sie würde das Interesse verlieren und sich schnell wieder dem widmen, was Frauen den lieben langen Tag eben so taten.

»Kennt einer von euch diese Miss Phoebe?« Die Frage kam von Archibald Fitzwilliam, der in den zwei Wochen, seit er hier arbeitete, absolut nichts beigetragen hatte.

Curtis hätte gewettet, dass der Mann eine ägyptische Statuette nicht von einer griechischen unterscheiden konnte, selbst wenn man ihn mit der Nase darauf stieß. Nutzlos auf ganzer Linie. Aber der Prinz hatte den Wunsch geäußert, seinen Sohn hier zu beschäftigen, und die Bitte eines Prinzen lehnte man nicht ab.

Curtis sah zu dem Prinzensohn. Obwohl beinahe im gleichen Alter, hatten sie nichts gemeinsam. Curtis' Meinung nach war Fitzwilliam am hilfreichsten, wenn er nicht im Museum erschien und stattdessen zu Hause seinen Rausch ausschlief, was glücklicherweise häufig vorkam.

Nur heute leider nicht.

»Ich bin ihr ein paarmal begegnet«, sagte Hunting und trat vom Fenster weg. »Sie ist eine eher plumpe Erscheinung wie all ihre Schwestern.«

Curtis hätte erwidern können, dass die drei Heart-Schwestern allgemein als echte Schönheiten galten, und die zwei anderen gute Partien gemacht hatten, doch er schwieg. Er hatte keinerlei Bedürfnis, den gesellschaftlichen Klatsch und Tratsch weiterzuverbreiten, dem er zu Hause durch seine Mutter und seine Schwestern fortwährend ausgesetzt war.

»Das sagt Ihr nur, weil Ihr früher mal hinter Chadwicks Frau her wart und sie Euch einen Korb gegeben hat«, erklang die Stimme von Hallow, der freundlicherweise die Statuette zurückgelegt hatte.

Huntings Ohren röteten sich und er zupfte mit der linken Hand an seiner Weste, die ihm um den Bauch herum langsam zu eng wurde. »Ich habe sie lediglich ein wenig besser kennenlernen wollen, aber relativ schnell festgestellt, dass die Frau nichts für einen Mann wie mich ist.« Er reckte das Kinn nach vorn. »Waren wir uns nicht einig, dass diese Frau und ihre Schwestern sich zu viel herausnehmen und sich in Dinge einmischen, die ...«

»Ja, ja«, unterbrach ihn Hallow. »Blaustrümpfe, allesamt, daran besteht kein Zweifel. Aber attraktiv.« Seine Worte unterstützte er mit einem Nicken.

Curtis verfolgte den Wortwechsel nur mit halbem Ohr, da die Attraktivität dieser Damen das letzte war, was ihn interessierte. Hübsch, hässlich, intelligent oder dumm – seine Zeit war begrenzt und am Ende zählte nur, dass er in Ruhe arbeiten konnte.

Von exzentrischen Frauenzimmern

Phoebe

Chadwick warf ihr einen letzten warnenden Blick zu und öffnete dann die Tür.

Mit einem Lächeln auf den Lippen trat sie gemessenen Schrittes ein und sah sich dabei um, auch wenn es ihr schwerfiel, ruhig zu bleiben. Am liebsten wäre sie auf und ab gehüpft, um alles besser überblicken zu können. An der gegenüberliegenden Wand standen große und kleine Transportkisten so gestapelt, dass sie die vielen Fenster nicht verdeckten. Die Holzvertäfelung dazwischen, in derselben Farbe gehalten wie die Decke und der Boden, erinnerte Phoebe an die Bibliothek auf Chadwicks Landgut. Sie gab der Halle eine Aura von Gelehrtheit, in der sich Phoebe spontan wohlfühlte. In der Mitte standen in zwei Reihen lange Tische, die wohl der Arbeit dienten. Sie erkannte einige Stücke, die sie selbst dem Wüstensand abgetrotzt hatte. In ihren Fingerspitzen breitete sich das Kribbeln weiter aus. Es zog sie zu den Artefakten. Denn das Einzige, was besser war, als der Versuch, ihnen ihre Geheimnisse zu entlocken, war die Genugtuung, es geschafft zu haben.

Doch bis es so weit war, würde es noch dauern. Die Männer, die ihr entgegenblickten, wirkten wenig begeistert von ihrer Anwesenheit. Das war zu erwarten gewesen und sie straffte die Schultern.

»Chadwick, welch eine Freude, Euch in London zu wissen«, kam es von Lord Hunting, der allerdings nicht Chadwick, sondern sie ins Auge fasste. »Wie ich sehe, habt Ihr Euer Mündel mitgebracht.« Sein Blick streifte ihr Gesicht und wanderte dann ihren Körper herab und herauf, um am Ende auf ihren Brüsten zu verweilen.

Nur mit Mühe gelang es Phoebe, ein Augenrollen zu unterdrücken. Stattdessen behielt sie ihr Lächeln bei und deutete einen Knicks in seine Richtung an.

»Das habe ich in der Tat«, sagte Chadwick sanft. »Meine Herren!« Diesmal klang seine Stimme laut durch den Raum. »Darf ich vorstellen: Miss Phoebe Heart. Was das Wissen über die alten Ägypter angeht, seid versichert, dass sie es mit jedem von uns aufnehmen kann. Sie hatte maßgeblichen Anteil an den Ausgrabungen, deren Ergebnisse Ihnen nun vorliegen, weshalb ich die anwesenden Gentlemen bitten möchte, ihr offen und mit gebührendem Respekt zu begegnen. Sie hat sich freundlicherweise bereit erklärt, uns mit ihrer Expertise zu unterstützen, und wir wären Narren, dieses großzügige Angebot abzulehnen.«

»Hört, hört!« Gesprochen hatte das älteste Mitglied der Gruppe. Das musste Lord Hallow sein. »Können wir jetzt mit der Arbeit beginnen? Unsere Zeit auf Erden ist begrenzt und ich werde leider nicht jünger.« Ohne auf eine Antwort zu warten, wandte er sich an Phoebe. »Ihr könnt Griffin zur Hand gehen, diese Scherben zusammenzusetzen. Er müht sich bereits den ganzen Vormittag damit ab und scheint nicht recht voranzukommen. Euer Wachhund ...« Er zeigte auf Mrs Stroud. »... kann dort Platz nehmen.«

»Aber sollte sie nicht erst ...«, begann Hunting, doch Hallow schüttelte mehrfach den Kopf und wedelte verneinend mit der Hand in seine Richtung.

»Sie soll sich nützlich machen. Genau wie alle anderen.« Er warf einen strengen Blick in die Runde. »Hunting und Fitzwilliam sortieren weiter die Kisten. Sie müssen nach Fundorten gruppiert werden. Und, Chadwick, Ihr könnt mir bei der Erstellung der Inventarlisten helfen.«

Phoebe hatte Mühe, ein Kichern zu unterdrücken. Lord Hallow gefiel ihr. Er nahm das Zepter in die Hand und schien sich keinen Deut darum zu scheren, was andere über ihn dachten. Nicht einmal Chadwick widersprach ihm, aber Phoebe sah auch in seinen Zügen Amüsement aufblitzen. Sie nickte kurz in seine Richtung und wandte sich dann dem Mann zu, den Hallow als Griffin bezeichnet hatte. Merkwürdig, Chadwick hatte den Namen vorher nicht erwähnt, hier hatte sich wohl einiges geändert, von dem er nichts wusste.

Wie zur Bestätigung ertönte Chadwicks Stimme hinter ihr. »Entschuldige, Phoebe«, rief er, während er zu ihr eilte. »Lord Hallow hat mich gerade darüber informiert, dass der ehrenwerte Mr Lynch inzwischen den Titel des Viscount Griffin trägt.« Er hatte Phoebe erreicht und sah hinüber zu dem Mann, der zwei Scherben in seinen Händen musterte und sie beide nicht beachtete. »Nur damit du dich nicht wunderst, meine

Liebe. Ich überlasse dich dann mal seiner fachkundigen Anleitung.« Mit diesen Worten wandte er sich ab und Phoebe sah erneut zu dem Mann am Arbeitstisch.

Den Blick auf die Scherben gerichtet, tat er so, als würde er sie nicht bemerken. Gut, das gab ihr Gelegenheit, ihn eingehend zu mustern. Im Gegensatz zu Hallow und Hunting war er nicht viel älter als sie, höchstens dreißig, und dazu irritierend gutaussehend. Die gerade Nase, sein kantiges Kinn und das leicht gewellte Haar gaben ihm das Aussehen eines römischen Kaisers, was gemeinhin als attraktiv galt. Allerdings war da noch etwas anderes, was sie ansprach. Sie hätte es nicht in Worte fassen können, doch ihr Herzschlag beschleunigte sich ein wenig, begleitet von einer unbekannten Wärme, die sich in ihrer Brust ausbreitete und ihren Hals hinaufzuschleichen schien.

Bis heute war ihr noch nie ein Mann begegnet, der solche Gefühle in ihr ausgelöst hatte. Waren das etwa romantische Anwandlungen? Um der Wahrheit die Ehre zu geben, wusste sie es nicht genau, denn sie konnte sich nicht erinnern, in den zweiundzwanzig Jahren ihres jungen Lebens jemals romantische Gefühle für irgendwen verspürt zu haben. Nein, das war absurd, sicher war das nur die Aufregung, endlich hier sein zu dürfen. Ein bisschen wie Lampenfieber, bevor man ein Lied oder ein Gedicht vortrug.

Griffin ignorierte sie immer noch, weshalb sie neben ihn trat und einen Blick auf die vielen Scherben warf, die er vor sich ausgebreitet hatte und nach Größe sortierte.

Wenn sie an das dachte, was Chadwick ihr eingebläut hatte, war es vielleicht das Beste, den Mund zu halten und erst einmal nur zu beobachten. Andererseits wäre es fahrlässig, nicht auf das Offensichtliche hinzuweisen, das Griffin offenbar bisher entgangen war. Ein Mann der Wissenschaft würde das bestimmt zu schätzen wissen.

»Ihr geht die Sache falsch an«, sagte sie deshalb und zeigte auf die Scherben. »Das sind Bruchstücke von zwei verschiedenen Kanopen. Seht Ihr den leichten Unterschied in der farblichen Schattierung?« Sie deutet auf zwei bauchige Bruchstücke. »Der Alabaster hier weist mehr Roteinschüsse auf. Außerdem findet man auf diesem eine …«

»Entschuldigung?« Lord Griffin hob nun doch den Kopf und sah sie aus zusammengekniffenen Augen an.

»Ja?«, fragte sie unschuldig und war sich gleichzeitig klar, wo seiner Meinung nach ihr Fauxpas lag. Allerdings hatte sie die Erfahrung gemacht, dass es Männern gegenüber leichter war, einfach zu sagen, was sie wusste. Darauf, dass man ihr das Wort erteilte, konnte sie bis zum Sankt-Nimmerleins-Tag warten.

»Wie kommt Ihr darauf, dass …«

»Ich habe die Stücke selbst gefunden, sie stammen aus unterschiedlichen Gräbern«, unterbrach sie ihn. »Ich nehme an, das ist der Grund, warum ich Euch behilflich sein soll. Macht Euch keine Vorwürfe, Euer Fehler ist nur natürlich, wenn man bedenkt …«

»Fehler?« Seine Augen verengten sich weiter und er richtete sich zu seiner vollen Größe auf.

Das zwang Phoebe, den Kopf ins Genick zu legen, um ihn ansehen zu können. Dennoch zeigte der bedrohliche Unterton in seiner Stimme keine Wirkung bei ihr. »Fehleinschätzung, wenn Euch das lieber ist«, lenkte sie trotzdem ein. »Irgendjemand ohne Sinn und Verstand scheint die Kanopenbruchstücke in eine Kiste gepackt zu haben, vermutlich weil sie sich optisch ähneln.«

»Kanopen?« Auch dieses männliche Verhaltensmuster kannte sie zur Genüge. Er versuchte, das Thema zu wechseln, um von seinem Fehler abzulenken.

Sie zählte im Stillen bis drei, um ruhig antworten zu können. »Ja, Kanopen. Man könnte auch sagen, dass es sich bei Kanopen um Krüge handelt, die ...«

»Also sind es Krüge?« Seine Gesichtszüge hatten sich geglättet, er hob lediglich leicht die Brauen. Um sein Missfallen auszudrücken? Worüber?

»Im weitesten Sinne«, gab sie zu. »Die alten Ägypter bewahrten in ihnen die Eingeweide der Mumifizierten auf. Im Allgemeinen ...«

»Eingeweide?« Als Reaktion bildeten sich auf seiner Stirn kleine Falten, was sie positiv bewertete.

Sie hatte Männer erlebt, die grün im Gesicht wurden, wenn sie anfing, von Innereien zu erzählen. Allerdings hatte sie langsam das Gefühl, dass er sie provozieren wollte. Warum sonst wiederholte er nur ein oder zwei Worte aus ihren Sätzen? Wie dem auch sei, sie würde ruhig bleiben und sich auf die Fakten beschränken.

»Magen, Leber, Lunge und Gedärme«, zählte sie an den Fingern ab. »Für die Mumifizierung ist es wichtig, dass diese ...«

»Woher wollt Ihr wissen, dass es sich nicht um die Überreste einfacher Vorratskrüge handelt? Nahrung war als Grabbeilage weit verbreitet.«

»Aber doch nicht in Alabasterkrügen«, erklärte sie ruhig, auch wenn sich in ihr mehr und mehr der Wunsch aufbaute, ihn für seine ständigen Unterbrechungen zurechtzuweisen. »Nahrung lagerte man eher in Tonkrügen. Wenn Ihr mich einmal ausreden lassen würdet, hätte ich Euch längst erklärt, dass man in den meisten Gräbern vier Kanopen findet, deren Deckel wie Tierköpfe geformt sind. Diese stellen Götter dar und ...«

»Alles schön und gut, aber wo seht Ihr hier Fragmente von solchen Deckeln, wenn ich fragen darf?«

War das zu fassen? Attraktivität hin oder her, offensichtlich war dieser Mann unfähig, sie ausreden zu lassen. Er schien einer Art zwanghaftem Wahn verfallen, der ihn dazu trieb, sie ständig zu unterbrechen und neue Fragen zu stellen.

»Die habe ich zusammen mit diesen Scherben gefunden, verpackt und gekennzeichnet. Ich kann nichts dafür, wenn Ihr sie noch nicht ausgepackt habt.«

»In der Kiste waren aber keine anderen Scherben«, erwiderte er und verschränkte die Arme vor der Brust.

Phoebe seufzte einmal tief. »Wie ich bereits sagte, da muss ein Fehler beim Packen der Kisten passiert sein.« Sollte sie anbieten, die restlichen Scherben und Deckel ausfindig zu machen? Oder darauf warten, dass er sie dazu aufforderte? Das erschien ihr der geschicktere Weg. Besser er glaubte, dass es seine Idee war. Männer liebten es, ihren Willen durchzusetzen und andere herumzukommandieren, das hatte Phoebe früh gelernt. Und dieses Exemplar schien da keine Ausnahme zu bilden. Ihre Mundwinkel hoben sich. Auch wenn Griffin sich störrisch gab, war die Herausforderung doch nach ihrem Geschmack.

Zumindest hatte diese Frau eine rudimentäre Vorstellung von dem, was sich da vor ihnen auf dem Tisch ausbreitete. Und es schien sie kein bisschen zu interessieren, dass er inzwischen Lord Griffin war, oder warum. Offensichtlich war der Skandal um seinen Bruder an ihr vorbeigegangen. Erstaunlich für eine Dame der gehobenen Gesellschaft. Des Weiteren sprach sie völlig unbefangen über Eingeweide und Gedärme, als wäre nichts dabei. Insgesamt äußerst undamenhaft. Er musste zugeben, dass er nie eine Frau wie sie getroffen hatte. Zum Glück. Wie enervierend wäre eine Welt, in der Frauen sich ständig in Männerdinge einmischten.

Ihre Neigung zum Plappern teilte sie allerdings mit ihrem Geschlecht, was auf eine gewisse Art beruhigend war. Wie alle Frauen schien sie völlig außerstande, kurz und präzise zu formulieren, was sie zu sagen hatte.

Zugegeben, sie hatte erkannt, was ihm entgangen war. Nämlich, dass es sich bei den Scherben auf seinem Tisch um zwei verschiedene Sätze Kanopen handelte. Er sah zu ihr und erwog den Gedanken, dass sie möglicherweise ein klein wenig hilfreich sein konnte.

»Wenn Ihr diese Scherben ausgegraben und verpackt habt, sollte es Euch doch möglich sein, den Rest zu finden und mir zu bringen?« Er sah zu Fitzwilliam und Hunting, die dabei waren, die nächste Kiste zu öffnen und auszupacken. »Meine ewige Dankbarkeit wäre Euch gewiss, wenn Ihr die beiden Gentleman dort drüben in ihren Bemühungen unterstützen könntet.« Stolz auf seinen Vorschlag lächelte er. Damit beseitigte er gleich zwei Probleme auf einmal. Miss Phoebe war zu beschäftigt, um ihn weiter zu belästigen, und gleichzeitig bestand eine Chance, eventuell fehlende Scherben schneller auf seinen Tisch zu bekommen. Ein Gewinn, egal wie man es drehte und wendete.

»Ist mir ein Vergnügen«, sagte sie mit einem strahlenden Lächeln und verschwand ohne Widerworte in Richtung der Kistenstapel.

Curtis beglückwünschte sich zu seiner Idee, sah ihr jedoch mit gerunzelter Stirn nach. Warum hatte er das Gefühl, dass sie ihren Willen bekommen hatte und nicht er? Im Grunde konnte es ihm egal sein. Was zählte, war das Ergebnis.

Schulterzuckend richtete er seine Aufmerksamkeit wieder auf die Scherben vor sich. Diesmal achtete er auf die Schattierungen und teilte sie richtig auf.

Seine Konzentration wurde allerdings auf eine harte Probe gestellt, denn ständig wanderte sein Blick zu Miss Phoebe, die just in diesem Moment mit einem Brecheisen in beiden Händen eine Kiste aufstemmte. Offenbar befand sie es nicht für nötig, einen der anwesenden Herren dabei um Hilfe zu bitten. Was für ein exzentrisches Ding sie doch war.

Die Holzspäne auf ihrem Kleid schienen ihr nicht das Geringste auszumachen und auch mit dem Stroh und restlichen Verpackungsmaterial zeigte sie keinerlei Berührungsängste. Ihre Anstandsdame verzog zwar missbilligend das Gesicht, doch Miss Phoebe ignorierte das konsequent. Stattdessen beugte sie sich über die Kiste und wühlte mit den Händen darin, vermutlich auf der Suche nach den Kanopendeckeln.

Curtis' Blick ging zu Fitzwilliam, der sich am anderen Ende des Raumes über die Holzsplitter auf seiner Weste beschwerte.

Man konnte diese Miss Phoebe wahrhaftig nicht als Dame bezeichnen. Ihr Verhalten war nicht nur ungebührlich, sondern auch in höchstem Maße irritierend und lenkte massiv von der Arbeit ab. Das konnte so nicht weitergehen. Es war an der Zeit, die Taktik zu ändern und dafür zu sorgen, dass sie verschwand. Er würde sie so lange auf ihre Fehler und Unzulänglichkeiten hinweisen, bis sie frustriert aufgab. Nichts leichter als das.

Phoebe

Es dauerte gut eine halbe Stunde, bis sie gefunden hatte, wonach sie suchte. Die restlichen Scherben befanden sich in einer Kiste, die versehentlich dem Tempel von Abu Simbel zugeordnet worden war.

Sie trug sie zu Lord Griffin an den Tisch, stellte sie ab und konnte ein triumphierendes Lächeln nicht unterdrücken. »Hier sind sie«, sagte sie und begann, die Scherben neben denen auszubreiten, die er neu angeordnet hatte. Diesmal nach Farbe getrennt.

»Was macht Ihr da?«, fragte er offensichtlich irritiert und sie musste ein weiteres Mal an sich halten, nicht die Augen zu verdrehen.

»Ich ordne die restlichen Scherben den richtigen Kanopen zu. Da ich sie bereits einmal sortiert habe, dachte ich ...«

»Ihr seid nicht zum Denken hier«, blaffte er, »sondern um mir zu helfen.«

»Genau das tue ich doch. Ich bin schneller, wenn …«

»Ihr geht die Sache falsch an.«

»Falsch? Was ist falsch daran, zusammenzulegen, was zusammengehört?«

»Ihr redet davon, Zeit zu sparen. Dann müsst Ihr die Scherben der Größe nach sortieren. So ist es leichter, sie später zusammenzusetzen. Zuerst die großen Stücke, ergänzt durch die kleineren.« Er griff nach zwei recht großen, bauchigen Bruchstücken und hielt sie aneinander. »Seht Ihr, wie sie hier und hier passen?«

Zögerlich nickte sie, murmelte allerdings: »Ich kann sie auch noch später nach Größe sortieren«, was ihr ein Schnauben von Griffin einbrachte.

»Könntet Ihr, aber so ist es effektiver. Und darum ging es Euch doch.« Sein Blick schweifte über die Sammlung. »Sind das jetzt alle Kanopenteile?«

Phoebe kniff die Augen zusammen. Vorhin hatte er so getan, als kenne er das Wort nicht und wisse nicht, was eine Kanope sei. Entweder lernte er sehr schnell oder er hatte sich absichtlich dumm gestellt, um sie zu testen. Sie war geneigt, das zweite zu vermuten, und ging davon aus, dass der Verzicht auf weitere Spielchen seine Art war, ihre Fachkenntnis stillschweigend anzuerkennen. Phoebe wusste aus Erfahrung, dass es Männern oft schwerfiel, ihre Anerkennung in Worte zu fassen. Sie entschied, dass sie mit Griffins unausgesprochenem Lob gut leben konnte.

»Ja, das sind alle«, antwortete sie deshalb freundlich.

»Seid Ihr sicher?«

»Natürlich! Ich habe sie ausge…«

»Das sagtet Ihr bereits«, herrschte er sie an. »Dann macht Euch nützlich. Die Bruchstücke sortieren sich nicht von selbst.«

Innerlich bis zehn zählend tat sie, was er sagte, doch es fiel ihr schwer, über seine Unhöflichkeit hinwegzusehen. Zumal sie nicht einschätzen konnte, woher sie plötzlich kam. War es, weil sie Dinge über diese Ausgrabung wusste, die ihm unbekannt waren? Hatte er selbst gern dabei sein wollen? Seufzend musste sie sich eingestehen, dass sie ihn nicht gut genug kannte, um zu beurteilen, was in ihm vorging.

»Der Größe nach sortieren habe ich gesagt«, kam es ungehalten von ihrer rechten Seite. Er beugte sich zu ihr herüber und vertauschte zwei Bruchstücke, bei denen kein echter Größenunterschied erkennbar war.

Nett und freundlich bleiben, sagte sie sich im Stillen. Wenn er so genau wusste, was er wollte, und so pedantisch war, würde sie ihn eben bei jedem Stück fragen, wo sie es hinlegen sollte.

»Ist das hier größer als dieses?«, fragte sie mit Unschuldsmiene und hielt ihm zwei völlig unterschiedlich große Stücke unter die Nase.

»Das linke nach oben, das rechte in die Mitte«, antwortete er, ohne mit der Wimper zu zucken.

Sie wiederholte das Spiel, bis er einmal laut tief durchatmete und sie eindringlich musterte. »Wollt Ihr mich provozieren?«

»Mag sein«, antwortete sie, nach wie vor freundlich lächelnd. »Aber Ihr habt angefangen.« Innerlich stöhnte sie. Das hätte sie nicht sagen sollen. Doch er hatte so eine Art an sich, die ihr Blut zum Brodeln brachte. Selbstbeherrschung war noch nie ihre große Stärke gewesen.

»Ich habe Euch also provoziert?« Sein Tonfall war neutral und bevor sie antworten konnte, fügte er hinzu: »So wie ich das sehe, sollten wir Regeln für eine Zusammenarbeit aufstellen. Ein Vorschlag wäre, die Unterhaltung auf ein Minimum zu beschränken. Ihr erledigt Euren Teil und ich meinen.«

»Aber genau das habe ich doch getan. Ich habe die Scherben sortiert und ...«

»Falsch sortiert«, fiel er ihr ins Wort.

»Nach Eurem Empfinden falsch sortiert«, konterte sie.

»Hier geht es nicht um Empfindungen, sondern um objektive Kriterien. Ihr seid nur nicht in der Lage, einen einfachen Fehler einzugestehen.«

»Ich habe mich wohl verhört? Wer von uns ...«

»Ihr seid nun einmal hier«, unterbrach er sie erneut, »und daran kann ich nichts ändern. Chadwick will es so und es war seine Ausgrabung. Darüber hinaus genießt er einen gewissen Ruf, der ihm einiges erlaubt. Doch wenn es um das Restaurieren und Konservieren von Fundstücken geht, bin ich der Experte. Aus irgendeinem Grund denken er und Lord Hallow, dass Ihr etwas darüber lernen solltet, weshalb sie Euch mir zugeteilt haben. Dagegen kann ich nichts tun, aber eins möchte ich ein- für allemal klarstellen: Ich habe hier das Sagen und ihr werdet Euch an meine Regeln halten. Und wenn Ihr nicht einmal in der Lage seid, die Stücke der Größe nach zu sortieren ...«

»Wenn Ihr Euch nicht ständig einmischen würdet, könnte ich in Ruhe meiner Arbeit nachgehen, die am

Ende gewiss zu Eurer Zufriedenheit ausfallen würde, Lord Griffin. Also wäre ich äußerst dankbar, wenn Ihr Euren eigenen Rat befolgen könntet und schweigt, während ich meinen Teil erledige.« Verflixt, sie hatte sich zurückhalten wollen. Wirklich!

»Wenn Ihr meint, alles besser zu wissen, nur zu.« Aus jedem seiner Worte sprach Verachtung und Phoebe hätte ihn gern deshalb zurechtgewiesen.

Dieses Mal gelang es ihr, sich im Zaum zu halten und zu schweigen. Lord Griffin hatte offensichtlich ein Problem mit ihr und wollte sie vergraulen. Da kannte er sie allerdings schlecht. Ihr Ehrgeiz war geweckt, sie würde allen beweisen, dass sie unverzichtbar war.

Ein musikalischer Abend

Curtis

Mit gemischten Gefühlen betrat Curtis das Haus am Grosvenor Square, in dem er zusammen mit seinen Eltern und seinen beiden jüngsten Schwestern lebte. Am Eingang übergab er Hut, Mantel, Stock und Handschuhe an Harris, den Butler, und fragte, wo sich die Familie aufhielt. Nicht, weil er sie sehen wollte. Das Gegenteil war der Fall.

»Die Damen befinden sich im Salon, um die letzten Handgriffe für die musikalische Soirée zu überwachen. Seine Lordschaft hat sich in sein Arbeitszimmer zurückgezogen.«

»Eine weise Entscheidung«, murmelte Curtis und wusste gleichzeitig, dass ihm das nicht gelingen würde. Den musikalischen Abend hatte er vollkommen vergessen, nur leider half ihm das nicht. Teilnehmen würde er trotzdem müssen.

»Ganz wie Mylord meinen.« Harris verbeugte sich mit steinerner Miene und Curtis wandte sich seufzend dem Salon zu.

Was war die beste Taktik? Direkt auf sein Zimmer verschwinden und hoffen, dass seine Mutter ihn vergaß? Vollkommen unrealistisch. Also konnte er sie genauso gut von seiner Ankunft in Kenntnis setzen und versuchen, einen Handel abzuschließen, der es ihm erlaubte, sich direkt nach dem Konzert zurückzuziehen.

Der Tag an der Seite von Miss Phoebe war nervenaufreibend genug gewesen. Er verspürte keine Lust, einen Abend lang weiter weibliches Geplapper zu ertragen. Warum verstand niemand, dass er einfach nur seine Ruhe haben wollte?

»Curtis!« Seine jüngsten Schwestern Liliana und Camilla kamen auf ihn zugestürmt und schlossen ihn gleichzeitig in die Arme. Mit ihren sechszehn Jahren sollten die beiden solchen Gefühlsausbrüchen eigentlich entwachsen sein. Andererseits freute es ihn, dass es bisher niemandem gelungen war, ihnen den kindlichen Übermut auszutreiben.

»Wir haben uns doch beim Frühstück erst gesehen.« Er umarmte sie kurz und sah sie dann lächelnd an. »Was ist los?«

»Mama sagt, Liliana und ich dürfen heute Abend dem Konzert lauschen.« Camilla platzte beinahe vor Stolz, was Curtis ein weiteres Lächeln entlockte. Die Zwillinge warteten bereits das ganze Jahr darauf, dass ihre Mutter ihnen einen solchen Abend gestattete.

»Das sind ja wundervolle Neuigkeiten. Eure erste Soirée sollte etwas Besonderes sein. Gern erkläre ich mich bereit, an eurer Seite ...«

»Das kommt nicht infrage.« Die missbilligende Stimme seiner Mutter unterbrach seinen Vorschlag und er seufzte innerlich.

Äußerlich ließ er sich nichts anmerken, da er den Groll seiner Mutter nicht vergrößern wollte. »Liebste Mutter, wie schön, dich zu sehen. Was kommt nicht infrage?« Er begegnete ihrem kalten Blick.

»Dass du dich an deine Schwestern hängst und so die anwesenden jungen Damen vor den Kopf stößt.«

»Ich bin lediglich ein fürsorglicher Bruder. Sollte das nicht Gefallen bei den jungen Damen finden? Du sagst doch selbst immer, Hingabe für die Familie sei eine der höchsten Tugenden.« Die Bemerkung hätte er sich verkneifen sollen, besonders in diesem provozierend ironischen Tonfall, aber der heutige Tag hatte ihn zermürbt.

Miss Phoebe hatte ihn definitiv an die Grenzen seiner Geduld getrieben. Sein Kontingent an höflicher Konversation war erschöpft. Warum musste dieser musikalische Abend ausgerechnet heute sein?

»Entschuldige, Mutter, das war unter meiner Würde«, sagte er in freundlichem Tonfall. »Ich denke allerdings, dass es nicht schaden könnte, wenn Liliana und Camilla Unterstützung …«

»Sie werden an der Seite von Judith den Abend genießen. Lionel ist ihr männlicher Begleiter, da brauchen sie dich nicht.« Judith war ihre älteste Schwester und Lionel, Viscount Dashdill, ihr Ehemann.

Bevor Curtis antworten konnte, fuhr seine Mutter fort: »Du wirst dich den anwesenden Damen widmen, dich mit ihnen unterhalten und einer deine besondere Aufmerksamkeit entgegenbringen.« Sie fixierte ihn mit zusammengekniffenen Augen. »Ich habe extra eine Heiratskandidatin für dich eingeladen. Eine junge Frau, die den gleichen Grillen nachhängt wie du und sich für diese grässlichen Mumien und diesen Unsinn interessiert. Unter normalen Umständen würde ich niemals eine Frau in Erwägung ziehen, der man nachsagt, Zeit im Ausland verbracht zu haben. Sie soll ein ganzes Jahr lang für Ausgrabungen in Ägypten gewesen sein. Als Mann verkleidet, man stelle sich das vor. Na ja, zumindest könnt ihr euch über eure Erfahrungen in Afrika austauschen, das ist doch auch etwas. Außerdem ist sie die Nichte von ...«

Er hörte seiner Mutter nicht mehr zu, weil er ahnte, um wen es sich bei der jungen Dame handelte. Wenn es nicht noch eine weitere unverheiratete Frau in London gab, die Ausgrabungen in Ägypten beigewohnt hatte, was er stark bezweifelte, konnte es sich bei besagter Dame nur um Miss Phoebe handeln.

»Miss Phoebe Heart«, sagte seine Mutter und bestätigte seinen Verdacht. »Ihre Herkunft mag nicht mit der unseren vergleichbar sein, aber ihre Schwestern haben gute Partien gemacht und sind gesellschaftlich sehr akzeptiert. Und da sich die Brautsuche für dich als schwierig gestaltet – ich vermeide bewusst das Wort unmöglich –, müssen wir nehmen, was wir kriegen können.«

Er verkniff sich, darauf hinweisen, dass er nach wie vor noch nicht vorhatte, zu heiraten. Seit ihrem letzten Gespräch zu diesem Thema hatte sich nichts geändert. Doch er schwieg lieber, weil jedes Wort in diese Richtung nur zu ergebnislosen Diskussionen führte, auf die er keine Lust hatte.

Seufzend ergab sich Curtis in sein Schicksal. Dann würde er eben auch den Abend in Gesellschaft dieser enervierenden Person verbringen. Das konnte von Vorteil sein. Seinen Plan, Miss Phoebe so lange vor den Kopf zu stoßen oder zu ignorieren, bis sie verschwand, konnte er bei der Soirée fortsetzen. Eine zusätzliche Gelegenheit, sie endgültig abzuschrecken.

»Wie du wünschst, Mutter«, sagte er mit einer kleinen Verbeugung. »Ich werde mich auf der Soirée ausschließlich Miss Phoebe widmen.«

Phoebe

Das Letzte, wonach Phoebe der Sinn stand, war ein musikalischer Abend, bei dem sie höfliche Konversation über langweilige Themen betreiben musste. Doch Abmachung war Abmachung.

Nichtsdestotrotz wäre sie heute Abend lieber zu Hause geblieben. Ihr erster Tag im Museum war durchaus erfolgreich zu nennen, selbst wenn Lord Griffin sich als harter Brocken erwiesen hatte. Sie war nicht sicher, was sie mehr störte: mit ihm zusammenzuarbeiten oder ihm aus dem Weg zu gehen. Was auch immer seine Beweggründe waren, er hatte es sich offensichtlich zum Ziel gesetzt, ihr das Leben im Museum so schwer wie möglich zu machen. Immerhin hatte sein Blick nicht vorrangig auf ihren Brüsten geruht und er hatte sie nicht dummes Frauchen genannt oder sonst irgendwie herabgewürdigt. Ihrer Einschätzung nach war er einfach nur feindselig und unkooperativ. Damit würde sie erst einmal leben müssen.

Sie hätte den Abend gern darauf verwendet, sich eine neue Strategie für die nächsten Tage zurechtzulegen. Aber das konnte sie genauso gut während der musikalischen Darbietung tun. Solche Abende langweilten sie in der Regel und sie suchte sich meist eine geistige Beschäftigung zur Ablenkung. Warum also nicht einen Plan schmieden, wie sie Lord Griffin langfristig auf ihre

Seite ziehen konnte, auch wenn er sich im Moment völlig unmöglich aufführte.

»Wir sind da«, riss Tante Victoria sie aus ihren Gedanken.

Bis zum Haus des Earl of Channing und seiner Familie war es nicht weit und Phoebe fragte sich, warum sie die Kutsche nahmen, wenn sie doch nach wenigen Metern in einem Meer aus Gefährten Schlange standen, um zum Eingang zu gelangen. Zu Fuß wären sie zehn Minuten unterwegs gewesen, so dauerte es fast eine Stunde, bis sie aus der Kutsche aussteigen konnten. Die Frage war rein rhetorisch. Für eine Dame ziemte es sich nicht, zu Fuß zu gehen. Ob sie sich jemals an dieses Leben gewöhnen würde?

Noch hegte sie den Traum, irgendwann für immer in Ägypten bleiben zu können, um an Ausgrabungen teilzunehmen, sie bestenfalls sogar zu leiten. Oder die Welt zu bereisen. Auch wenn sie sich nicht einmal in ihren Träumen vorstellen konnte, wie sie das alles allein bewerkstelligen sollte.

Für heute Abend war ihre Aufgabe, ein freundliches Lächeln aufzusetzen und sich möglichst nicht anmerken zu lassen, wie sehr sie sich langweilte. Wenigstens war Tante Victoria der Meinung, dass Mrs Strouds Anwesenheit bei diesem Anlass nicht nötig war. In den vergangenen Jahren hatte Phoebe gelernt, auch die kleinen Dinge zu würdigen.

An der Seite ihrer Tante betrat sie das Haus und wurde von einem Butler und zwei Dienern in Empfang genommen. Sobald sie sich ihrer Mäntel entledigt hatten, gingen sie zum Ballsaal im ersten Stock, der für diesen Abend zum Konzertsaal umgebaut worden war.

Etwa fünfzig Stühle fanden darin Platz. Am anderen Ende stand ein Pianoforte nebst üppiger Blütenpracht, die sich überall im Raum wiederfand.

Für all das hatte Phoebe nur einen flüchtigen Blick, denn am Eingang erwartete sie eine Dame mit stahlgrauem Haar, flankiert von zwei Männern. Ein älterer, mit eingefallenen Wangen, und ein jüngerer, der sie mit steinerner Miene musterte. Warum zur Hölle war Griffin hier?

Dumme Gans, schalt sie sich. Er hatte genauso ein Recht darauf, hier zu sein, wie sie. Es war November, die Saison noch Monate entfernt, was hieß, dass ein Großteil des *ton* nicht in London weilte. Natürlich traf man bei Zusammenkünften wie diesen auf die wenigen Verbliebenen, die der Stadt zu dieser Jahreszeit nicht den Rücken gekehrt hatten.

»Lady Victoria, wie wundervoll, dass Ihr es einrichten konntet«, empfing sie die grauhaarige Dame. »Meinen Mann und meinen Sohn kennt Ihr bereits. Meine Töchter tummeln sich irgendwo im Saal, Ihr wisst ja, wie schwer es ist, sie unter Kontrolle zu halten.«

»Das weiß ich und Ihr habt meine Bewunderung«, sagte Tante Victoria und knickste leicht. »Lord und Lady Channing, Lord Griffin, darf ich Euch meine Nichte, Miss Phoebe Heart, vorstellen?«

»Sehr erfreut.« Die Countess lächelte Phoebe zu, musterte sie dabei allerdings genau von Kopf bis Fuß. Wie es schien, fand sie Gefallen an dem, was sie sah, denn sie wandte sich an ihren Sohn. »Sei doch bitte so nett und führe Miss Phoebe ein wenig durch den Saal, bis wir beginnen, mein Junge. Sie war eine Weile nicht in London und ist sicher dankbar für deine Begleitung.«

Phoebe lag es auf der Zunge, dankend abzulehnen, weil sie niemanden brauchte, der sich ihrer annahm, doch sie schwieg. Keinem war geholfen, wenn sie sich in aller Öffentlichkeit an die Gurgel gingen.

»Miss Phoebe.« Lord Griffin war an ihre Seite getreten und hielt ihr den Arm hin. »Ein wenig Bewegung tut uns beiden sicherlich gut«, sagte er in neutralem Tonfall.

Ein letzter Blick zu Tante Victoria, die ihr aufmunternd zunickte, und sie legte ihre Hand in die angebotene Armbeuge. Was blieb ihr auch anderes übrig?

»Kommt nicht auf falsche Gedanken, das war allein die Idee meiner Mutter«, begann er das Gespräch und lenkte ihre Aufmerksamkeit weg von der überraschend angenehmen Wärme seiner Haut.

»Und meiner Tante, würde ich sagen.« Sie nahm es Tante Victoria nicht übel, dass sie einen passenden Mann für sie finden wollte. Allerdings wäre sie froh über eine Vorwarnung gewesen. Sie hatte nicht geahnt, dass Lord Griffin der Sohn des Earl of Channing war. Tante Victoria hingegen hatte durchaus gewusst, mit wem sie im Museum zusammenarbeitete und wie es heute gelaufen war. Sie hatte ihr dieses Detail offensichtlich bewusst verschwiegen, vermutlich weil sie, nicht zu Unrecht, befürchtet hatte, dass Phoebe sich sonst vor diesem Abend gedrückt hätte.

»Soll ich Euch den anderen Anwesenden vorstellen?« Griffin sah einmal in die Runde. »Die meisten sind ohnehin meine Schwestern und deren Familien.«

»Wie viele Schwestern habt Ihr denn?«

»Sieben«, antwortete er seufzend. »Fünf verheiratet und teils mit Nachwuchs gesegnet. Die Jüngsten sind Zwillinge und haben nächstes Jahr ihr Debüt.«

»Keine Brüder?« Phoebe war sich darüber im Klaren, dass sie damit ein heikles Thema anschnitt. Bei der Vorstellung im Museum hatte Chadwick gesagt, Griffin würde den Titel erst seit kurzem tragen. Der wahrscheinlichste Grund war ein Todesfall in der Familie. Da Griffins Eltern noch lebten, womöglich ein älterer Bruder. Allerdings trug niemand in diesem Haus Trauerfarben. Vielleicht war es wie bei ihrem Schwager Windham, dem sein Vater wegen persönlicher Differenzen erst spät einen Titel zugestanden hatte? Sie musste zugeben, dass sie wenig Ahnung von den adligen Familien und ihrer komplizierten Erb- und Titelfolgen hatte. Im Grunde war es ihr auch egal.

»Mein Vater betont dieser Tage gerne, dass ich sein einziger Sohn bin«, antwortete Griffin ausweichend und Phoebe blinzelte kurz, weil ihre Gedanken abgeschweift waren.

Sie spürte, dass mehr dahinter steckte, doch sein Tonfall zeigte deutlich, dass er nicht darüber zu reden wünschte. Sie würde später Tante Victoria fragen, was das zu bedeuten hatte.

Die nächste halbe Stunde verbrachte Phoebe damit, seine Schwestern und deren Familien kennenzulernen, was ihnen erlaubte, die Kommunikation miteinander auf ein Minimum zu beschränken. Dann erklang ein lauter Gong, der den Beginn der musikalischen Darbietung ankündigte. Wenig überraschend nahm Griffin direkt neben ihr Platz.

»Eure Mutter?«, vermutete sie, was ihr ein mürrisches Nicken einbrachte.

»Sie weiß nichts von unserer Begegnung im Museum und dachte, es würde uns beide freuen, mit jemandem sprechen zu können, der ebenfalls eine Vorliebe fürs alte Ägypten hat.«

»Wie aufmerksam von ihr.« Insgesamt verlief der bisherige Abend deutlich besser, als Phoebe befürchtet hatte.

»Berechnend würde ich es nennen. Meine Mutter ist nämlich der Auffassung, dass ich dringend eine Ehefrau brauche, und mir scheint, für den Moment seid Ihr die von ihr auserkorene Kandidatin. Glückwunsch.«

»Ich?« Ihr Ausruf war unschicklich laut, weshalb sich etliche Köpfe in ihre Richtung drehten und sie leiser fortfuhr: »Ich habe nicht vor, jemals zu heiraten.«

»Ihr Glückliche«, murmelte er und seufzte tief. »Ich wünschte, das wäre für mich eine Option. Ehe ist Folter, wenn Ihr mich fragt. Andererseits verstehe ich die Notwendigkeit, das Erbe zu sichern.«

Interessante Formulierung.

»Folter ist eine unübliche Wortwahl, mit der ich mich durchaus anfreunden kann«, flüsterte Phoebe. »Scheint es mir doch in den meisten Fällen so, dass wir Frauen unterdrückt werden und praktisch alles verlieren in einer Ehe.«

»Nur dass die meisten Frauen wenig zu verlieren haben. Was ist mit uns Männern? Wir müssen unsere Freiheit, unsere Selbstbestimmtheit und oft auch unseren Stolz aufgeben. Mit einem Mal müssen wir jede unserer Handlungen rechtfertigen, für einen fremden

Menschen sorgen und meist seine ganze Verwandtschaft durchfüttern. Verantwortung mag wie ein Privileg erscheinen, aber in Wahrheit ist sie eine schwere Bürde.«

Überrascht hob Phoebe die Brauen. »Ihr wollt also sagen, dass ein Mann für die Ehe mehr opfert als eine Frau?«

Er blieb ihr eine Antwort schuldig, da die Sängerin dieses Abends neben dem Pianoforte erschien. Griffins Mutter gesellte sich zu ihr und kündigte die Darbietung an, doch Phoebe hörte nicht zu. Stattdessen dachte sie über Griffins Worte nach. Obwohl sie gegensätzlicher Meinung waren, fühlte es sich nicht so an, als ob einer von ihnen recht hatte und der andere unrecht. Es schien eher eine Frage des Blickwinkels zu sein. Außerdem war nicht jede Ehe gleich, sie konnten vollkommen unterschiedlich aussehen. Ihre Schwestern und auch ihre Schwägerin Penny waren der beste Beweis, dass man verheiratet sein konnte, ohne unglücklich zu sein. Nur leider hatten sie sich trotzdem von logisch denkenden, eigenständigen Frauen in solche verwandelt, die nur noch ein Thema kannten: ihren Nachwuchs. So wollte Phoebe nie werden.

Auch verstand sie nicht, was Liebe eigentlich bedeuten sollte. Selbstverständlich liebte sie ihre Schwestern und vermisste sie, wenn sie getrennt waren. Ihren Beobachtungen zufolge war das allerdings nicht zu vergleichen mit dem, was zwischen Mann und Frau geschah. Das war eine andere Art von Liebe, die den gesunden Menschenverstand vollkommen auszuschalten schien. Na, vielen Dank, kein Bedarf, da blieb sie doch lieber allein und Herrin ihrer Sinne.

»Frauen heiraten aus zwei Gründen: Um finanziell versorgt zu sein und um Kinder zu bekommen«, nahm Griffin das Gespräch wieder auf und Phoebe bemerkte erst jetzt, dass die Dame aufgehört hatte zu singen und gemäßigter Applaus erklang. Interessiert wandte sie sich ihm zu, während er weitersprach. »Eine Frau gewinnt mit der Eheschließung nur. Wärt Ihr zum Beispiel verheiratet, könntet Ihr ohne Anstandsdame ins Museum gehen. Ich hingegen müsste mich zu Hause für jeden Tag rechtfertigen, den ich dort verbringe, weil meine Gattin lieber mit mir einkaufen ginge oder im Park flanieren.«

»Ein Ehemann könnte mir die Besuche im Museum einfach verbieten«, konterte Phoebe.

»Euch? Wohl kaum. Ich bin sicher, Ihr würdet einen Weg finden, trotzdem dort zu erscheinen.«

»Genau wie Ihr.«

Darauf antwortete er nicht mehr, sondern wandte sich der Sängerin zu, die im Begriff war, eine neue Arie anzustimmen. Allerdings meinte sie, ein Lächeln an seinen Lippen zupfen zu sehen.

Überraschende Erkenntnisse

Curtis

Miss Phoebe hatte also keinerlei Interesse an einer Ehe, das war äußerst unerwartet. Bisher war Curtis davon ausgegangen, dass jedes weibliche Wesen eine Heirat anstrebte. Allerdings passte es irgendwie ins Bild. Sie benahm sich nicht wie eine normale Frau.

Kein Wunder, dass sie mit zweiundzwanzig Jahren immer noch unverheiratet war. Man konnte es den Männern nicht verdenken, dass sie um dieses Weibsbild einen großen Bogen machten. Anständige Frauen nahmen nicht an Ausgrabungen teil oder öffneten Holzkisten mit Brechstangen, ohne einen Gedanken an den Zustand ihres Kleides zu verschwenden. Und sie sprachen weder über Kanopen, noch über menschliche Innereien, als handle es sich um das Wetter.

Möglichst unauffällig sah er zu ihr hinüber und kam nicht umhin, ihr Profil zu bewundern. In diesem Punkt musste er Hunting widersprechen. Sie wirkte in keiner Weise plump. Für eine klassische Schönheit war ihre Nase ein wenig zu groß und nicht gerade genug, aber das wurde durch den Kontrast ihrer strahlend blauen Augen zu den dunklen Haaren mehr als wett gemacht, auch wenn sie gerade wenig einladend leuchteten.

Was nichts daran änderte, dass sie ihm den letzten Nerv raubte. Er spürte erneut das Pochen in seinem Hinterkopf, das ihn den ganzen Nachmittag über begleitet hatte. Nach dem Konzert wollte er sich so schnell wie möglich zurückziehen, egal, was seine Familie sagte. Sobald die Sängerin fertig war, würde er Miss Phoebe zu ihrer Tante zurückbringen und sich dann entschuldigen, das nahm er sich fest vor.

Nach einer gefühlten Ewigkeit verhallte der letzte Applaus. Sie waren kaum aufgestanden, als Camilla auf sie zugestürmt kam. Von Judith oder ihrem Ehemann keine Spur. Die Kleine schien ihren Aufpassern entkommen zu sein.

»O Curtis, das war wundervoll, oder?«, sprudelte es aus dem jungen Mädchen heraus. Sie sah ihn mit geröteten Wangen an und er musste lächeln.

»Ja, eine herausragende Vorstellung«, pflichtete er ihr bei, denn die Sängerin hatte zugegebenermaßen ein gewisses Talent bewiesen.

Als Reaktion auf seine Worte kreuzte sie die Hände über der Brust und ihre Mundwinkel hoben sich voller Verzückung. »Das wird für immer das schönste Erlebnis bleiben, das ich je im Leben hatte.«

Es gelang ihm, sein Lächeln nicht breiter werden zu lassen und ihr einfach nur liebevoll über den Arm zu streichen. »Freut mich, dass du den Abend genossen hast.«

»Das habe ich«, antwortete sie und sah zu Miss Phoebe. »Pardon, offensichtlich habe ich im Eifer des Gefechts meine Kinderstube vergessen. Curtis, hättest du die Güte, uns einander vorzustellen?«

Innerlich stöhnte er auf. Der Abend schien kein Ende nehmen zu wollen. Womit hatte er das verdient? »Selbstverständlich«, sagte er lächelnd. »Darf ich vorstellen? Dieses bezaubernde Geschöpf ist meine Schwester, Lady Camilla Lynch. Und die Dame an meiner Seite ist Miss Phoebe Heart, die Nichte von Lady Castleton.«

Phoebe

Die nahezu kindliche Freude und der dazu passende Übermut der jungen Frau amüsierten Phoebe. Es erinnerte sie an ihre Zwillingsschwester Helen. Die war seinerzeit ebenfalls hin und weg gewesen von ihrer ersten Abendgesellschaft und hatte wochenlang davon geschwärmt. Im Gegensatz zu Phoebe, die sich tödlich gelangweilt hatte, genau wie heute Abend.

Schön, dass es Camilla nicht so erging, sie würde dadurch im *ton* deutlich besser zurechtkommen.

»Ihr seid Miss Phoebe Heart?« Camillas Augen weiteten sich. »Stimmt es, was man sich über Euch erzählt? Wart Ihr wirklich in Ägypten und habt dort Pyramiden ausgegraben?«

Es fiel Phoebe schwer, ein Lachen zu unterdrücken. So ähnlich war diese junge Dame Helen dann doch nicht. Ihre Schwester wäre niemals so vorlaut mit einer unangemessenen Frage herausgeplatzt. Phoebe hingegen fand das sehr erfrischend und antwortete freundlich: »Nicht ganz. Ich war mit Lord und Lady Chadwick ein Jahr lang in Ägypten und habe bei der Ausgrabung eines Tempels und einiger Königsgräber geholfen.«

»Ist das nicht aufregend?« Camilla richtete die Frage an ihren Bruder. Bevor er antworten konnte, fuhr sie fort: »Kein Wunder, dass Mama wollte, dass du sie kennenlernst.« Noch während sie sprach, errötete sie und sah reuevoll von Phoebe zu Griffin. »Das war unpassend, entschuldigt.«

»Die Wahrheit ist nie unpassend«, sagte Lord Griffin mit einem Augenzwinkern und Phoebe wunderte sich über die Wandlung, die er seit dem Auftauchen seiner jüngsten Schwester durchgemacht hatte.

Er schien deutlich entspannter und offener. Seine Züge wirkten weicher und weniger unnahbar. Nicht mehr wie die Statue eines römischen Kaisers, sondern wie ein echter Mensch. Fasziniert beobachtete sie die zarten Lachfältchen um seine Augen und Mundwinkel. Offensichtlich war er in der Lage, sich freundlich und einfühlsam zu verhalten. Zumindest seiner Familie gegenüber. Wer hätte das gedacht?

»Setzt du deiner Schwester wieder Flausen in den Kopf?« Die Worte kamen von Lady Dashdill, der ältesten Schwester von Lord Griffin, die sie bereits früher am Abend kennengelernt hatte.

»Judith!«, kam es empört von Lady Camilla, doch Lord Griffin lachte nur.

»Ich lehre sie lediglich …«

»Egal, was du gesagt hast, ich bin überzeugt, dass es für eine junge Lady unangebracht war«, unterbrach ihn Lady Dashdill. »Sie sollte wirklich wissen, wo ihr Platz ist, wann sie reden kann und wann sie schweigt. Und auch wenn sich mir entzieht, worum genau sich euer Gespräch gedreht hat, ahne ich doch, dass unsere Schwester besser geschwiegen hätte.«

Lord Griffin hob die Brauen und setzte zu einer Entgegnung an, die er jedoch durch die Ankunft einer weiteren Dame schuldig blieb.

»Lord Griffin, Lady Dashdill«, mischte sich die Fremde mittleren Alters in das Gespräch ein. Bei den beiden jungen Damen in ihrem Schlepptau handelte es sich wohl um ihre Töchter. Das schloss Phoebe aus den Blicken der beiden, die einer Mischung aus peinlicher Berührtheit und Neugier gleichkamen. »Wir hatten ja noch gar keine Gelegenheit, miteinander zu plaudern.«

»Lady Snow, sehr erfreut.« Lord Griffin verbeugte sich vor den Damen und Phoebe stellte fest, dass seine Züge erneut jene Unnahbarkeit angenommen hatten, die sie von ihrem gemeinsamen Tag im Museum her gewohnt war. Diese Dame gehörte offenbar nicht zur Familie.

»War das nicht ein ganz wundervoller Gesang? Meine Hyazinth ...« Lady Snow deutete auf eine ihrer Töchter, der das offensichtlich höchst unangenehm war. »... sagte gerade, dass ...«

»Egal, worüber ihr sprecht, ich platze vor Neugierde und muss diese eine Frage unbedingt stellen.« Eine weitere junge Dame trat hinzu, die Phoebe aufgrund ihres Aussehens als Lady Camillas Zwillingsschwester erkannte.

Die beiden Mädchen glichen einander wie ein Ei dem anderen. Was sie von ihrer Schwester unterschied, war ihr Tonfall. Er ließ keinen Widerspruch gelten. Dabei versprühte sie einen Charme, der die Anwesenden spontan zum Verstummen brachte. »Entschuldigt, Lady Snow, Edith, Hyazinth.« Die neu dazugekommene Schwester schenkte den dreien ein besonders freundliches Lächeln und wandte sich dann Phoebe zu. »Miss

Phoebe, habt Ihr keine Angst davor, von einem Fluch getroffen zu werden, wenn Ihr all diese alten Gegenstände berührt?« Mit ernster und gleichzeitig interessierter Miene sah ihr die junge Frau direkt ins Gesicht.

Das Temperament der Zwillingsschwestern gefiel Phoebe. Auch wenn sie bei der Wahl des Themas innerlich die Augen verdrehte. Die Gerüchte über Flüche, die auf altägyptischen Gräbern und Tempeln lagen, hatten den *ton* erreicht. Sie setzte an, das Ganze als Unsinn abzutun, doch Lord Griffin kam ihr zuvor.

»Was für ein Humbug, ich bitte dich, Liliana.« Er winkte abfällig mit der Hand. »Wie kommst du auf so einen Unsinn?«

»Ich habe gehört, dass es in manchen Gräbern Inschriften mit Warnungen gibt.« Sie sah zu Phoebe und zurück zu Griffin. »Warnungen, dass Grabräuber auf ewig verflucht werden. Oder willst du behaupten, du weißt sicher, dass es solche Inschriften nicht gibt?« Ihr Blick war so herausfordernd, wie es nur der einer kleinen Schwester ihrem Bruder gegenüber sein konnte.

»Selbstverständlich gibt es Inschriften in ägyptischen Königsgräbern«, antwortete er mit einer leichten Spannung in der Stimme. »Da wir allerdings die Hieroglyphen nach wie vor nicht lesen können, weiß niemand, was dort an den Wänden oder auf den Sarkophagen steht.« Er schüttelte energisch den Kopf. »Aber wir wissen, dass uns dadurch keinerlei Gefahr droht. Wie sollte es auch? So etwas wie Flüche gibt es nicht.«

»Da muss ich Euch widersprechen, Lord Griffin.« Die Worte kamen von Lady Snow. So wie sie sich ins Gespräch gedrängt hatte, war Phoebe davon ausgegangen, dass sie Lord Griffin ihre Töchter anpreisen wollte. Umso überraschender, dass sie ihm jetzt Paroli bot.

»Es ist eine bekannte Tatsache«, sprach sie weiter, »dass man niemals unter einer Leiter durchgehen oder einen Spiegel zerbrechen sollte.« Lady Snow sagte das in einem solchen Brustton der Überzeugung, dass es Phoebe schwerfiel, ernst zu bleiben.

Das Einzige, was sie davon abhielt, der Dame zu widersprechen, war Lord Griffins entsetztes Gesicht. Sein Kopf war rot angelaufen und er schnappte nach Luft. Diese Frau hatte binnen Sekunden geschafft, was Phoebe den ganzen Tag über nicht gelungen war: Lord Griffin komplett aus der Fassung zu bringen.

»Meine liebe Lady Snow«, setzte er an, sichtlich bemüht, Ruhe zu bewahren, »eine bekannte Tatsache ist viel mehr, dass solche Ammenmärchen jedweder Grundlage entbehren. Derart kleingeistigen Aberglauben haben wir im Zuge der Aufklärung doch längst überwunden.«

Die Gesichtsfarbe der Lady nahm eine ungesunde Färbung an, was ob der Beleidigung durch Lord Griffin nicht weiter verwunderlich war. Sie schnaubte einmal kurz, hob das Kinn und wandte sich dann an ihre Töchter. »Ich denke, wir werden den Abend in angenehmerer Gesellschaft verbringen.« Ohne ein weiteres Wort oder einen Gruß rauschte sie davon.

»Wunderbar, Curtis.« Judith klang nicht begeistert. »Und wer darf sich jetzt darum kümmern, die Dame zu beruhigen, um einen Eklat zu verhindern?«

Grimmig zuckte Lord Griffin die Schultern. »Es ist ja nicht mein Fehler, dass diese Frau offensichtlich ungebildet und ...«

»Erspar mir jedes weitere Wort«, unterbrach ihn seine Schwester und lief Lady Snow hinterher, wie es aussah in dem Bemühen, sie zu besänftigen.

Neben sich vernahm Phoebe unterdes ein leises Kichern. Es kam von den beiden verbliebenen Schwestern. »Nun, da wir die los sind«, sagte diejenige, die zuletzt dazugekommen war, »formuliere ich meine Frage um. Lady Phoebe, habt Ihr in Ägypten von solchen Flüchen gehört oder sind es nur unbegründete Gerüchte?«

Ein schneller Blick zu Lord Griffin zeigte Phoebe, dass er von ihr in diesem Punkt Unterstützung erwartete. Natürlich teilte sie seine Einschätzung, dass Flüche und dergleichen Aberglaube waren. Doch die Versuchung, ihm zu widersprechen, war zu groß. Genaugenommen hatte seine Schwester nicht danach gefragt, ob Phoebe an Flüche glaubte, sondern ob sie in Ägypten von Flüchen gehört hatte. Und das hatte sie. »Die Menschen in Ägypten berichten in der Tat von Schutzzaubern und Flüchen, die auf den Gräbern ihrer Ahnen liegen«, antwortete sie deshalb.

Lord Griffin schnaubte lautstark, was sie ignorierte.

»Bei den Grabungen in Abu Simbel und auch im Tal der Könige«, fuhr sie fort, »kam es hin und wieder vor, dass Männer die Arbeit verweigerten, weil sie Angst vor den Flüchen ihrer Vorfahren hatten. Da war von Unglück die Rede, welches über jene kommt, die öffnen, was verborgen bleiben sollte. Sogar von Krankheit und Tod oder ...«

»Ich denke, das ist kein angemessenes Gesprächsthema für diesen Abend«, sagte Lord Griffin bestimmt. Dabei sah er zu seinen Schwestern und Phoebe erkannte an seinem Blick, was er eigentlich sagen wollte: Das ist kein Thema für junge Damen.

In Phoebe regte sich Widerstand. Warum bildeten sich alle Männer ein, besser zu wissen, womit sich Frauen beschäftigen sollten und womit nicht? Gut, sie war hier im Haus seiner Eltern nur zu Gast und auch sein gesellschaftlicher Rang gebot es, dass sie stillschweigend klein beigab, aber nur ein wenig. »Euer Bruder hat recht, dies ist nicht die Zeit für derlei Unterhaltungen. Soiréen wie diese sollen Orte der Entspannung sein, die uns von den Anstrengungen des Alltags ablenken. Falls Ihr ein tieferes Interesse an ägyptischer Mythologie und dergleichen habt, würde ich mich freuen, dieses Thema bei einer Einladung zum Tee weiter zu vertiefen.«

Innerlich wappnete sie sich gegen Lord Griffins Einspruch, doch der schien plötzlich abgelenkt zu sein.

Die beiden jungen Damen nutzten die Gelegenheit prompt, um eine Einladung zum Tee auszusprechen, und erst in diesem Augenblick wurde Phoebe klar, dass die ganze Sache auf einen weiteren Besuch bei Lord Griffin hinauslief, wenn sie ihr Angebot nicht zurückzog, was extrem unhöflich gewesen wäre.

Sie warf einen kurzen Blick zu ihm hinüber, in der stillen Hoffnung, er würde etwas dagegen unternehmen, aber da er in ein leises Gespräch mit seiner Mutter vertieft war, schenkte er ihr keine Beachtung. Also ergab sie sich in ihr Schicksal und nahm die Einladung der freudig strahlenden jungen Mädchen mit einem erzwungenen Lächeln an. Was hatte sie sich da nur wieder eingebrockt?

Ein besonderer Handel

Curtis

»Was ist bloß in dich gefahren?«, zischte Lady Channing. »Lord Snow ist ein guter Freund deines Vaters. Einer der wenigen, die in der letzten Zeit noch zu uns gehalten haben. Und dir fällt nichts Besseres ein, als seine Gattin vor aller Welt zu beleidigen?«

»Es tut mir leid, Mutter«, erwiderte Curtis entschuldigend, »aber es war wirklich ziemlich dumm, was sie von sich gegeben hat.«

Sie bedachte ihn mit einem eisigen Blick, der ihm das Blut in den Adern gefrieren ließ. »Ich habe gesehen, wie du die arme Miss Phoebe behandelt hast. Kaum ein Wort hast du mit ihr gewechselt. Dabei habe ich mir wirklich alle Mühe gegeben, eine Begleiterin für dich zu finden, die über deine wundersamen Vorlieben hinwegsehen kann. Und dann dein Verhalten Lady Snow gegenüber, dabei wollte sie dich nur zu Hyazinths Debüt einladen. Aber das hast du geschickt vermieden. Ich durchschaue dich, mein Bester, du versuchst, dich bei jedermann unmöglich zu machen, um nicht heiraten zu müssen.«

Verdutzt starrte er seine Mutter an. Diese Möglichkeit war ihm noch gar nicht in den Sinn gekommen. Je länger er darüber nachdachte, desto besser gefiel ihm die Idee.

Aber sie war noch nicht fertig. »Das kannst du dir aus dem Kopf schlagen, ich werde es nicht zulassen. Denn alles, was du tust, fällt letztendlich auf uns zurück.«

»Aber Mutter, ich habe lediglich …«

»Erspar mir deine Ausreden. Ich habe genug. Du wirst ab sofort jede einzelne Veranstaltung besuchen, bei der heiratswillige Töchter der Gesellschaft anwesend sind, bis du eine geeignete Kandidatin gefunden hast und ihr den Hof machst. Dabei wirst du dich jederzeit vorbildlich benehmen und niemanden vor den Kopf stoßen. Andernfalls erfährt dein Vater davon, und du weißt, was das bedeuten würde.«

Sein Vater beklagte oft seine Disziplinlosigkeit und hatte ein ums andere Mal mit dem Entzug sämtlicher Mittel gedroht. Einmal hatte er es für drei Wochen durchgezogen und die Zeit war Curtis in schlechter Erinnerung. Zwar brauchte er nicht viel, aber gar kein Geld zur Verfügung zu haben, war ein echtes Problem.

Curtis musste hart schlucken, denn er hasste gesellschaftliche Anlässe, besonders solche, die zum Verkuppeln gedacht waren, aber seine Mutter ließ ihm keine Wahl.

Widerwillig nickte er. »Gut, du hast gewonnen.«

Sie sah in misstrauisch an. »Solange, bis du einer Frau den Hof machst«, sagte sie noch einmal mit Nachdruck, bevor sie sich den Zwillingen zuwandte, die sich gegenseitig zu etwas beglückwünschten, was er offensichtlich verpasst hatte.

Miss Phoebe stand neben ihnen und sah irgendwie unglücklich aus. Gut. Warum sollte er der Einzige sein, der diesen Abend verfluchte.

Die kommende Zeit würde die Hölle werden, eine endlose Aneinanderreihung von kichernden Mädchen, die entweder über Belanglosigkeiten plapperten oder vor Verlegenheit den Mund nicht aufbekamen. Außerdem fühlte es sich falsch an, diesen Mädchen Hoffnungen zu machen. Er würde noch nicht heiraten.

Erneut sah er zu Miss Phoebe und ein Gedanke schoss ihm durch den Kopf, der ihn gleichzeitig überraschte und faszinierte. Was wäre, wenn er sie hofierte? Nach dem, was sie früher am Abend gesagt hatte, war sie ebenso wenig an einer Ehe interessiert wie er. Sie könnten sich gegenseitig helfen und brauchten kein schlechtes Gewissen zu haben, falsche Hoffnungen zu schüren. Außerdem war er aufgrund seiner Arbeit im Museum ohnehin gezwungen, diese Frau tagtäglich zu ertragen. Da schadete ein wenig zusätzliche Zeit bei Abendveranstaltungen auch nicht mehr. Und er musste sich nur mit einem enervierenden Frauenzimmer herumschlagen, statt mit mehreren. Seine Mutter wäre begeistert, schließlich hatte sie diese Kandidatin selbst ausgesucht. Am Ende wäre es nicht seine Schuld, wenn sie nicht heiraten wollte.

Je länger er darüber nachdachte, desto mehr erwärmte er sich für den Gedanken. Mit forschen Schritten ging er auf Miss Phoebe zu und bot ihr wieder seinen Arm an. »Würdet Ihr gerne meine kleine private Sammlung an Artefakten sehen?«, fragte er höflich und lächelte.

Sie starrte ihn ungläubig an. »Ihr schlagt allen Ernstes vor, dass ich mit Euch den Saal verlasse, um mich in Eure Privatgemächer zu begeben?«

Dass sie seine Aufforderung falsch verstand, konnte er ihr schlecht verdenken. In Augenblicken wie diesen wünschte er sich, so charmant und wortgewandt zu sein wie sein Bruder. Dem wäre niemals ein solcher Fauxpas unterlaufen. Oder eben ein viel größerer, rief er sich in Erinnerung und wischte den Gedanken beiseite.

»Verzeiht meine plumpe Ausdrucksweise. Ich habe nicht vor, Euch zu kompromittieren, ich möchte Euch vielmehr einen Vorschlag unterbreiten, der nur für Eure Ohren bestimmt ist und der uns beiden zum Vorteil gereichen könnte. Seid versichert, dass ich keine unlauteren Absichten hege und Eurem Ruf niemals Schaden zufügen würde.«

»Und wie genau stellt Ihr Euch das vor, wenn wir gemeinsam den Saal verlassen?«

Das war nicht von der Hand zu weisen, doch er hatte bereits die Lösung. »Wir müssen den Saal dafür nicht verlassen. Wir gehen nur die Treppe hoch zur Ahnengalerie.« Er deutete nach oben und Phoebes Blick folgte seinem Finger. »Dort kann man uns sehen, aber nicht hören, wenn wir leise genug sprechen. Falls ihr Lust dazu habt, zeige ich Euch die Bilder meiner Ahnen, um den Verdacht von Heimlichtuerei zu vermeiden.«

Ihrem Gesicht sah er an, dass sie zwar nach wie vor misstrauisch war, die Neugier jedoch die Oberhand gewann.

»Na dann, zeigt mir Eure Ahnengalerie«, sagte sie und legte ihre Hand auf den angebotenen Arm.

War das wirklich eine gute Idee? Er war nie ein Mann spontaner Entscheidungen gewesen. Doch ungewöhnliche Umstände erforderten ungewöhnliche Lösungen. Das hatte Clay immer gesagt. Sein Bruder hatte es gewagt, gegen seine Eltern und die englische Gesellschaft aufzubegehren. Am Ende hatte er keine Lösung gefunden, sondern war weggelaufen. Vielleicht war dies eine Chance für Curtis, eine bessere Entscheidung zu treffen.

Phoebe

Was machte sie hier? Praktisch wusste sie das. Sie folgte Lord Griffin nach oben in die Galerie, weil er unter vier Augen mit ihr sprechen wollte. Nur worüber? Und warum ließ sie sich darauf ein? Auch diese Antwort war leicht. Weil sie neugierig war. Es passte nicht zu seinem bisherigen Verhalten, das eher darauf abgezielt hatte, sie loszuwerden. Oder doch? Ging es am Ende genau darum?

Selbst wenn, hatte er sie an der richtigen Stelle gepackt. Sie wollte wissen, was in seinem Kopf vor sich ging, weil Rätsel sie nun einmal reizten.

Sie erreichten die Galerie und er führte sie zu der Brüstung, die ihnen einen Blick über den Saal erlaubte. Obwohl sie sich nur wenige Meter oberhalb der anderen Gäste befanden, bot sich doch eine vollkommen neue Perspektive. Das undurchsichtige Gewusel löste sich wie von selbst auf. Von hier oben sah es deutlich geordneter aus. Kleine Gruppen standen beieinander und unterhielten sich angeregt. Es gab kaum Bewegung.

»Ich will Euch nicht lange aufhalten und komme gleich zum Grund für unseren kleinen Ausflug«, sagte Lord Griffin und verschaffte sich damit ihre volle Aufmerksamkeit.

»Ich bitte darum.« Neugierig musterte sie ihn. Er hatte die abweisende, arrogante Miene aufgesetzt, die er den ganzen Tag im Museum zur Schau gestellt hatte. Beim Gespräch mit seiner jüngeren Schwester hatte er ihr besser gefallen.

»Es ist offensichtlich«, begann er, »dass Eure Tante und meine Mutter uns für ein überaus geeignetes Paar halten.« Er hob die Brauen und sah sie an, als wolle er ihre Zustimmung.

Weil sie keine Ahnung hatte, was er ihr zu sagen versuchte, forderte sie ihn mit einer Handbewegung zum Weitersprechen auf.

»Meine Mutter hat es sich in den Kopf gesetzt, mich um jeden Preis zu verkuppeln und ich vermute, dass die Agenda Eurer Tante eine ähnliche ist, habe ich recht?«

»Leider ja, zu meinem großen Bedauern. Worauf wollt Ihr hinaus?«

»Ich dachte, das wäre offensichtlich.« Er schien das ernst zu meinen, denn er sah sie eindringlich an.

Phoebe schnaubte belustigt. »Wenn Ihr jemanden sucht, der Eure Lage nachvollziehen kann und Euch bemitleidet, seid Ihr bei mir an der falschen Adresse, Lord Griffin.«

Er schüttelte den Kopf und es schien Phoebe, als müsse er Mut für seine nächsten Worte sammeln. Er atmete hörbar ein und verschränkte die Hände hinter dem Rücken, bevor er weitersprach. »Weit gefehlt, meine Liebe. Mein Vorschlag ist weitaus drastischer: Was wäre, wenn wir den beiden geben, was sie sich so sehnlich wünschen?«

»Pardon?« Phoebe biss sich auf die Zunge, um keine unhöflichere Antwort zu geben. Er wollte damit doch nicht andeuten …

»Lasst mich ausreden, bevor Ihr mich abweist.« Seine Züge nahmen einen bittenden Ausdruck an, offensichtlich bereitete ihm der Gedanke, ihr den Hof zu machen, kein Vergnügen. Alles andere hätte sie auch verwundert.

»Bitte, fahrt fort«, sagte sie so neutral, wie es ihr möglich war.

»Was ich vorschlage, ist Folgendes: Wir gehen zum Schein auf die Wünsche unserer Familien ein. Das heißt, wir verbringen auf Veranstaltungen wie dieser Zeit miteinander, ich fordere Euch zum Tanz auf, bin Euer Tischherr, begleite Euch ins Theater und dergleichen. Der Vorteil liegt darin, dass meine Mutter und Eure Tante alle weiteren Versuche, uns unter die Haube zu bringen, einstellen werden, wenn sie glauben, unsere Verbindung könnte zum gewünschten Ergebnis führen.«

Phoebes erster Instinkt war, ihn auszulachen, doch der Impuls verschwand schnell. Denn seinen Worten wohnte eine Logik inne, der sie sich nicht entziehen konnte. Wenn Tante Victoria glaubte, dass er ihr den Hof machte, würde sie nicht nur erlauben, dass Phoebe das Museum aufsuchte, sie würde es aktiv unterstützen. Das klang wirklich äußerst verlockend.

»Wir mögen einen holprigen Start gehabt haben«, sprach er weiter, »woran ich sicher meinen Teil an

Schuld trage. Aber, wie unsere Verwandten richtig festgestellt haben, haben wir einige Gemeinsamkeiten, was es uns erleichtern sollte, angeregte Gespräche zu führen und damit Interesse füreinander vorzutäuschen.«

Sie erwiderte seinen Blick. »Ich gebe Euch zum Teil recht«, sagte sie, um nicht unhöflich zu erscheinen. »Aber noch bin ich unentschlossen. Ohne Euch zu nahe treten zu wollen: Wir kommen nicht sonderlich gut miteinander aus.« Und das war milde ausgedrückt.

»Dem stimme ich zu. Aber ich weiß nicht, wie es Euch geht, mir ist ehrliche, offene Abneigung allemal lieber als die gezwungene Freundlichkeit bei den unvermeidlichen Kuppelversuchen meiner Mutter.«

Überrascht stellte sie fest, dass sie auch diesen Ausführungen einiges abgewinnen konnte. Trotzdem war sie noch nicht vollständig überzeugt. Wenn diese Scharade funktionieren sollte, mussten sie Regeln festlegen. »Wie würden unsere Tage im Museum aussehen?«

»Die Herren dort müssten glauben, was wir der Gesellschaft vorspielen, weshalb wir damit aufhören müssten, uns hartnäckig anzuschweigen.« Seine Lippen kräuselten sich in der Andeutung eines Lächelns, eine Geste, die seinem Gesicht ein wenig die Härte nahm. »Aber Streiten wäre in Ordnung, denke ich.«

Dieser Kommentar entlockte ihr gegen ihren Willen ein Lachen.

»Zusätzlich verspreche ich, dass ich meine Versuche aufgeben werde, Euch aus dem Museum zu ekeln.«

»Dann gebt Ihr also zu, dass dies Euer Plan war?« Von seiner Antwort hing viel ab. Wenn er jetzt nicht bereit war, aufrichtig zu sein, sah sie keine Zukunft für seinen

Vorschlag. Ehrlichkeit war der Grundstein für jede Vereinbarung.

Er lächelte erneut. »Ihr provoziert mich und stört meine Routine. Euer Benehmen ist äußerst undamenhaft und Eure Art, zu allem eine eigene Meinung zu haben, ist enerv...«

»Das ist Euer bester Versuch, mich für Euch einzunehmen?«, fragte sie lächelnd. »Das ist wirklich bemitleidenswert.« Seine Offenheit war auf eine gewisse Weise erfrischend. Sie mochte es, wenn sie bei einem Menschen wusste, woran sie war.

Er legte den Kopf ein wenig schief, bevor er antwortete. »Ich bin nicht sonderlich versiert darin, anderen Menschen Honig ums Maul zu schmieren, wenn Ihr das meint. Ihr mögt es arrogant nennen, aber ich nenne die Dinge nur beim Namen, nicht mehr und nicht weniger.« Ein Schulterzucken untermauerte seine Worte.

»Dann bleibt am besten dabei und gebt eure Arroganz nicht als etwas anderes aus.« Das hatte er verdient, wie sie fand. »Kein Wunder, dass Eure Mutter so verzweifelt versucht, Euch zu verkuppeln. So ungeschickt, wie Ihr Euch anstellt, wird es eine Ewigkeit dauern, bis Ihr eine Frau findet, die Euch freiwillig heiratet.«

»Das Kompliment kann ich uneingeschränkt zurückgeben«, sagte er steif.

»Danke.«

»Also, was sagt Ihr?«

Sie hatte den Mund geöffnet, um sein Angebot abzulehnen, zögerte jedoch. Je länger sie darüber nachdachte, desto verlockender erschien die Idee. Immerhin wusste sie, dass er nicht die Absicht hatte zu heiraten, genau wie sie. Und nichts hinderte sie daran, diese

Scheinverbindung zu lösen, wenn es unerträglich wurde. Sollte sie es auf einen Versuch ankommen lassen?

»Wir würden es langsam angehen, nehme ich an?« Weil sie das Gefühl hatte, ihre Worte erklären zu müssen, fügte sie hinzu: »Ich meine die Bekundung unseres gegenseitigen Interesses.«

»Selbstverständlich.« Er schien nach wie vor angespannt. »Alles andere wäre unglaubwürdig. Unser kleiner Ausflug auf die Galerie war ein perfekter Anfang. Wir sollten zurückgehen, uns ein Lächeln schenken, sobald wir den Saal erneut betreten, und den Spekulationen erst einmal freien Lauf lassen.«

»Und auf Kommentare und Fragen möglichst ausweichend reagieren? Als hätten wir ein kleines Geheimnis?«

Er hob einen Mundwinkel und zeigte mit dem Finger auf sie. »Gut mitgedacht. So wird es plausibler.«

Sie unterdrückte den Drang, zu lächeln, denn es galt, noch einen wichtigen Punkt zu klären. »Wir werden uns nicht küssen und auch sonst keinerlei Intimitäten austauschen.«

»Gott bewahre«, kam es entrüstet von ihm und sie stellte amüsiert fest, dass er ein wenig von ihr abrückte. »Ich würde niemals ...« Abwehrend hob er die Hände. »Seid versichert, dass mir nichts ferner läge. Intimitäten kommen unter gar keinen Umständen infrage.«

Zwar kannte sie ihn noch nicht lange, war sich jedoch sicher, dass seine Reaktion echt war. Für einen Augenblick fühlte sie sich ein wenig beleidigt und sie musste sich erst ins Gedächtnis rufen, dass es genau die Zusicherung war, die sie von ihm gefordert hatte. Damit war diese Sorge vom Tisch. Doch sie hatte noch weitere Bedingungen.

»Falls einer von uns dieses Arrangement beenden möchte, ist es vorbei, ohne Wenn und Aber, keine Diskussion.«

»Einverstanden«, sagte er und nickte. »Das sollte uns mindestens bis zum Ende der nächsten Saison Zeit geben. Wenn es so weit ist, müssen wir sehen, wie es weitergeht.«

»Falls Ihr glaubt, ich würde für eine Verlobung zur Verfügung stehen, schlagt Euch das besser gleich aus dem Kopf.« Ein leises Lachen sollte ihren Worten die Spitze nehmen.

»Seid unbesorgt«, erwiderte er mit todernster Miene, »eher lasse ich mir die Gedärme durch die Nase herausziehen und in Kanopen versiegeln.«

Phoebe konnte sich ein Kichern nicht verkneifen. Mit jeder Sekunde vertiefte sich in ihr das Gefühl, genau das Richtige zu tun. »Was unsere Arbeit im Museum angeht ...«

»Wir sollten versuchen, uns gegenseitig so wenig wie möglich ins Gehege zu kommen, und ansonsten einen regelmäßigen, freundlichen Umgang miteinander pflegen.«

»Außer, wir sind in Sachfragen verschiedener Meinung.« Dieser Punkt war Phoebe wichtig. »Ich möchte mich weder verstellen noch so tun, als würde ich es nicht bemerken, wenn Ihr mal wieder einen Fehler macht.«

»Kein Problem, da habe ich nichts zu befürchten. Doch es wird mir ein ausgesprochenes Vergnügen sein,

Euch auch in Zukunft auf Eure Fehler hinzuweisen.« Er streckte die Hand aus. »Haben wir einen Handel?«

»Den haben wir.« Zufrieden schlossen sich ihre Finger um seine. Sich mit ihm herumzuschlagen, war ein kleiner Preis dafür, im Museum arbeiten zu dürfen.

Auf dem Heimweg lächelte Tante Victoria ausnehmend zufrieden. »Zuerst entschuldige ich mich, dass ich dich über die Verwandtschaft Lord Griffins mit den Channings im Unklaren gelassen habe«, begann sie das unvermeidliche Gespräch. »Du verstehst sicherlich meine Beweggründe.«

»Das tue ich«, antwortete Phoebe höflich, was ihre Tante dazu brachte, weiterzusprechen.

»Ich kam nicht umhin, deinen kleinen Ausflug mit Lord Griffin in die Galerie zu bemerken. Darf ich annehmen, dass ihr eure Meinungsverschiedenheiten beigelegt habt?«

»So könnte man es ausdrücken.« Überrascht, wie leicht es ihr fiel, ihre Tante zu täuschen, sprach sie weiter. »Möglicherweise ist er nicht so uneinsichtig, wie ich anfangs dachte. Aber lass uns nichts überstürzen.« Genaugenommen war es keine Lüge. Sie ließ nur einiges unerwähnt.

»Das ist ein Schritt in die richtige Richtung«, freute sich Tante Victoria. »Die Channings sind eine alte und ehrwürdige Familie, die es geschafft haben, dem jüngsten Skandal zu trotzen. Mit dem neuen Lord Griffin haben sie einen Erben, der zwar ein wenig unkonventionell ist, der aber genau deshalb perfekt zu dir passt.«

Phoebe rechnete es ihrer Tante hoch an, dass sie ehrlich war, was ihre Absichten betraf. Dennoch blieb der

Ärger darüber, wie wenig Phoebes Meinung in dieser Angelegenheit zu zählen schien. »Warten wir erstmal ab«, gab sie eine diplomatische Antwort, für die sie sich beglückwünschte.

»Ich wage zu bezweifeln, dass du einen anderen Mann mit ähnlichen Interessen finden wirst. Von Lord Hunting mal abgesehen. Allerdings glaube ich kaum, dass du ihn in Erwägung ziehst.«

»Da liegst du richtig.« Kurz zögerte Phoebe und war unsicher, ob sie es wagen konnte, nach den Umständen zu fragen, unter denen Lord Griffin seinen Titel bekommen hatte. »Was ich noch nicht verstanden habe«, sagte sie vorsichtig, »ist, wie aus dem ehrenwerten Mr Lynch Lord Griffin geworden ist.«

Ein lautes Seufzen war die Antwort. »Irgendwann wirst du es ohnehin erfahren.« Sie faltete die Hände im Schoß. »Am besten, bevor du dich entscheidest, Lord Griffin zu ehelichen.«

Alles in Phoebe schrie danach, jedes Interesse daran von sich zu weisen, doch es gelang ihr, sich im Zaum zu halten. Also nickte sie ihrer Tante auffordernd zu, weiterzusprechen.

»Zum Ende der letzten Saison hat ein Skandal den *ton* erschüttert, wie es lange keinen mehr gegeben hat. Lord Griffin – also der ältere Bruder des jetzigen – entschied sich dazu, ein Dienstmädchen aus dem Hausstand seines Vaters zu ehelichen. Die beiden sind nach Gretna Green durchgebrannt und der junge Lord hat seine Eltern damit vor vollendete Tatsachen gestellt.«

»Die waren wenig begeistert, nehme ich an?« So langsam ergab sich ein Bild.

»Richtig. Der Earl wollte die Ehe annullieren lassen, aber sein Sohn hat sich geweigert, allen Drohungen zum Trotz.«

Phoebe konnte sich denken, wie die Sache ausgegangen war.

»Der junge Mann hat am Ende mehr Rückgrat bewiesen, als wir ihm alle zugetraut hätten, und ist mit seiner Frau auf ein Schiff in die Neue Welt gestiegen. Sein Erbe und den Titel des Viscount Griffin hat er damit aufgegeben. Beides ging auf seinen jüngeren Bruder über, den jetzigen Lord Griffin. Er war der Gesellschaft bis zu jenem Punkt weitestgehend ferngeblieben und galt im Allgemeinen als seltsam, zurückgezogen und verschroben.« Tante Victoria lächelte. »Was für einen Mann der Wissenschaft ja nichts Außergewöhnliches ist.«

Eine bemerkenswerte Geschichte, die Phoebe auf mehrere Arten beschäftigte. Zum einen bewunderte sie den Mut des früheren Viscount Griffin. Er war für das eingestanden, was ihm wichtig war, hatte sich nicht um Konventionen geschert und seinen Weg gewählt.

Zum anderen zeigte der Vorfall, wie unlogisch sich Menschen verhielten, wenn sie sich verliebten. Denn genaugenommen war die Entscheidung, dieses Schiff zu besteigen, dämlich gewesen. Er hatte ein Leben aufgegeben, in dem er alles hätte haben können, um einer ungewissen Zukunft entgegenzusegeln.

»Welch überraschender Ausgang.« Der auch Griffins Formulierung erklärte. Für seinen Vater war er wohl nach diesen Ereignissen der einzige Sohn.

Wenn er nicht so ein arroganter Kerl gewesen wäre, hätte sie fast Mitleid für ihn empfunden.

Ein Unfall mit Folgen

Phoebe

Den Rest des Jahres, genau wie den ganzen Januar hindurch, begegneten sich Phoebe und Lord Griffin sehr zurückhaltend. Zu dieser Zeit fanden nur wenige gesellschaftliche Veranstaltungen statt und es war ihnen ein Leichtes, bei den gelegentlichen Aufeinandertreffen demonstrativ höflich zu plaudern. Auch im Museum gingen sie freundlicher miteinander um, was nicht hieß, dass sie bei irgendetwas einer Meinung waren.

Phoebe bemerkte schnell, dass Griffin über ein umfangreiches Wissen verfügte, welches jedoch größtenteils auf dem Studium einschlägiger Schriften gründete. Angeblich war er bereits in Ägypten gewesen und verachtete scheinbar dennoch Menschen, die sich die Hände bei Ausgrabungen schmutzig machten, um an die im Sand vergrabenen Schätze zu gelangen.

Er saß in seinem Elfenbeinturm und beurteilte alle Fundstücke anhand allgemeiner Kriterien, wobei er Kontext wie die Umstände des Fundes oder was Einheimische dazu gesagt hatten, völlig außer Acht ließ. Eine Einstellung, die sie regelmäßig ärgerte.

Allerdings musste sie zugeben, dass seine Gesellschaft unterhaltsamer war als die der anderen Männer. Hallow war ein Eigenbrötler, der am liebsten in Ruhe vor sich hinarbeitete. Jeder Versuch einer Einmischung führte nur zu einer Schimpftirade.

Was besser war als Fitzwilliams anzügliche Art. Ein unangenehmer Zeitgenosse, der Phoebe mit seinen Blicken förmlich auszog, wenn er ihrer ansichtig wurde. In solchen Augenblicken war sie froh, Mrs Stroud bei sich zu haben, die nach wie vor mit Argusaugen über sie wachte.

Die Anstandsdame hatte es sich zur Gewohnheit gemacht, in der Nähe des Fensters mit dem besten Licht zu sitzen und zu sticken. Obwohl sie dabei kaum aufblickte, gelang es ihr dennoch auf scheinbar magische Weise, stets ein missbilligendes Räuspern von sich zu geben, wenn einer der Herren ihrem Schützling zu nahe kam.

Neben Fitzwilliam kam für Annäherungen auch Lord Hunting infrage. Wie es aussah, war er nach wie vor auf der Suche nach einer Ehefrau und wurde nicht müde, Phoebe von seinen Kindern vorzuschwärmen. Seine älteste Tochter sollte in wenigen Tagen ihr Debüt haben, was mit einem großen Ball gefeiert werden sollte, zu dem auch seine Kollegen im Museum eingeladen waren.

»Es wird ein rauschendes Fest«, sagte Hunting zum wiederholten Mal und blickte Phoebe über die Schulter.

Sie war damit beschäftigt, bemalte Tonscherben zusammenzusetzen, deren Bedeutung sich ihr noch nicht erschlossen hatten. Auf den ersten Blick hätte sie gesagt, dass sie Teil eines großen, bauchigen Kruges gewesen sein mussten. Andererseits waren die Zeichnungen eindeutig auf der Innenseite der Wölbung, was bei einem Krug wenig Sinn machte.

»Selbstverständlich«, antwortete sie abwesend. Was genau man da gezeichnet hatte, konnte sie noch nicht erkennen, war aber zuversichtlich, wenigstens dieses Geheimnis bis zum Abend lösen zu können. Zumindest, wenn sie nicht unterbrochen wurde.

»Ich freue mich schon auf einen Tanz mit Euch.«

Diese Worte nötigten sie jetzt doch dazu, Hunting anzusehen. Wie gern hätte sie ihn abgewiesen, doch die Höflichkeit verbot das. »Selbstverständlich«, wiederholte sie ihre Worte. »Aber jetzt sollten wir ...«

Das laute Poltern einer Tür unterbrach sie und sorgte dafür, dass sich alle Köpfe in Richtung des Geräusches drehten.

Verursacht hatte es Fitzwilliam, der mit unsicheren Schritten den Raum betrat und laut fluchte.

»Schert euch nicht um mich«, rief er viel zu laut und steuerte einen Stapel unausgepackter Fundstücke an. »Ich ruh mich nur ein Weilchen aus.« Mit diesen Worten verschwand er aus Phoebes Sichtfeld zwischen den Kisten, offensichtlich bemüht, dort Platz zu schaffen.

»Welch ungehobeltes Benehmen«, murmelte Hunting, was Phoebe mit einem Nicken bestätigte. »Ich kümmere mich darum.« Er sah sich um, fixierte Hallow und ging auf ihn zu, die Hände zu Fäusten geballt.

Phoebe war das nur recht. Solange Fitzwilliam und Hunting miteinander beschäftigt waren, hatte sie ihre Ruhe vor den beiden. Ihr Blick ruhte wieder auf den Scherben vor sich, als es hinter ihr einen lauten Schlag tat, gefolgt von einem Schmerzensschrei und einem

Fluch. Offensichtlich hatte sich Fitzwilliam irgendwie wehgetan.

Kurz überlegte Phoebe, ob sie nach ihm sehen sollte, entschied sich jedoch dagegen. Hallow und Hunting waren bereits auf dem Weg dorthin, das war mehr als genug Hilfe. Was sollte groß passiert sein? Wahrscheinlich war ihm der Deckel einer Kiste auf den Fuß gefallen, oder …

»Miss Heart«, ertönte der Ruf von Lord Hallow. »Wärt Ihr so gut, Verbandszeug zu holen und herüberzukommen? Eine weibliche Hand könnten wir hier gut gebrauchen. Etwas Schnaps zum Desinfizieren wäre ebenfalls von Vorteil.«

Das klang allerdings nach einer schwerwiegenderen Verletzung. Seufzend unterbrach sie ihre Arbeit und fragte sich, warum die Herren annahmen, sie wisse, wo hier Verbandszeug und Schnaps zu finden seien.

Suchend sah sie sich um und überlegte, wie sie vorgehen sollte. Einer Eingebung folgend rief sie: »Schaut in Fitzwilliams Taschen nach einem Flachmann.« Nur wo sollte sie Verbandszeug auftreiben?

»Nehmt das.« Gesprochen hatte Lord Griffin, der in etwa so missmutig aussah, wie Phoebe sich fühlte. Er hielt ihr einige weiße Leinentücher hin. Auf ihren fragenden Blick zuckte er mit den Schultern. »Wir arbeiten mit scharfkantigen Gegenständen und ich bin gern auf alle Eventualitäten vorbereitet. Nehmt sie, sie sind sauber.«

Dankbar griff sie danach und ging schnellen Schrittes zu den anderen Herren. Aus dem Augenwinkel sah sie Mrs Stroud, die fragend den Blick von ihrer Stickerei hob. Phoebe lächelte ihr freundlich zu und schüttelte den Kopf. Hierbei brauchte sie keine Hilfe. Mrs Stroud quittierte das mit einem Stirnrunzeln und Phoebe lief in die Nische zwischen den Kisten.

Das Bild, das sich ihr bot, überraschte sie. Fitzwilliam lag auf dem Boden, neben ihm ein Kistendeckel, der ihn offenbar an der Stirn getroffen hatte. Dort klaffte ein Riss, aus dem unablässig Blut strömte. Der Mann schien nicht bei Bewusstsein.

»Ah, da seid Ihr ja«, kam es von Hallow. Er winkte Phoebe heran. »Bitte kümmert Euch um ihn. Was für ein Glück, dass wir eine Frau hier haben.« Und an Hunting gewandt: »Wir schauen uns das einmal an und finden heraus, wie dieser Deckel auf Fitzwilliam landen konnte.«

»Aber ich ...« Phoebe kam gar nicht mehr dazu, den beiden zu erklären, dass sie keine Ahnung hatte, wie man Wunden versorgte. Etwas ratlos stand sie vor dem Verletzten und fragte sich, wie in einer solchen Situation zu verfahren war.

Suchend sah sie sich nach einem Flachmann um, doch offensichtlich hatten weder Hallow noch Hunting auf sie gehört, was bedeutete, sie würde selbst danach suchen müssen. Leise fluchend beschloss sie, erst einmal die Blutung zu stillen. Dafür kniete sie sich neben Fitzwilliam auf den Holzboden und drückte eines der Tücher auf seine Stirn. Er zuckte zusammen, wachte jedoch nicht auf. Mit der einen Hand hielt sie das Tuch und mit der anderen durchsuchte sie seine Taschen nach Schnaps.

In den Außentaschen seiner Jacke war nichts zu finden. Mit einem schweren Seufzer begann sie, mit der flachen Hand über seine Jacke zu fahren, in der Hoffnung, den Inhalt etwaiger Innentaschen zu ertasten. Und tatsächlich fühlte sie auf seiner Brust die Umrisse eines Flachmanns, aus dem sie ihn mehrfach hatte trinken sehen.

Weil ihr nichts anderes übrig blieb, öffnete sie seine Jacke und griff unter das Revers, um an die Flasche zu gelangen. Fitzwilliam öffnete genau in diesem Moment die Augen, in denen es gefährlich glitzerte.

»Gleich so forsch, nur weil uns niemand sieht? Wenn ich das gewusst hätte ...« Erstaunlich schnell für einen Mann, der vor wenigen Sekunden noch bewusstlos am Boden gelegen hatte, glitt seine Hand nach vorn, umfasste grob ihre linke Brust und drückte zu. »Was für eine schöne Fügung des Schicksals, dass ich mir diese Ecke hier ausgesucht habe, um ein wenig auszuruhen. Hier sieht uns niemand, wenn wir ...«

»Fitzwilliam, was fällt Euch ein? Nehmt sofort Eure Finger von der Dame!« Gesprochen hatte Hunting und auch wenn Phoebe eigentlich gerade vorgehabt hatte, den Prinzensohn selbst in seiner Schranken zu weisen, war sie dankbar für die Hilfe und lächelte den älteren Mann freundlich an. Sie wollte ihre Dankbarkeit zeigen, auch wenn ihn das in seiner Wahnvorstellung, sie könne ihm zugetan sein, wahrscheinlich nur bestätigte.

Sein lauter Protest rief leider auch Mrs Stroud auf den Plan, die mit gerötetem Gesicht und zusammengekniffenen Augen angelaufen kam. Glücklicherweise stand Phoebe inzwischen wieder, so dass nichts zu sehen war, was falsch hätte ausgelegt werden können.

Für Mrs Stroud war sicher die Frau daran schuld, wenn ein Mann sich unsittlich verhielt.

Curtis

Mit wachsendem Unmut beobachtete Curtis die Vorkommnisse rund um Fitzwilliams Unfall. Warum hatten Hunting und Hallow Miss Phoebe mit hineingezogen? Sie sollten doch in der Lage sein, einen einfachen Verband anzulegen. Und selbst wenn nicht, hätten sie immer noch Mrs Stroud um Hilfe bitten können. Die fanatisch religiöse Frau verstand mit Sicherheit mehr davon, wie man Verletzte versorgte, als ihre jüngere Schutzbefohlene.

Selbstverständlich ging es ihm bei seinen Überlegungen nicht um Miss Phoebe als Person, sondern nur darum, dass sie von der Arbeit an den Scherben abgelenkt war, wenn sie als Krankenschwester missbraucht wurde.

Andererseits sollte er dankbar sein. Sie hatte ihm seit ihrer Ankunft im Museum nichts als Widerworte gegeben. Abgesehen von ihrer Streitlust war sie respektlos und tötete ihm mit ihrer Besserwisserei den letzten Nerv. Keine seiner vielen Schwestern hatte es jemals fertiggebracht, ihn derart in Rage zu bringen wie diese unmögliche Person.

Die Tücher hatte er ihr nur gereicht, um den Schein zu wahren. Schließlich mussten sie glaubhaft darstellen, dass sich zwischen ihnen ein romantisches Verhältnis anbahnte. Die Frau machte es ihm gewiss nicht leicht, das vorzutäuschen, da musste er jede Gelegenheit nutzen.

Dementsprechend war er schnellstmöglich hinüber-
geeilt, als sich Hunting über Fitzwilliams unangemes-
senes Verhalten echauffiert hatte.

Das Schauspiel, welches sich ihm bot, entbehrte allerdings nicht einer gewissen Komik. Fitzwilliam hatte
endlich bemerkt, dass er verletzt war, und hielt sich ein
blutdurchtränktes Tuch an die Stirn, während er laut
fluchend herumstolperte.

Gleichzeitig versuchte Hunting, beruhigend auf eine
äußerst gereizt wirkende Miss Phoebe einzureden, und
sich dabei schützend zwischen sie und Fitzwilliam zu
schieben. Da diese aufgrund der Kistenstapel nicht weiter zurückweichen konnte, kam er ihr dabei viel zu
nahe. Das wiederum hatte ihm die Ungnade von Mrs
Stroud eingebracht, die vehement eine Vergrößerung
des Abstands forderte und ihn dabei mehrfach von hinten mit ihrem Stickrahmen antippte. Lord Hallow hingegen war es inzwischen gelungen, den Kistenstapel zu
erklimmen. Er thronte über dem Chaos und rieb sich
nachdenklich das Kinn.

Mit großer Mühe gelang es Curtis, sich das Lachen zu
verkneifen. Stattdessen rief er: »Bewahren sie die
Contenance, Herrschaften, ich muss doch sehr bitten!«

Der Lärm verstummte auf einen Schlag und alle sahen verblüfft in seine Richtung.

»Exzellent«, konstatierte er. »Ich schlage vor, sich zu-
allererst aus dieser Ecke zu entfernen, das sollte helfen,
weitere Zwischenfälle zu vermeiden.«

Während seine Kollegen und Mrs Stroud mit mehr
oder weniger roten Köpfen stumm aus der Lücke zwischen den Kistenstapeln herausmarschiert kamen,
hauchte ihm Miss Phoebe im Vorbeigehen ein tonloses

»Danke schön« zu, ohne ihm dabei in die Augen zu sehen. Das erfüllte ihn mit einer gewissen Genugtuung, denn er ahnte, wie viel Überwindung sie diese zwei Worte gekostet hatten. Etwas Demut stand ihr ausgezeichnet.

»Wer hat mich niedergeschlagen?«, verlangte Fitzwilliam zu wissen. »Ich werde den ...«

»Niemand hat Euch niedergeschlagen«, fiel ihm Hallow ins Wort, der inzwischen von dem Stapel heruntergestiegen war. »Euch ist nur ein loser Deckel auf den Kopf gefallen, als ihr gegen einen Kistenstapel gestolpert seid. Das ist alles.«

»Ich bin nicht gestolpert.«

»Müsst Ihr wohl, denn Deckel fallen nicht von allein herunter und sonst war niemand in der Nähe«, schnaubte Hunting verächtlich.

Fitzwilliam kniff die Augen zusammen. »Seid Ihr sicher?«

»Natürlich bin ich das.« Hunting hob die Hände in einer Geste der Entrüstung und sah in die Runde. »Das können alle Anwesenden bezeugen.«

Das schien Fitzwilliam nachdenklich zu stimmen, denn er schwieg kurz und kratzte sich am Kopf. »Dann muss es der Fluch der Mumie gewesen sein!«

Nicht schon wieder dieser Unsinn. Ein Stöhnen entrang sich Curtis' Kehle. »Das kann nicht Euer Ernst sein.«

»Jedermann weiß, dass es Flüche gibt«, beharrte Fitzwilliam. »Ich wette, der Deckel, der mir auf den Kopf fiel, war von einer Kiste, in der sich eine Mumie befindet.«

»Das ist doch absurd!« Curtis schüttelte den Kopf. Warum glaubte auf einmal jeder an Flüche?

»Unter den Sachen sollte auch keine Mumie sein.« Ebenfalls kopfschüttelnd sah Miss Phoebe zu den Kisten. »So etwas haben wir nicht mitgebracht.«

»Nun ja«, warf Hallow ein, wobei er etwas verlegen wirkte. »Normalerweise wäre ich ganz Eurer Meinung, aber was den Deckel angeht, hat unser königlicher Sprössling recht. Er kam von einer Kiste, die auf dem großen Steinsarkophag steht, in dem vermutlich eine Mumie ruht.«

Alle sahen sich betroffen an, während Fitzwilliam triumphierend die Faust hob. »Seht Ihr, Griffin? Ich wusste es. Es ist der verdammte Fluch der Mumie.«

Ein weiteres Mal schüttelte Curtis fassungslos den Kopf. War Hallow tatsächlich bereit, einen Fluch als Unfallursache in Erwägung zu ziehen? Das war doch lächerlich. Aber ein Blick in die Runde zeigte, dass Hallow nicht der Einzige war. Auch Hunting sah besorgt aus. Dagegen musste er etwas unternehmen. »Ein Fluch, der Holzbretter nach Fitzwilliam schleudert?«, fragte er in möglichst ironischem Tonfall. »Lächerlich.«

»Es geht dabei nicht nur um Fitzwilliam«, wandte Hallow ein. »In den letzten Wochen wurden mehrfach Bedenken dieser Art von verschiedenen Seiten an mich herangetragen. Und es ist nicht von der Hand zu weisen, dass es in der Vergangenheit ungewöhnlich viele Unfälle im Zusammenhang mit Schätzen und Mumien aus ägyptischen Gräbern gegeben hat.«

»Aber wir sind doch alle Männer der Wissenschaft und verfügen über einen rationalen Verstand.« Curtis war kurz davor, zu verzweifeln.

Hallow schüttelte den Kopf. »Jetzt macht nicht so ein Gesicht, Griffin. Zwischen Himmel und Erde gibt es mehr, als wir uns vorstellen können. Gerade als Männer der Wissenschaft müssen wir offen bleiben für Dinge, die anderen Menschen unglaublich erscheinen mögen. Nur ein Geist, der bereit ist, alle Möglichkeiten in Betracht zu ziehen, bleibt wach und aufmerksam.«

Ein Blick in die Runde zeigte ein zustimmendes Nicken von Fitzwilliam und Hunting. Allein Miss Phoebes Gesicht spiegelte dasselbe Ausmaß an ungläubiger Ablehnung wider, das ihn beherrschte.

Das war überraschend, hatte sie sich doch seiner Schwester gegenüber anders zu diesem Thema geäußert. Leider spielte ihre Meinung keine Rolle, solange Hallow an den Unsinn glaubte. Es musste doch einen Weg geben, dieser Posse Einhalt zu gebieten.

Er räusperte sich. »Wie dem auch sei. Was immer hinter diesem Unfall steckt, wir sollten es vermeiden, Gerüchte über einen Fluch zu schüren oder gar zu bestätigen. Das wäre fatal. Die Menschen besuchen kein Museum, in dem sie befürchten, verflucht zu werden. Daher sollten wir vereinbaren, Stillschweigen über die Vorkommnisse zu bewahren.«

»Vielleicht habt Ihr recht, Griffin.« Hallow wiegte den Kopf nachdenklich hin und her. »Ein endgültiges Urteil in dieser Sache wäre voreilig und wir sollten niemanden beunruhigen, solange wir keine gesicherten Erkenntnisse haben.«

Curtis atmete erleichtert auf.

»Ich bin doch nicht lebensmüde!«, begehrte Fitzwilliam auf, dem Mrs Stroud inzwischen eines der Leinentücher wie einen rotgefleckten Turban um den Kopf gewickelt hatte. »Ich werde Seiner Majestät berichten. Mich bekommen keine zehn Pferde mehr hierher.« Mit diesen Worten stürmte er aus dem Raum.

»Wenn ich geahnt hätte, dass er so reagiert, hätte ich ihn viel früher auf die Möglichkeit eines Fluches hingewiesen«, kommentierte Hallow den Abgang.

Curtis kam nicht umhin, zu bemerken, dass sich Miss Phoebes Lippen in der Andeutung eines Lächelns kräuselten. Ganz offenbar fand sie Hallows kauzige Art ähnlich amüsant wie er. Trotzdem konnte er sie nicht ungeschoren davonkommen lassen. »Euch ist klar, dass Ihr zu einem erheblichen Teil mitverantwortlich seid dafür, dass dieses dumme Gerede über altägyptische Flüche nicht verstummen will?«

»Pardon?« Sie drehte den Kopf in seine Richtung. Ihrem Blick entnahm er, dass sie ihn sehr wohl verstanden hatte. Ihre Augen hatten ein eisiges Glitzern angenommen, das ihm ein Schaudern über den Rücken jagte.

Er wählte seine Worte mit Bedacht. »Ihr habt meinen Schwestern den Floh ins Ohr gesetzt, dass an den Geschichten über Flüche etwas dran sein könnte. Und die haben es brühwarm weitererzählt. Solche Geschichten verbreiten sich schnell. Was glaubt Ihr, warum Lord Hallow in letzter Zeit so viele besorgte Anfragen diesbezüglich erhalten hat?«

Miss Phoebe schüttelte irritiert den Kopf. »Aber ich wollte doch nicht ...« Sie verstummte und setzte erneut an. »Ich habe niemals behauptet, dass Flüche real seien. Ich habe Euren Schwestern lediglich bestätigt, dass es auch in Ägypten wilde Gerüchte diesbezüglich gibt, denn das ist eine Tatsache. Dass Mitglieder Eurer Familie, Euch eingeschlossen, meine Worte falsch interpretiert haben, könnt Ihr mir kaum vorwerfen.«

»Eine Fehlinterpretation, die ihr willentlich und wissentlich herbeigeführt habt. Ihr hättet Euch meinen Schwestern gegenüber viel klarer von solchen Fluchgerüchten distanzieren können.«

»Mag sein, dass es mich amüsiert hat, Euch ein wenig aufzuziehen, denn das war das Mindeste, was Ihr verdient hattet. Aber wollt Ihr ernsthaft behaupten, dass mein Wort zu diesem Thema mehr Gewicht hat als Eures? Noch dazu in Eurer eigenen Familie?«

So hatte er das noch nicht betrachtet. Lag die Schuld gar nicht bei ihr, sondern vielmehr bei ihm? Das konnte nicht sein. »Ihr wisst doch, wie die Menschen sind«, versuchte er, die verlorene Position zu halten. »Man erzählt ihnen hundert vernünftige Dinge und eine Spukgeschichte. Welche werden sie weitererzählen?«

Triumphierend lächelte sie ihn an. »Da stimme ich Euch ausnahmsweise einmal zu. Wir sind uns also einig, dass keine Menge an vernünftigen Aussagen meinerseits etwas geändert hätte.«

Resignierend hob Curtis die Arme. »Ich gebe mich geschlagen. Ihr habt recht.«

Ihre Augen weiteten sich und sie schlug die Hände vor dem Mund zusammen. »Dass ich das noch erleben darf«, jubelte sie und lachte.

Es war das erste Mal, dass er sie Lachen sah, und es gefiel ihm, wie sie dabei strahlte. Er spürte, wie seine eigenen Mundwinkel gegen seinen Willen nach oben wanderten. Ihm war wohl bewusst, dass es ein Lachen auf seine Kosten war, doch er konnte nicht anders, als mitzulachen, und so standen sie beide da und lachten, bis ihnen die Tränen über die Wangen liefen. Mrs Stroud warf ihnen einige vorwurfsvolle Blicke zu, mischte sich aber nicht ein.

Miss Phoebe beruhigte sich als Erste und nahm den Faden wieder auf. »Im Ernst, wie kann man an solche Ammenmärchen glauben? Das sind doch alles nur Geschichten, die erzählt werden, um Grabräuber abzuschrecken. So etwas wie Flüche gibt es nicht.«

»Sehe ich genauso«, erwiderte er, um Atem ringend. Eigentlich schade, dass sie aufgehört hatten, zu lachen. Er hatte lange nicht mehr so viel Spaß gehabt. Das letzte Mal hatte er in seiner Kindheit so herzhaft gelacht. »Ihr wisst, dass die Saison bald beginnt?«

Ihre Miene verfinsterte sich. »Erinnert mich nicht daran.«

»Haltet Euch an unseren Plan, dann wird es schon nicht so schlimm werden«, versuchte er, sie aufzumuntern.

Ihr verdutzter Blick zeigte deutlich, dass sie derartig aufrichtige Freundlichkeit nicht von ihm gewohnt war. Sie glaubte doch nicht etwa, er könne sie leiden? »Wenn ihr lacht, seid ihr sogar fast zu ertragen«, beeilte er sich, hinzuzufügen, was ihm wie gewohnt hochgezogene Augenbrauen und ein abfälliges Schnauben einbrachte.

»Hatte ich erwähnt, dass Ihr …«

Ihre Worte wurden von der Tür unterbrochen, die laut krachend gegen die Wand schlug. Im Eingang

stand ein Mann, groß wie ein Baum, mit dunklem Rau-
schebart und einer mächtigen Brust, der sich mit fins-
terem Blick umsah.

94

Giovanni Batista Belzoni

Phoebe

»Giovanni!« Phoebe erkannte den bärtigen Riesen sofort, obwohl es fast drei Jahre her war, dass sie sich in Ägypten verabschiedet hatten. Giovanni Batista Belzoni war eine beeindruckende Persönlichkeit, sowohl sein Äußeres als auch seine Leistungen betreffend. An die zwei Meter groß und breit gebaut, hatte er seine frühen Jahre beim Zirkus als Starker Mann verbracht, bevor er als Ausgräber in Ägypten zu Ruhm gelangt war. Er besaß ein Gespür für antike Stätten und den Mut, sie zu betreten.

Phoebe mochte den Italiener seit ihrer ersten Begegnung, was auf Gegenseitigkeit beruhte. Denn auch wenn ihr Erscheinungsbild kaum unterschiedlicher hätte sein können, hatten sie doch eins gemeinsam: den unbedingten, leidenschaftlichen Willen, dem Wüstensand seine Geheimnisse zu entlocken.

»Mädchen!«, donnert seine dunkle, volle Stimme durch den Saal und seine finstere Miene heiterte sich auf. »Dann stimmen die Gerüchte also.« Die anderen Anwesenden ignorierend, kam er auf sie zu und schloss sie in seine Arme, ungeachtet Mrs Strouds angestrengtem Räuspern. Phoebes Kopf ruhte dabei ein wenig unterhalb seiner Brust und sie konnte ein Kichern nicht unterdrücken.

»Wie immer zu stürmisch«, sagte sie und löste sich von ihm. »Ich hörte, Sie bereiten eine Ausstellung in London vor?«

»O ja, das tue ich. Sie wird großartig. Direkt am Piccadilly in der Egyptian Hall.« Seine Züge verfinsterten sich wieder. »Allerdings kann ich das nicht, wenn all meine Ausstellungsstücke hier bei den Erbsenzählern und Wichtigtuern in Kisten verpackt herumstehen.« Mit einer wütenden Geste zeigte er in die Ecke, in der vor wenigen Minuten das Unglück mit Fitzwilliam geschehen war.

»Und wer bitte schön ist dieser Herr?« Gestellt hatte die Frage Mrs Stroud, die inzwischen herbeigeeilt war, zweifellos um der unschicklichen Umarmung ein möglichst schnelles Ende zu setzen.

»Mrs Stroud, darf ich vorstellen? Signore Giovanni Belzoni, der Partner meines Schwagers, des Earl of Chadwick. Wir waren gemeinsam in Ägypten und haben dort viel erlebt. Betrachten Sie ihn als Familienmitglied, so als wäre er mein großer Bruder.«

»Aha«, war alles, was Mrs Stroud dazu sagte.

»Entzückt, Ihre Bekanntschaft zu machen.« Belzoni verbeugte sich überschwänglich vor Mrs Stroud, nahm ihre Hand und hauchte einen Kuss in die Luft darüber. »Ihre Anwesenheit und Besorgnis um Miss Phoebe nehmen mir eine schwere Last von der Seele.« Er ließ ihre Hand los. »Was für eine aufopferungsvolle Frau Sie sein müssen, den ganzen Tag eingesperrt mit diesen Herren zu ertragen. Sie haben mein tiefstes Mitgefühl.

Bitte akzeptieren Sie meinen ausdrücklichen Dank dafür, dass Sie das alles auf sich nehmen. Sie sind eine wahre Heldin.«

»Na ja«, sagte Mrs Stroud und senkte den Blick. Phoebe hätte schwören können, dass sie dabei leicht errötete. »Ich tue ja nur meine Pflicht. Dann widme ich mich mal wieder meiner Stickarbeit.«

Belzoni verbeugte sich vor ihr, bevor er sich umdrehte. Sofort wurde er wieder ernst und sah zu den Kisten. »Wann kann ich endlich meine Fundstücke haben?«

Der Themenwechsel überraschte Phoebe nicht. Belzoni konnte durchaus einnehmend und freundlich sein, wenn er sich davon einen Vorteil versprach. Dass er diese Fähigkeit gerade eingesetzt hatte, um ihr Mrs Stroud vom Hals zu halten, wusste sie zu schätzen. Denn der wahre Grund seines Besuches war natürlich nicht, dass er um ihre Sicherheit besorgt war. Es ging vielmehr um einen alten Streitpunkt. Phoebe erinnerte sich daran, dass es oft zu Diskussionen zwischen Belzoni und Chadwick gekommen war, wie mit den Fundstücken zu verfahren sei, wenn sie in London eintrafen.

Für Belzoni stand der finanzielle Erfolg der ganzen Unternehmung an erster Stelle. Denn so leidenschaftlich er seiner Arbeit nachging, war sie auch seine einzige Einnahmequelle. Die geplante Ausstellung sollte nicht nur den Lebensunterhalt für ihn und seine Frau Sarah finanzieren, sondern auch weitere Expeditionen.

Chadwicks Interesse galt hingegen eher den wissenschaftlichen Erkenntnissen. Er hatte dafür gesorgt, dass jede Kiste zuerst hier im Museum ausgepackt wurde, damit der Inhalt untersucht und katalogisiert werden konnte, bevor Belzoni die Fundstücke irgendwo ausstellte.

»Wir kommen gut voran.« Sie versuchte, zuversichtlich auszusehen. »Und ich bin sicher, dass ...«

»Belzoni, was wollen Sie denn hier?« Hallow war zu ihnen getreten und musterte den großen Mann beinahe feindselig. »Ihre schmierigen Riesenklauen nach allem ausstrecken, was sie greifen können, bevor wir daraus irgendwelche Erkenntnisse gewinnen oder die Artefakte, Gott bewahre, erhalten können?«

»Ich hole mir nur das, was mir zusteht«, knurrte Belzoni. »Und außerdem: Wem nützen Erkenntnisse, wenn sie nicht geteilt werden?«

»Mit sensationsgierigen Banausen, die nur kommen, weil ihnen beim Anblick einer Mumie oder eines Sarkophags ein Schauer über den Rücken läuft?« Hallow schnaubte. »Verschwendete Mühe.«

»Gesprochen wie ein echter britischer Lord.« Die Verachtung in Belzonis Stimme war nicht zu überhören. »Sollten wir die Schönheit der Gräber und Tempel nicht der Allgemeinheit zugänglich machen? Wenn Wissen ein ach so hohes Gut ist, dann wäre es doch erst recht wichtig, jedem eine Chance zu geben, davon zu profitieren. Nicht nur ein paar privilegierten, engstirnigen ...«

»Giovanni«, ging Phoebe dazwischen, bevor ihr Freund die anwesenden Lords noch weiter gegen sich aufbringen konnte. »Sie haben mein Wort, dass wir so schnell wie möglich arbeiten und Sie rechtzeitig zur Ausstellungseröffnung ausreichend viele Stücke erhalten, die etwas hermachen.«

»Und wer entscheidet, welche das sind, Mädchen?« Sein Blick fiel auf die Scherben, an denen sie gerade gearbeitet hatte. »Mit dem da kann ich nämlich gar nichts anfangen. Ich brauche etwas, was die Fantasie der Menschen beflügelt.« Mit zusammengekniffenen Augen ging er auf die Kisten zu, die noch ungeöffnet in der Ecke standen. »Hier drin ist das ...«

»Hände weg von den Kisten!« Hallow baute sich in seiner ganzen Größe vor Belzoni auf und reichte ihm trotzdem kaum bis zu den Schultern.

»Wer will mich abhalten? Ihr etwa? Ich habe Haufen aus Kameldung gesehen, die gefährlicher wirkten. Geht beiseite!«

Die Mischung aus Belustigung und Drohung veranlasste Phoebe, erneut einzugreifen. Sie musste Belzoni irgendwie beruhigen, bevor die Situation eskalierte. Sein mangelnder Respekt vor Autorität hatte einigen wichtigen Männern in Ägypten sehr imponiert, was ihnen bei den Ausgrabungen oft zugutegekommen war. In London und besonders bei den Männern hier war diese Art von Respektlosigkeit jedoch fehl am Platz und drohte, unweigerlich zur Katastrophe zu führen.

»Giovanni, bitte.« Sanft legte sie eine Hand auf seinen breiten Unterarm. »Sie haben mein Wort, dass die von Ihnen gewünschten Stücke rechtzeitig in Ihren Ausstellungsräumen ankommen. Dafür sorge ich persönlich.«

»Entschuldige, Mädchen, aber ich glaube nicht, dass diese Herren dir mehr Respekt entgegenbringen als mir. Arrogante Schnösel, alle miteinander.«

»Nicht dass Sie sie gut genug kennen würden, um das zu beurteilen. Aber«, sagte sie und lächelte wieder, »darum geht es nicht. Sie wissen, dass ich mich niemals unterkriegen lasse. Nicht von irgendwelchen Ägyptern, nicht von Ihnen und erst recht nicht von den ehrenwerten Herren und Lords der Royal Society.« Sie warf einen Blick in Griffins Richtung, der das Geschehen bisher schweigend verfolgt hatte. »Wenn sie Ihre Ausstellungsstücke nicht rechtzeitig freigeben, bekommen sie es nicht nur mit mir zu tun, sondern auch mit Chadwick, der in wenigen Tagen eintreffen wird. Er würde Sie niemals hintergehen, da sind wir uns doch einig?«

Wie erhofft, hatte die Erwähnung von Chadwick eine deutlich beruhigende Wirkung auf Belzoni. »Ich war schon etwas besorgt, ihn nicht in London vorzufinden. Wann will er in der Stadt sein?«

»In ein bis zwei Wochen, schätze ich.« Behutsam versuchte Phoebe, ihren großgewachsenen Freund in Richtung Ausgang zu bugsieren. »Dann werden Sie auch Georgina wiedersehen. Sie freut sich darauf, Sie und Sarah zu treffen. Und Ihnen ihre Kinder zu zeigen. Das letzte ist erst wenige Wochen alt, es ist herzallerliebst.« Ein wenig plagte sie das schlechte Gewissen, weil sie schamlos log. Das jüngste Kind der beiden hatte sie noch nie gesehen. Andererseits hielten die meisten Menschen alle Babys für entzückend und die anderen Kinder ihrer Schwestern waren auch nicht hässlich, also stimmte ihre Aussage wahrscheinlich.

»Wo wird er voraussichtlich logieren, während er in London weilt?«, fragte Belzoni jetzt deutlich entspannter.

»In seinem Haus am Berkeley Square. Geben Sie mir Ihre Adresse, dann lasse ich Ihnen eine Nachricht zukommen, sobald sie eingetroffen sind.«

»Schick die Nachricht zur Egyptian Hall. Dort verbringen wir die meiste Zeit des Tages und auch einige Nächte. Sarah lässt dich übrigens grüßen. Du musst uns unbedingt dort besuchen kommen. Am besten bevor die Ausstellung beginnt. Sie hätte gern dein Urteil über unsere Malereien. Wir haben versucht, die Gemälde der letzten Grabkammer so originalgetreu wie möglich nachzuempfinden.«

»Was für eine außergewöhnliche Idee.« Das war es tatsächlich. So etwas hatte man in London sicher noch nicht gesehen. Phoebe erinnerte sich gut daran, wie beeindruckt sie gewesen war, als sie die Jahrtausende alten Schlachtszenen das erste Mal gesehen hatte. Beeindruckt und auch ein klein wenig demütig. Was diese Menschen in den unterirdischen Kammern geschaffen hatten, war einzigartig und zeugte von einer Kultur, die ihresgleichen suchte.

»Nicht wahr? Wir werden hoffentlich ordentliche Gewinne damit erzielen. Die werden wir brauchen, wenn Chadwick keine neue Ausgrabung finanziert, und danach sieht es im Moment leider aus. Aber ich habe eigene Pläne: eine Expedition nach Äquatorialafrika. Deswegen muss die Ausstellung ein Erfolg werden. Wir bauen auf deine Hilfe dabei.« Er nahm ihre Hand und drückte sie. »Gut, dass du da bist, Mädchen. Und noch besser, dass du dich von denen nicht unterkriegen lässt.«

»Niemals«, antwortete sie ein wenig stolz. Dankbar erwiderte sie den Händedruck. »Ich weiß Ihre Freundschaft zu schätzen. Und danke für die Einladung, ich komme, sobald es meine Zeit zulässt. Liebe Grüße auch an Sarah, ich freue mich auf das Wiedersehen.«

»Die Freude ist auf unserer Seite.« Belzoni drückte den Rücken durch. »Dann werde ich die Herren jetzt verlassen und darauf vertrauen, dass sie auf die Stimme der Vernunft hören.« Sein Blick ließ keinen Zweifel daran, dass er damit Phoebe meinte.

Grußlos verließ er den Raum und ließ eine unangenehme Stille zurück.

Curtis

Curtis hatte das Gespräch wortlos verfolgt. Nicht, weil er nichts beizutragen hatte, sondern weil er der Meinung war, dass jede Einmischung die Situation nur unnötig verschärft hätte. Hallow war durchaus in der Lage, seinen Standpunkt selbst adäquat zu vertreten, und Belzoni ein einfacher Mann, an den logische Argumente ohnehin verschwendet waren. Der Mann verstand offenbar nichts von den Feinheiten einer Debatte, dafür aber umso mehr vom Frauenbezirzen, wie Curtis im Fall von Mrs Stroud aufgefallen war. Ein Gentleman kämpfte mit Witz und Intelligenz, anstatt plumpe Gewalt anzudrohen. Doch Mister Belzoni war ganz offensichtlich kein Gentleman.

»Kein Kommentar von Euch, Lord Griffin? Nicht mal ein abfälliges Schnauben? Ihr seht mich verwundert.« Miss Phoebe stand an ihrem Tisch und sah ihn mit einem Gesichtsausdruck an, den er nicht deuten konnte.

Was wollte sie von ihm hören? Ein Kompliment, weil sie den verärgerten Riesen mit solcher Leichtigkeit um den Finger gewickelt hatte? Wohl kaum, dafür kannte sie ihn inzwischen gut genug. Wahrscheinlich wollte sie nur wieder einen Streit provozieren. Sie schien einen erstaunlichen Spaß daran zu haben, ihm zu widersprechen.

Aber diesmal würde er ihr ein Schnippchen schlagen und sich nicht provozieren lassen. »Ich könnte eine Menge dazu sagen, ich hielt es nur für wenig zielführend, mich einzumischen.« Die Wahrheit war noch immer die beste Wahl.

»Lasst mich raten: Ihr steht auf Hallows Seite?« Missbilligend verzog sie das Gesicht, was ihn etwas überraschte.

»Ihr nicht? Gerade Ihr solltet verstehen, wie wichtig unsere Arbeit hier ist.«

»Das eine schließt doch das andere nicht aus. Man kann die Stücke untersuchen und ausstellen. Das ist letztendlich das, was hier im Museum auch geschieht.«

»Aber unter vollkommen anderen Voraussetzungen.« Sah sie wirklich den Unterschied nicht?

»Und die wären?« Ihre Augenbrauen waren mal wieder in die Höhe gewandert und ihre Stimme hatte diesen provozierenden Unterton angenommen, der sein Blut in Sekundenschnelle zum Kochen brachte, doch er versuchte weiter, sich zu beherrschen.

»Hier im Museum präsentieren wir gebildeten Menschen wissenschaftliche Erkenntnisse auf seriöse Art und Weise. Menschen, die in der Lage sind, diese Erkenntnisse zu verstehen, und die sie zu würdigen wissen. Das ist ein himmelweiter Unterschied zu Belzonis

Spektakel für die sensationshungrige Masse mit gerade genug echten Fundstücken, um den bunten Kulissen und wilden Spekulationen einen Anstrich von Authentizität zu verleihen.« Mit der rechten Hand zeigte er in Richtung der Tür, durch die Belzoni verschwunden war. »Ihr habt ihn doch gehört. Er baut ganze Grabkammern nach und bemalt sie.«

»Was ist daran falsch? Sowohl Belzoni als auch seine Frau haben viele Stunden damit zugebracht, die Wände der Grabkammer zu studieren und genaue Kopien der darauf abgebildeten Szenen zu erstellen. Und jetzt verbringen sie Wochen damit, die Grabkammer möglichst detailgetreu für das Publikum nachzubauen.«

»Aber aus den falschen Gründen. Ihnen geht es darum, möglichst viele Menschen anzuziehen, um Profit zu machen. Die Leute werden aus Sensationslust kommen, nicht aus wissenschaftlichem Interesse. Er macht es zu einer Zirkusvorstellung.« Curtis hatte reißerischen Veranstaltungen nie viel abgewinnen können, er bevorzugte klare, nüchterne Fakten.

»Ich verstehe nicht, wo Euer Problem liegt.« Miss Phoebe schob herausfordernd das Kinn nach vorn. »Letztendlich geht es um die Vermittlung von Wissen. Die Besucher werden etwas daraus lernen, ob das ursprünglich ihre Absicht war, oder nicht. Und selbst wenn Belzoni dabei etwas übertreibt, um mehr Menschen anzulocken, ist es trotzdem noch näher an der Wahrheit als das, was hunderte Gelehrte jeden Tag überall auf der Welt erzählen. Denn im Gegensatz zu den meisten dieser Gelehrten war er selbst in den Grabkammern und hat sie mit eigenen Augen gesehen. Ich finde, es wäre eine Schande, all diese großartigen Funde hier im Museum wegzuschließen, wo kaum jemand Zutritt hat. Wenn meine Schwester nicht Chadwick geheiratet hätte, wäre die Ausstellung von Belzoni meine einzige Chance gewesen, jemals etwas von all dem hier zu sehen.« Sie machte eine kreisende Handbewegung.

Für einen Moment hielt Curtis inne und dachte über ihre Worte nach. Widerwillig musste er zugeben, dass ihre Argumente nicht gänzlich von der Hand zu weisen waren. Allerdings gab es da noch einen anderen Punkt. »Zugegeben, die Royal Society wacht recht eifersüchtig über ihre Schätze. Aber Belzoni kann nicht die Lösung für dieses Problem sein. Es gibt viele Stimmen, die darauf drängen, einen Teil des Museums dauerhaft für die Öffentlichkeit zugänglich zu machen. Hoffen wir, dass es bald dazu kommt. Was Ihr in Eurem Eifer völlig überseht, ist die Frage des Eigentums. Belzoni besteht darauf, dass ein Großteil der Fundstücke ihm gehöre. Doch sie gehören dem Museum, das wurde von vornEherein ausdrücklich festgelegt. Immerhin hat die Royal Society den Löwenanteil der Kosten für diese Ausgrabung übernommen.«

Damit hatte er offenbar einen wunden Punkt getroffen, denn Miss Phoebe lief rot an und stemmte wütend die Arme in die Hüften.

»Ihr sitzt hier in London und bildet Euch ein, die Welt würde Euch gehören. Dass Ihr ein Anrecht auf alles hättet, nur weil Ihr ein paar Pfund investiert habt, während Männer wie Belzoni ihre Zeit, ihre Gesundheit und in einigen Fällen sogar ihr Leben riskieren, um all das hier dem Sand zu entreißen. Und was hat er dafür bekommen? Gerade mal genug, dass es zum Leben gereicht hat, und eine Zusage für eine Ausstellung, von der Ihr nun so tut, als hätte es sie nie gegeben.«

»Entreißen ist ein ziemlich übertriebenes Wort für ein wenig im Sand buddeln.« Noch während er sprach, wurde ihm bewusst, dass er ungewollt seinen Vorsatz über Bord geworfen hatte. Der Streit, den er hatte vermeiden wollen, war in vollem Gange und er dabei, Öl ins Feuer zu gießen. Sie würde ihm seine Worte übelnehmen, und das völlig zu recht. Er hatte die Hitze in Ägypten am eigenen Leib erlebt und die Bedingungen gesehen, unter denen die Menschen dort arbeiteten, egal ob Briten oder Einheimische.

»Im Sand buddeln«, sagte sie gefährlich leise. »Habt Ihr jemals versucht, in der sengenden Hitze Ägyptens einen Spatenstich zu tun?«

»Ich war vor Ort, falls es das ist, was Ihr wissen wollt, und es mag sein, dass meine Wortwahl provokanter war als nötig. Wobei ich anmerken möchte, dass Ihr auch nicht allzu sehr bemüht seid, einen moderaten Ton anzuschlagen. Darum geht es aber nicht. Sondern darum, dass das Museum Eigentümer all dieser Artefakte ist. Das könnt Ihr nicht einfach wegdiskutieren.«

»Wenn Ihr Euch auf rechtliche Feinheiten zurückziehen wollt ...« Jetzt glitzerten ihre Augen und er erkannte unverminderte Kampfeslust darin. »... dann müsst Ihr anerkennen, dass Belzonis Recht, diese Funde auszustellen, ebenso vertraglich festgelegt ist wie der Besitzanspruch des Museums. Ich weiß gar nicht, wo Euer Problem liegt, Ihr bekommt sie ja nach der Ausstellung zurück.«

»Was danach noch übrig ist«, wandte er ein. »Die unteren Schichten haben keinen Sinn für den Erhalt von Artefakten, sie werden alles anfassen. Abertausende Hände werden unweigerlich all die Details zerstören, die uns über vergangene Zeiten Aufschluss geben könnten.«

»Und warum, glaubt Ihr, haben einfache Leute keinen Sinn dafür? Weil Menschen wie Ihr ihnen den Zugang verwehren. Ein Grund mehr, Ausstellungen wie die von Belzoni zu fördern.«

»Menschen wie ich?« Die Hitze stieg ihm ins Gesicht, das musste er sich nun wirklich nicht bieten lassen. »Ich bin ein großer Anhänger der Pläne, das Museum der Öffentlichkeit zugänglich zu machen. Ich habe mehrfach Konzepte für öffentliche Ausstellungen entwickelt, die sowohl der Wissensvermittlung ohne kundigen Führer als auch dem Schutz der Ausstellungsstücke Rechnung tragen.«

Phoebe warf die Arme in die Höhe. »Na, wunderbar, dann arbeitet doch mit Belzoni zusammen, anstatt ihm Steine in den Weg zu legen. Wenn Eure Konzepte so gut sind, könnten alle davon profitieren.«

»Als wenn der Mann sich irgendetwas von mir sagen lassen würde. Ihr habt ihn doch gehört. Menschen wie er sollten bei dem bleiben, was sie können, anstatt aus der Wissenschaft eine Zirkusvorstellung zu machen.«

Diese Äußerung zog ihm sofort ihren Unmut zu, den sie mit einem vollkommen undamenhaften Schnauben zum Ausdruck brachte. »Menschen wie er? Belzoni hatte recht, Ihr seid wirklich ein arroganter Schnösel.«

Entnervt wandte sich Curtis ab und rieb sich die Stirn. Aus unerfindlichen Gründen endete fast jede ihrer Unterhaltungen so. Je fester er sich vornahm, sich nicht provozieren zu lassen, desto schneller verlor er am Ende die Beherrschung. Völlig egal, ob sie verschiedener Meinung waren oder nicht, das Ergebnis war jedes Mal das gleiche.

Normalerweise war er ein umgänglicher und friedliebender Mensch, aber es war leichter, einen Sack Flöhe zu hüten, als mit dieser Frau auszukommen.

Saisonbeginn

Phoebe

Ein letzter Blick in den Spiegel entlockte Phoebe einen Seufzer. Zurechtgemacht für einen Ball fühlte sie sich immer ein wenig unwohl. Sie wusste, dass sie keine Schönheit war, dafür war ihr Gesicht zu kantig, ihre Lippen zu ungleichmäßig und ihre Nase zu groß. Normalerweise machte es ihr nichts aus. Doch so herausgeputzt fühlte sie sich wie die kleine, unscheinbare Katze, die sie als Kind von ihren Eltern geschenkt bekommen hatte. Irgendwer hatte sie gebürstet, mit einer Schleife um den Hals versehen und als Geschenk in einen Korb gepackt. Das kleine Tier hatte furchtbar verängstigt gewirkt und war bei der ersten Gelegenheit unter das Bett geflüchtet. Es hatte Tage gedauert, das Kätzchen darunter hervorzulocken. Leider konnte Phoebe sich nicht unter einem Bett verstecken, welch ein Jammer.

Solche Veranstaltungen hatten wirklich nur einen Vorteil: Ihr blieb das endlos erscheinende abendliche Gebet mit Mrs Stroud erspart. Wenn es wenigstens nicht der Debütantinnenball von Huntings Tochter gewesen wäre. Mit Schaudern erinnerte sie sich an ihren eigenen Debütball. Der kommende Abend würde gefüllt sein mit dem unvermeidbaren Geflüster und Gekicher der unverheirateten jungen Frauen und den plumpen Avancen, die ihr Hunting ohne jeden Zweifel machen würde. Phoebe wusste gar nicht, wovor ihr mehr graute.

Und dann war da noch ihre Abmachung mit Lord Griffin, der auch eingeladen war. Auf einmal erschien die Vorstellung, den Abend an seiner Seite zu verbringen, gar nicht mehr so furchtbar. Gut, sie würden sich wahrscheinlich irgendwann in die Haare geraten. Aber ein Streit mit Lord Griffin war um Meilen unterhaltsamer als die Alternativen.

Wobei es besser war, Auseinandersetzungen in der Öffentlichkeit zu vermeiden, wenn sie bei ihren Verwandten den Eindruck erwecken wollten, Interesse füreinander zu hegen. Ein gemeinsamer Tanz konnte für den Anfang nicht schaden.

Zwar hatten sie bisher nicht abgesprochen, wie genau dieser Abend ablaufen sollte, doch Phoebe war fest entschlossen, den gefassten Plan in die Tat umzusetzen. Mit gestrafften Schultern nickte sie ein letztes Mal ihrem Spiegelbild zu und machte sich auf den Weg zur Kutsche.

Eine Dreiviertelstunde später betrat sie Huntings Ballsaal und Phoebe musste zugeben, dass er sich für seine Tochter wirklich ins Zeug gelegt und keine Kosten gescheut hatte. Der Saal erstrahlte im Kerzenschein, als wäre helllichter Tag. Im Raum hing der Duft von hunderten Rosen, der für Phoebes Geschmack zu schwer für einen solchen Abend war, aber allgemein Anklang zu finden schien.

»Wer hätte gedacht, dass Lord Hunting so etwas auf die Beine stellen kann.« Tante Victoria sprach mit einer ihrer Freundinnen, deren Name Phoebe entfallen war. Lady soundso. Für sie waren Titel und alles, was mit ihnen zusammenhing, überflüssiges Beiwerk.

»Nun ja, ich glaube, der Gute ist da nicht ganz uneigennützig, meine Liebe. Es sind eine Menge unverheiratete junge Frauen eingeladen und wie ihr wisst, ist er selbst nach wie vor auf der Suche, doch bisher ohne Erfolg.« Die andere Frau lehnte sich ein wenig mehr in Tante Victorias Richtung. »Man kann es den jungen Dingern allerdings auch nicht verübeln. Wer will schon einen Mann, der bereits einen Erben hat?«

Gelangweilt entfernte sich Phoebe ein paar Schritte von den beiden. Sie hatte keine Lust, noch mehr über Hunting zu erfahren. Jeden Tag im Museum auf ihn zu treffen, reichte ihr. Was sie besonders an ihm störte, war seine geradezu strafbar nachlässige Herangehensweise. Ihm war es ziemlich egal, was aus welchem Grab und von welcher Fundstätte stammte. Er sortierte Fundstücke bevorzugt nach ihrem vermuteten Zweck oder noch schlimmer ihrer Form und sah auch keinen Sinn darin, Zerbrochenes zusammensetzen. Warum ein Mann mit so wenig Inspiration und Wissbegierde Mitglied der Royal Society war und im Museum arbeitete, war ihr schlichtweg schleierhaft.

»Miss Phoebe, wie schön, Euch zu sehen.«

Irritiert drehte Phoebe den Kopf und sah sich einer jungen Frau gegenüber, an die sie sich vage erinnerte. Wenn sie doch bloß auf den Name käme. Oder wenigstens, wo sie sich begegnet waren.

»Curtis, schau, wen ich gefunden habe«, trällerte die Frau und in dem Moment, in dem sie Lord Griffins ansichtig wurde, fiel Phoebe ein, wer sie war. Seine Schwester Judith. Sie waren einander auf der Soirée im November vorgestellt worden.

»Welch eine Freude, Euch zu sehen«, sagte Griffin und verbeugte sich angemessen vor ihr. Er vermittelte den Eindruck eines Mannes, der sich ehrlich über ihre Anwesenheit freute. Genau wie sie es vor Wochen besprochen hatten.

Phoebe versuchte sich an einem Knicks, von dem sie hoffte, dass er halbwegs anmutig wirkte, und entgegnete: »Diesen Ball wollte ich unter keinen Umständen verpassen. Zum einen ist Eure Gesellschaft ein immerwährender Quell der Freude, zum anderen ist die Tochter unseres hochgeschätzten Kollegen der Stern dieses Abends.« Ein wenig dick aufgetragen, aber es schadete sicher nicht, recht früh in der Saison Zeichen zu setzen.

»Wie überaus reizend. Ich bin zutiefst gerührt, dass Ihr so freundliche Worte für meine Tochter findet, meine liebe Miss Phoebe«, ertönte Lord Huntings Stimme hinter ihr.

Beinahe hätte Phoebe laut aufgestöhnt. Sie hatte wirklich versucht, dem Mann aus dem Weg zu gehen. Seit jenem Ereignis mit Fitzwilliam vor ein paar Tagen suchte er ständig ihre Nähe, brachte ihr ein Getränk oder einen Imbiss oder zwang sie zu einem Gespräch.

Anfangs hatte sie es als reine Höflichkeit abgetan, doch inzwischen war ihr klar, worum es Hunting ging. Die soeben belauschte Unterhaltung zwischen Tante Victoria und ihrer Freundin hatte das nur bestätigt.

Um kein Aufsehen zu erregen, senkte sie huldvoll den Kopf, bevor sie antwortete: »Ehre, wem Ehre gebührt.«

»Besten Dank. Erlaubt Ihr mir, mich auf Eurer Tanzkarte einzutragen, sofern Ihr noch einen Platz für einen Kollegen freihabt?«

Am liebsten hätte sie nein gesagt. Dann würde sie allerdings in Erklärungsnot geraten, sobald die Tänze begannen und sie nicht ein einziges Mal auf der Tanzfläche erschien. Bisher war ihre Karte nämlich leer.

»Aber sicher, ich freue mich schon darauf«, antwortete sie daher mit einem gequälten Lächeln. Um manche Dinge kam man eben nicht herum.

Curtis

Curtis fragte sich, was Hunting beabsichtigte. Bereits im Museum war ihm aufgefallen, dass der ältere Mann jede Gelegenheit wahrnahm, in Miss Phoebes Nähe zu sein. Obwohl sie offensichtlich keinen Wert darauf legte, sondern versuchte, ihn zu meiden, so gut es ging.

Während sich Hunting auf ihrer Karte eintrug, sah er, dass diese vollkommen leer war. Es war an der Zeit, das zu ändern und ihren Plan in die Tat umzusetzen. Zumindest interpretierte er ihre reichlich überzogene Begrüßung so.

Höflich bat er sie um ihre Karte, wählte den ersten Tanz, eine Quadrille, nachdem er gesehen hatte, das Huntings Name beim ersten Walzer stand. Schade. Allerdings blieb ihm ja noch der zweite. Zwei Tänze an einem Abend, noch dazu der zweite Walzer, waren eine deutliche Botschaft, mit der er sein Interesse an Miss Phoebe öffentlich bekundete. Ein wenig mehr, als er für den Anfang geplant hatte. Doch er konnte nicht zulassen, dass Hunting ihm den Rang als Miss Phoebes favorisierter Verehrer streitig machte. Also setzte er seinen Namen an beide Positionen auf ihre Karte. Seine Mutter würde begeistert sein.

Miss Phoebes Reaktion hingegen war weniger enthusiastisch. Sie schenkte ihm lediglich ein kurzes Lächeln, welches ihre Augen nicht erreichte. Die schienen, Dolchstößen gleich, auf ihn gerichtet. Zugegeben, sein Vorgehen war etwas forsch und so nicht abgesprochen, doch er fand, dass sie ihm dankbar sein sollte. Er nahm sich vor, ihr während der Quadrille zu erläutern, wie klug seine Taktik war.

Da erklang auch schon die Glocke, welche die Menschen auf die Tanzfläche rief, und er bot Miss Phoebe seinen Arm. Angekommen stellten sie sich nebeneinander, ihre Handflächen erhoben und sich leicht berührend, bildeten sie mit drei anderen Paaren ein Viereck.

Man lächelte sich demonstrativ zu und die Musik begann, zu spielen. Curtis war kein begeisterter Tänzer, aber die Schritte waren ihm geläufig genug, dass er sich nicht darauf konzentrieren musste. Im Stillen dankte er seinen Schwestern, denen er beim Üben oft als Partner gedient hatte. Gerade führte die Choreografie ihn weg von Miss Phoebe und er ließ seinen Blick über die anderen Tänzer schweifen. In der Gruppe nebenan sah er Fitzwilliam mit Huntings Tochter tanzen. Das arme Mädchen. Gleich der erste Tanz mit einem Mann von äußerst zweifelhafter Moral.

Andererseits kein schlechter Start in die Saison. Egal, was man von Fitzwilliam hielt oder welche Gerüchte über ihn im Umlauf waren, blieb er doch der Sohn eines königlichen Prinzen, ob illegitim oder nicht. Ihrer Reputation würde es auf keinen Fall schaden.

Die Schrittfolge führte ihn zurück zu Miss Phoebe, die seinem Blick folgte und missmutig die Brauen zusammen zog. »Was macht Fitzwilliam hier? Ich hatte nicht erwartet, ihn wiederzusehen.«

»Der lässt sich bestimmt keine Gelegenheit entgehen, jungen Frauen nachzustellen. Und für Hunting zählt vor allem, dass er einen Verwandten des Königshauses unter den Gästen vorweisen kann, selbst wenn es nur Fitzwilliam ist.« Er hatte die Worte neutral sprechen wollen, was misslang. Der Spott war nicht zu überhören.

Miss Phoebe schien das allerdings nichts auszumachen, denn zum ersten Mal an diesem Abend erreichte ihr Lächeln die Augen und ließ sie aufblitzen.

»Wenn Ihr hinter meinem Rücken über mich redet, hoffe ich, dass Ihr freundlichere Worte findet als für Eure anderen Kollegen«, sagte sie mit einem spöttischen Lächeln auf den Lippen. »Sonst ist unser schöner Plan zum Scheitern verurteilt.«

Und schon wirbelte sie von ihm weg und er führte die nächste Schrittfolge mit einer anderen Partnerin aus. Seine Gedanken rasten, denn er hatte das ungute Gefühl, dass sich der nächste Streit anbahnte. Fieberhaft legte er sich Worte zurecht, um sie zu beruhigen, doch als er wieder auf sie traf, ließ sie ihn gar nicht zu Wort kommen.

»Fitzwilliams Kopfverband ist wirklich beeindruckend«, sagte sie, sobald sie sich einander näherten.

»Besonders, wenn man bedenkt, dass die Wunde nicht größer war als mein kleiner Fingernagel.«

»Vermutlich hofft er, dass … Moment mal, die Wunde war so klein? Und Ihr habt all meine Tücher verschwendet? Welch ein Jammer.« Erst einmal kam sie nicht zum Antworten, denn sie wurden erneut getrennt. Curtis musste zugeben, dass er sehr erleichtert war. Sie hatte offenbar nicht vor, einen Streit anzuzetteln. Das war auf erfrischende Weise anders als sonst, aber gleichzeitig auch irgendwie unheimlich.

Sobald sie wieder aufeinandertrafen, sagte sie: »Ich kann mich gern bei Fitzwilliam stark machen, dass er die Tücher ersetzt, die er hinterhältig vollgeblutet hat.«

»Ich weiß das zu schätzen, Miss Phoebe, doch seid unbesorgt. Ich bin nicht der tuchlose Schurke, für den Ihr mich halten mögt.« Ihre Blicke trafen aufeinander und für einen winzigen Augenblick sah er in ihren Augen ein Echo des unwiderstehlichen Lachens, das sie vor gar nicht allzu langer Zeit im Museum geteilt hatten.

Wie es im Leben allerdings so oft war, endete die Musik just in diesem Moment. Die Tänzerinnen und Tänzer verbeugten sich und er reichte ihr abermals den Arm, um sie zurück zu ihrer Tante zu bringen.

Das erwies sich allerdings als schwierig, denn auf dem kurzen Weg wurden sie mehrmals von jungen Gentlemen angesprochen, die darum baten, vorgestellt zu werden, und einen Platz auf ihrer Tanzkarte haben wollten. Die meisten waren ein wenig jünger als er und anständige Kerle, soweit er das beurteilen konnte. Er ahnte auch, warum die Herren sie um einen Tanz baten. Der Grund war er. Vor der Sache mit seinem Bruder war er so gut wie nie bei gesellschaftlichen Anlässen erschienen. In den vergangenen Monaten hatte man ihn zwar häufiger angetroffen – nicht zuletzt, weil seine Mutter darauf bestanden hatte –, aber getanzt hatte er nie. Dass er es jetzt tat, machte die Leute neugierig. Das war unerwartet, zeigte jedoch, dass sein vorgetäuschtes Werben um Miss Phoebe bemerkt und ernst genommen wurde.

Nachdem sich der letzte Anwärter getrollt hatte, schüttelte Miss Phoebe in offensichtlichem Unverständnis den Kopf. »Woher kamen die denn alle?«, murmelte sie und er war sicher, dass die Worte nicht für ihn bestimmt waren.

Wider besseres Wissen konnte er sich eine Antwort nicht verkneifen. »Ich fürchte, das ist meine Schuld.«

»Bitte? Ich verstehe nicht.«

»So funktioniert der *ton*. Wenn sich der Erbe eines Earls für Euch interessiert, tun es auch andere.«

Phoebe

Konnte das stimmen? Ihrer Meinung nach war es ein wenig anmaßend von ihm, das zu glauben. Allerdings wusste sie wenig über den *ton*. Nach allem, was sie von Tante Victoria gehört hatte, galt Griffin als eine gute Partie. Konnte es wirklich auf sie abfärben, wenn er ihr Aufmerksamkeit zuteilwerden ließ? Das ergab keinen Sinn. Wie war es möglich, dass sie besonders interessant war, wenn sie ihre Gunst einem anderen schenkte? Müsste es nicht umgekehrt sein? Sie würde die Gesellschaft nie verstehen. Ihrer Auffassung nach sollte ein Mensch basierend auf seinem Wesen und seinen Taten beurteilt werden, nicht aufgrund seiner Herkunft oder mit wem er sich abgab.

»Mir erscheint es unlogisch, dass ...« Erneut unterbrach sie ein junger Mann, der sich auf ihre Karte eintragen wollte. Sie konnte nur hoffen, dass nicht von ihr erwartet wurde, sich die ganzen Namen zu merken. Zum Glück verlangten die Gepflogenheiten, dass die Männer sie zum Tanz abholten.

Schließlich gelangten sie zu Tante Victoria, die sie mit einem Lächeln erwartete. »Welch eine Freude, Euch zu sehen, Lord Griffin«, sagte sie.

»Die Freude ist ganz auf meiner Seite, Lady Castleton. Ich weiß es zu schätzen, dass Ihr mir Eure Nichte anvertraut, und freue mich darauf, sie später noch einmal für einen Tanz zu entführen.«

Mit Überraschung stellte Phoebe fest, wie charmant und höflich Griffin sein konnte, wenn er wollte. Bisher hatte sie den Eindruck gehabt, dass freundliche Worte ausschließlich für seine Familie reserviert waren, aber da hatte sie sich wohl geirrt.

»Schön, das zu hören.« Trotz des wohlmeinenden Tonfalls musterte Tante Victoria ihn kritisch. »Ich gehe davon aus, dass Eure Absichten nur die Besten sind.«

»Das versteht sich.« Er deutete eine Verbeugung an. »Ich werde mich jetzt verabschieden. Wir haben mit Sicherheit später noch das Vergnügen.«

Und schon war er verschwunden. Phoebes Blick folgte ihm und es dauerte nicht lange, bis die erste Dame auf ihn zukam und ihn in ein Gespräch verwickelte.

»Das ist wirklich vielversprechend«, sprach Tante Victoria sie an und sie löste sich von Griffins Anblick.

»Was genau meinst du?«

»Na, dein Tanz mit Lord Griffin. Man hat ihn kaum je in der Gesellschaft gesehen und jetzt tanzt er mit dir den ersten Tanz des Abends. Das ist wundervoll.«

»Es erschien uns beiden angemessen, da wir täglich zusammenarbeiten.«

»Ich meine mich zu erinnern, dass du anfangs nicht besonders gut auf ihn zu sprechen warst. Woher der Sinneswandel?« Tante Victorias Tonfall war eher neugierig als misstrauisch.

Phoebe zuckte mit den Schultern und versuchte sich an einem geheimnisvollen Lächeln, was ihre Tante zu amüsieren schien.

»Schon verstanden, ich frage nicht weiter. Aber es ist wirklich äußerst erfreulich, dass ihr Euch nähergekommen seid und eure Missverständnisse ausgeräumt habt. Ich wusste gleich, dass ihr gut zueinander passt. Abgesehen davon hat sein offensichtliches Interesse an dir eine Vielzahl junger Männer auf dich aufmerksam gemacht. Jeder will wissen, wer die Frau ist, die Lord Griffin aus seinem Schneckenhaus gelockt hat. Wirklich ganz hervorragend, dieses Momentum müssen wir nutzen und in nächster Zeit so viele Veranstaltungen wie möglich besuchen.«

Phoebe hätte am liebsten geantwortet, dass sie und Griffin mit ihrem Plan genau das Gegenteil zu erreichen suchten. Aber davon erzählte sie Tante Victoria besser nichts.

Diese schnalzte mit der Zunge. »Wenn du wirklich Interesse an Lord Griffin hast, solltest du nicht allzu lange damit warten, ihm das zu signalisieren. Nach eurem Tanz wissen die Mütter und jungen Damen der Gesellschaft, dass er auf dem Markt ist. Das wird ihm eine Menge Aufmerksamkeit bescheren.«

Das wiederum sorgte bei Phoebe für Erheiterung. Warum sollte es ihm besser gehen als ihr? Sie mussten sich bei Gelegenheit dringend über ihren Plan unterhalten. Offensichtlich hatten sie beide keine Ahnung, wie der Londoner Heiratsmarkt funktionierte, und waren viel zu blauäugig gewesen. Er hatte bestimmt genauso wenig Interesse wie sie, ständig vom anderen Geschlecht belagert zu werden. Es sah aus, als müssten sie ihr kleines Schauspiel beschleunigen.

Unwillkürlich suchte sie Lord Griffin erneut in der Menge und entdeckte ihn inmitten einer Traube junger Damen. Sie standen zu weit weg, als dass sie seine Gesichtszüge hätte erkennen können. Unterhielt er sich gut oder störte er sich daran? Da sich Lord Griffin ihrer Erfahrung nach an so ziemlich allem störte, was Frauen taten, vermutlich Letzteres.

»Miss Phoebe?« Huntings Ansprache riss sie aus ihren Gedanken. »Darf ich Euch auf die Tanzfläche begleiten?«

Griffin und ihr Plan konnten warten. Erst einmal musste sie diesen Tanz mit Hunting überstehen.

Morgenbesuch

Curtis

»Na, lässt sich doch noch einer hier sehen nach den Eskapaden der letzten Nacht?« Hallows krächzende Stimme begrüßte Curtis, der mit erheblicher Verspätung im Museum eintraf.

»Wenn Ihr einen langweiligen Ball als Eskapade bezeichnen wollt«, antwortete er und unterdrückte ein Gähnen. »Ich für meinen Teil hätte es eher Zeitverschwendung genannt.«

»Es war also Zeitverschwendung, mit der hübschen kleinen Miss Phoebe zu tanzen?« Dafür, dass Hallow vorgab, sich nicht für die Londoner Gesellschaft zu interessieren, war er immer erstaunlich gut unterrichtet.

»Das ist Ansichtssache, würde ich sagen.« Die Nacht war lang gewesen. Nach seinem Tanz mit Miss Phoebe hatte er sich vor heiratswilligen jungen Damen und deren Müttern kaum noch retten können. Offensichtlich witterte ganz London eine Chance, ihn als Ehemann oder Schwiegersohn zu gewinnen. Erst im Morgengrauen war es ihm gelungen, sich aus ihren Fängen zu befreien.

»Ich bin auf jeden Fall froh, Euch zu sehen. Für einen Moment hatte ich die Befürchtung, Ihr könntet wie all die anderen törichten Fatzken auf die Idee verfallen, einer jungen Dame heute Morgen Eure Aufwartung zu machen. Jetzt, wo Ihr auf dem Heiratsmarkt seid.«

»Nicht Ihr auch noch«, stöhnte Curtis. »Seit gestern Abend versucht ganz London, mich unter die Haube zu bekommen.«

»Ihr könnt mir nicht erzählen, dass Ihr das nicht kommen gesehen habt, als Ihr Euch auf Miss Phoebes Karte eingetragen habt.« Er machte eine kleine Pause und fügte dann hinzu: »Zwei Mal.«

Da das keine Frage, sondern eine Feststellung war und Hallows fast hinterhältig zu nennendes Grinsen an Curtis' Nerven zerrte, gab er lediglich ein Brummen zur Antwort.

»Weiß der Teufel, was Ihr im Schilde führt, Griffin.« Hallow lachte krächzend. »Mich interessiert nur, dass Ihr jetzt hier seid und nicht im Salon der Castletons. Also halten wir uns ran. Da es so aussieht, als würde sonst niemand zur Arbeit erscheinen, müssen wir uns heute doppelt ins Zeug legen.«

Curtis stimmte mit einem Nicken zu und widmete sich einer Kiste mit Grabbeigaben, indem er die Artefakte eins nach dem anderen im Register eintrug. Doch so sehr er sich auch auf seine Arbeit konzentrieren wollte, gingen ihm Hallows Worte nicht aus dem Kopf. Jeder Verehrer, der ernsthaft vorhatte, Miss Phoebe den Hof zu machen, würde heute noch bei ihr im Salon vorsprechen. Wahrscheinlich waren einige der Männer, mit denen sie gestern getanzt hatte, jetzt gerade dabei, genau das zu tun. Wenn sie mit ihrem Plan Erfolg haben wollten, blieb ihm keine andere Wahl, als das

Museum zu verlassen und ihr ebenfalls seine Aufwartung zu machen.

Also ließ er von den Grabbeigaben ab und griff nach seinem Mantel.

»He, was habt Ihr vor?«, kam die vorwurfsvolle Frage von Hallow.

»Mich wie ein törichter Fatzke benehmen«, antwortete Curtis und verließ schnellen Schrittes den Raum.

Phoebe

Froh, den Nachmittag hinter sich gebracht zu haben, ließ sich Phoebe rücklings in ihren Stuhl fallen. Fünf Männer waren erschienen, um ihr nach dem Ball ihre Aufwartung zu machen. Fünf! Man stelle sich das vor. So viel waren während ihrer ganzen Debüt-Saison nicht aufgetaucht.

Nicht dass sie sich jemals darüber beschwert hätte, wenn die Männer fernblieben. Es gab nichts Ermüdenderes, als vorzugeben, sich für Themen zu interessieren, die sie zu Tode langweilten. Weder der Dichtkunst noch der Musik konnte sie etwas abgewinnen. Genauso wenig der Botanik oder der Politik. Letzteres besonders dann nicht, wenn es sich, wie bei vielen Mitgliedern des *ton*, um erzkonservative Tories handelte.

Und dann war da noch Hunting, der zwar ihr Interesse für die alten Ägypter teilte, doch damit endeten die Gemeinsamkeiten. Aus irgendeinem Grund war er der Überzeugung, der perfekte Heiratskandidat für sie zu sein und sich ihr auf eine vertrauliche Art nähern zu dürfen, die sie anwiderte. Zweimal hatte sie seine Hand von ihrem Knie nehmen müssen und immer wieder war sie von ihm weggerückt, weil er viel zu nahegekommen war.

In diesen Momenten war sie zum ersten Mal wirklich dankbar für Mrs Strouds Anwesenheit gewesen. Die war nach Huntings zweitem Annäherungsversuch im wahrsten Sinne des Wortes dazwischengegangen. Sie hatte ihn nicht nur zurechtgewiesen, sondern sich auch zwischen ihn und Phoebe gesetzt, so dass er bald aufgegeben und sich getrollt hatte.

»Unangenehmer Mann«, hatte Mrs Stroud danach gemurmelt und Phoebe zugestimmt, dass sein Verhalten unmöglich gewesen war.

Ein Blick aus dem Fenster zeigte ihr, dass es theoretisch noch früh genug war, im Museum vorbeizuschauen. Es war noch für zwei oder drei Stunden hell und die Arbeit würde ihre Laune sicherlich anheben. Gerade wollte sie sich erheben, als der Butler einen weiteren Gast ankündigte.

»Lord Griffin bittet um die Gunst eines Besuchs«, sagte er mit seiner leicht näselnden Stimme und Phoebe musste sich sehr beherrschen, ein Stöhnen zu unterdrücken. Er auch noch?

Tante Victoria, die am Fenster saß, sah von ihrer Stickarbeit auf. »Er soll eintreten. Wir freuen uns sehr über seine Gesellschaft.«

Natürlich tun wir das, dachte Phoebe. Den Besuch im Museum konnte sie damit vergessen. Gereizt stand sie auf und strich ihr Kleid glatt, da trat er auch schon ein. Sein Blick umfasste einmal den ganzen Raum und er verbeugte sich zuerst in Richtung Tante Victoria und Mrs Stroud, wie es sich gehörte. Sobald die Höflichkeiten ausgetauscht waren, kam er auf sie zu.

Allerdings nicht mit der üblichen ihm eigenen Arroganz, sondern langsam, so als wisse er nicht genau, was er sagen sollte.

»Miss Phoebe.« Er blieb in einigem Abstand vor ihr stehen und verbeugte sich. »Bitte entschuldigt mein spätes Erscheinen.« Sein Blick ging zu den üppigen Sträußen, die neben Phoebe auf dem Tisch standen. »Ich fürchte, ich habe nicht einmal Blumen mitgebracht, da ich direkt aus dem Museum komme.«

Das Amüsement, welches sie bei seiner sichtlichen Verlegenheit erfasst hatte, verflog sofort. Er war im Museum gewesen, während sie hier festgesessen hatte.

»Wie schade, dass Ihr Euch entschlossen habt, herzukommen. Ich war im Begriff ins Museum aufzubrechen. Wir hätten uns dort treffen können.« Ihre Worte kamen leise, aber harsch, weil sie es nicht schaffte, sich zu beherrschen. Wie gut, dass das bei ihm auch nicht nötig war. Er war weiß Gott Schlimmeres von ihr gewohnt. Doch da Tante Victoria und Mrs Stroud anwesend waren, fügte sie lauter hinzu. »Wie schön, Euch zu sehen, Lord Griffin. Setzt Euch doch.«

Er folgte ihrer Aufforderung und nahm sofort das leise Gespräch wieder auf. »Verzeiht, doch Ihr müsst einsehen, dass es für unser Arrangement von höchster Wichtigkeit ist, dass ich heute hier erscheine. Diese Besuche werden von einem Verehrer erwartet und ich muss zugeben, dass es mir komplett entfallen war, bis Hallow mich darauf aufmerksam gemacht hat.«

»Hallow hat euch hergeschickt?« Das schien doch mehr als unwahrscheinlich.

»Nein. Er hat sich gefreut, dass ich keine Dame besuche, um mein Interesse zu bekunden. Zu meiner

Schande muss ich gestehen, dass ich die Gepflogenheiten zwar in der Theorie kenne, aber keinerlei praktische Erfahrung habe.«

Dieses Eingeständnis überraschte Phoebe. Sie hatte noch nie erlebt, dass Lord Griffin zugab, etwas nicht zu können. Wobei er das genaugenommen so ja nicht gesagt hatte.

»Da haben wir etwas gemeinsam«, antwortete sie. »Wir haben beide wenig Interesse daran, das andere Geschlecht zu umgarnen.« Beim letzten Wort verzog sie das Gesicht. »Obwohl Umgarnen ein komisches Wort dafür ist.«

»Umgarnen, den Hof machen, nennt es, wie Ihr wollt. Es ist eine Kunst, die wir irgendwie meistern müssen, wenn wir unsere Freiheit behalten wollen.«

Phoebe wiegte zweifelnd den Kopf. Das klang zwar plausibel, aber wenig verlockend.

Vermutlich hatte Griffin gar nicht damit gerechnet, dass sie spontan zustimmte, denn er fuhr ungerührt fort: »Fürs Erste hätte ich einen Vorschlag, von dem ich glaube, dass er Eure uneingeschränkte Zustimmung finden wird.«

»Ich höre?« Gespannt, was er zu sagen hatte, beugte sie sich ein wenig vor. Man konnte über Griffin sagen, was man wollte, zumindest war er nicht langweilig.

»Soweit ich weiß, ist es durchaus üblich, eine Dame zu einer Kutschfahrt einzuladen. Normalerweise in den Hyde Park oder dergleichen. Doch ich dachte mir, wir könnten das Ziel ändern? Wie wäre es, wenn wir zusammen ins Museum fahren und das restliche Tageslicht nutzen? So könnte dieser Tag doch noch zu etwas gut sein.«

Gegen ihren Willen musste Phoebe lächeln. »Was für eine ausgezeichnete Idee«, verkündete sie laut. »Machen wir uns doch gleich auf den Weg.« Sie wandte sich an ihre Tante und Mrs Stroud. »Lord Griffin hat angeboten, eine Ausfahrt mit mir zu unternehmen, und ich habe angenommen. Wir werden das Museum besuchen und erst nach Einbruch der Dunkelheit zurück sein.«

Phoebe entging nicht der kurze Unmut, der über Tante Victorias Gesicht huschte. Sie rechnete es ihr hoch an, dass sie nichts sagte, sondern lediglich nickte. Dieser Besuch verlief gewiss nicht so, wie sich ihre Tante das vorgestellt hatte.

»Ich hole nur schnell meinen Mantel, dann kann es losgehen.«

Noch während sie sprach, erhob sich Mrs Stroud und packte ihre Sticksachen zusammen. »Dann werde ich ebenfalls meinen Mantel holen.« Im Gegensatz zu Tante Victoria gelang es ihr, jede Missbilligung aus ihrer Miene und ihrem Tonfall herauszuhalten.

Gemeinsam verließen sie den Raum, doch bereits im Flur trennten sich ihre Wege. Phoebe ging die Treppe nach oben in ihr Zimmer, während Mrs Stroud in den Hinterhof eilte, um die Dienstbotenquartiere aufzusuchen.

Beschwingt stellte Phoebe fest, dass Griffins Besuch vielleicht doch nicht so eine Last war, wie sie zuerst befürchtet hatte. Sie konnte wie erhofft das Museum aufsuchen und die Fahrt dorthin sogar nutzen, um mit Griffin über mögliche Anpassungen ihres Plans zu reden, soweit das in Mrs Strouds Gegenwart möglich war.

Die Ereignisse der vergangenen vierundzwanzig Stunden hatten deutlich gezeigt, dass Nachbesserungsbedarf bestand. Sie schnappte sich eine warme Pelisse, einen gefütterten Hut und Handschuhe. Denn selbst wenn es bereits Anfang März war, konnten die Abende recht kühl werden.

Am Eingang angekommen, traf sie auf Griffin, der bei seiner Herrenkutsche stand und eines der beiden Zugpferde tätschelte. Sobald er sie bemerkte, lächelte er entschuldigend.

»Meine Einladung kam spontan, weshalb ich keine geschlossene Kutsche dabeihabe, sondern nur den Phaeton.«

»Das macht nichts. Meine Schwester Helen liebt es, ihren Phaeton selbst zu lenken. In unserer Jugend war sie in Bath berüchtigt für Ihre tollkühnen Manöver und da ich viele davon selbst miterleben durfte, kann ich euch versichern: völlig zu Recht. Es war wirklich ein Riesenspaß. Ihr seht also, ich bin es nicht nur gewohnt, in einem Phaeton zu fahren, ich ziehe ihn auch jedem geschlossenen Gefährt vor.«

»Ich müsste lügen, wenn ich behaupten wollte, dass mich das überrascht«, sagte er, offensichtlich bemüht, sich das Lachen zu verkneifen, und trat zu Mrs Stroud, die gerade aus der Tür kam. »Mein Diener wird Ihnen beim Einsteigen zur Hand gehen.« Dann wandte er sich an Phoebe. »Darf ich Euch behilflich sein?«

Sie winkte ab und zog sich selbst nach oben auf den Kutschbock. »Wie gesagt, ich habe so etwas schon häufiger gemacht.«

»Das glaube ich gern.« Er nahm seinen Platz neben ihr ein und die Zügel in die Hand. »Dennoch könnte es hilfreich sein, mir diese Gunst vor aller Augen zu gewähren.«

Mit einem Schnalzen fuhr er an. Da das Gerumpel verhinderte, dass Mrs Stroud auf dem Rücksitz etwas von ihrer Unterhaltung hören konnte, antwortete Phoebe: »Weil es unserem Plan förderlich wäre?«

»Exakt.«

Widerwillig musste sie sich eingestehen, dass er recht hatte, und sie schalt sich, nicht selbst darauf gekommen zu sein. Aber da war noch mehr zu klären. »Unsere kleine Scharade gestern Abend hat Euch die Aufmerksamkeit der Damenwelt eingebracht, ebenso wie mir die der Herren. Ausgehend von der Annahme, dass Euch das genauso zuwider ist wie mir, habe ich einen Vorschlag zu machen.«

»Bitte«, antwortete er, sah sie aber nicht an, sondern konzentrierte sich auf den undurchsichtigen Londoner Verkehr.

»Was haltet Ihr davon, wenn wir diese ...«, sie zögerte, »... Angelegenheit ein wenig beschleunigen? Ich weiß, wir hatten vereinbart, langsam vorzugehen. Allerdings hatte ich nicht mit dieser Flut von Gentlemen gerechnet, die auf einmal meine Bekanntschaft machen wollen.«

»Auch ich habe die Damenwelt unterschätzt«, gab er zu. »Wie es aussieht, gelte ich als eine gute Partie. Ich stimme Euch also zu, wir sollten die Dinge dringend beschleunigen.«

Erleichterung durchflutete sie. »Habt Ihr eine Idee, wie wir das anstellen könnten?«

»Wie bereits erwähnt, habe ich kaum Erfahrung in derlei Angelegenheiten.«

»Genau wie ich.«

»Vielleicht sollten wir damit beginnen, dass Ihr meine Hilfe beim Ein- und Aussteigen aus der Kutsche annehmt?«

Sie wollte einwerfen, dass eine einmalige Fahrt ins Museum ihnen kaum helfen würde, als er weitersprach. »Wir könnten für den Anfang eine Vereinbarung treffen, dass ich Euch morgens abhole und wir ab jetzt gemeinsam zur Arbeit fahren?«

»Das wäre in der Tat eine Möglichkeit. Die Häuser unserer Familien liegen nicht weit auseinander.«

»Dann sind wir uns einig?« Jetzt sah er kurz zu ihr und sie nickte. »Allerdings wird das nicht reichen. Erlaubt mit, einen weiteren Vorschlag zu machen.«

»Dafür, dass Ihr vorgebt, völlig ahnungslos zu sein, habt Ihr eine Menge Ideen.«

»Ich habe sieben Schwestern, da bekommt man vieles mit, ob man will oder nicht. Auch wenn es mich nie sonderlich interessiert hat.« Wieder sah er zu ihr. »Darf ich also meinen Vorschlag unterbreiten?«

»Ich bitte darum.«

»Unsere beiden Tänze gestern sind nicht unbemerkt geblieben und ich denke, wir sollten das bei den nächsten Bällen wiederholen. Nur werde ich mir in Zukunft beide Walzer sichern. Ich erinnere mich, dass meine Schwester Bethany etwas in der Art erwähnt hat. Ihr heutiger Mann hat das während seines Werbens getan.«

Beim Gedanken an den gestrigen Walzer mit Griffin breitete sich eine angenehme Wärme in Phoebe aus. Es war so viel angenehmer gewesen als mit Hunting. Griffin war nicht nur der weitaus bessere Tänzer, er war auch viel ausdauernder und weniger aufdringlich. Und das waren bei einem anstrengenden, körpernahen Tanz wie dem Walzer unbestreitbare Vorteile. Während Hunting meist nach einer Mischung aus Schweiß und aufdringlichem Parfüm stank, roch Griffin, wenn überhaupt, angenehm nach Seife mit einem Hauch Sandelholz. Der Gedanke, alle Walzer für ihn zu reservieren, gefiel ihr. Aber das konnte sie ihm schlecht ins Gesicht sagen, er war so schon arrogant genug.

»Nun gut, alle Walzer. Aber nur, um unseren Plan voranzutreiben. Bildet Euch ja nichts ein.« Ihre Blicke trafen sich und an seinem spöttischen Lächeln erkannte sie, dass er sie durchschaut hatte. Als sie spürte, wie ihr die Hitze in die Wangen stieg, sah sie schnell von ihm weg und versuchte, das Thema zu wechseln. »Es gibt ja noch andere Veranstaltungen, was wollen wir da tun? Mein Vorschlag wäre es, angeregte Unterhaltungen zu führen, und Ihr könntet mir bei der ein oder anderen Gelegenheit auch eine Limonade reichen. Was meint ihr?«

»Selbstverständlich, Mylady.«

An seinem Tonfall konnte sie hören, dass das Lächeln keineswegs aus seinem Gesicht gewichen war, also sah sie weiterhin angestrengt von ihm weg, bemüht, ihre dumme Verlegenheit unter Kontrolle zu bekommen.

Er bog in die Great Russell Street ein und kurze Zeit später erreichten sie den Hof des Museums. Der Wagen hielt, er stieg ab und kam zu ihr herüber. Es fiel ihr nicht leicht, darauf zu warten, dass er ihr die Hand entgegenstreckte, doch sie schaffte es. Unerwartet sanft schlossen sich seine Finger um ihre. Leider war sie nicht daran gewöhnt, Hilfe beim Absteigen zu bekommen, und versuchte vielmehr, aus eigener Kraft einhändig und mit halb verdrehtem Oberkörper die Kutsche zu verlassen, während sie seine Hand hielt. Folgerichtig rutschte sie dabei von der Stufe ab, auf die sie ihren Fuß hatte setzen wollen.

Einen spitzen Schrei ausstoßend, versuchte sie verzweifelt, sich festzuhalten, doch vergebens. Allein Griffins Arm, der sich blitzschnell um ihre Taille legte, bewahrte sie vor dem Sturz. Der Druck verstärkte sich, als er sie näher an sich zog und vorsichtig vom Phaeton hob. Phoebe ließ es geschehen, überrascht, wie wenig sie diese intime Berührung störte. Erleichtert atmete sie tief durch. Verdammt, er roch wirklich gut.

»Ich darf doch sehr bitten.« Mrs Strouds Stimme riss sie aus ihren Gedanken.

Griffin ließ sie sofort los und Phoebe räusperte sich, während sie Hut und Haare richtete.

»Danke«, raunte sie ihm zu und wandte sich an Mrs Stroud. »Ich hatte den Halt verloren und Lord Griffin hat mich vor einem Sturz bewahrt.«

Diese Erklärung quittierte ihre Anstandsdame mit einem Stirnrunzeln, beließ es aber dabei.

»Wir sollten keine Zeit mehr verlieren.« Ohne sie noch einmal anzusehen, stiefelte Griffin in Richtung Eingang davon.

Phoebe folgte zusammen mit Mrs Stroud und fragte sich dabei, ob Lord Griffin sie tatsächlich länger im Arm gehalten hatte als notwendig, oder ob sie sich das nur eingebildet hatte.

Etwas ändert sich

Curtis

»Mein Lieber, wie schön, dich zu sehen. Ich habe dich vermisst.« Bethany, seine um ein Jahr jüngere Schwester, umarmte ihn herzlich. Seit sie einen gemeinsamen Jugendfreund geheiratet hatte, lebte sie in Schottland und kam nur einmal im Jahr nach London, um die Familie zu besuchen.

»Hallo Beth, ich freue mich, dass du da bist«, antwortete er und meinte es aus ganzem Herzen. »Wie geht es Rufus?«

»Bestens, er lässt dich grüßen. Seit wann strahlst du denn so? Hat deine gute Laune vielleicht etwas mit einer gewissen Dame zu tun, mit der du regelmäßig das Tanzbein schwingst?«

Das war typisch Bethany, sie war stets auf dem Laufenden und nahm selten ein Blatt vor den Mund. Respekt vor ihren älteren Geschwistern war ihr fremd. Im Gegenteil, sie hatte schon immer eine echte Begabung dafür gehabt, Curtis' wunde Punkte zu finden und unbarmherzig darin herumzustochern. Trotzdem war sie seit frühester Kindheit seine Lieblingsschwester, auch wenn er das nie vor ihr zugegeben hätte.

»Möglich«, antwortete er und drehte sich zum Rest der Familie um, der ihnen aus Höflichkeit ein wenig Raum zur Begrüßung zugestanden hatte.

»Wir sollten unbedingt darüber sprechen, sobald es der Abend zulässt. Ich brenne darauf, die Frau kennenzulernen, die deinen Gesinnungswandel bewirkt hat.«

»Miss Phoebe hat überhaupt nichts bewirkt.« Curtis biss sich auf die Zunge. Die Worte waren ihm herausgerutscht, bevor er nachgedacht hatte. Vorsichtig blickte er sich um, doch es sah nicht so aus, als ob irgendwer seinem kleinen Ausbruch große Beachtung geschenkt hätte. Nur Bethany musterte ihn mit hochgezogenen Augenbrauen erwartungsvoll. Er kannte sie und wusste, dass sie nicht lockerlassen würde, solange sie nicht alles erfahren hatte. Mit einem tiefen Seufzer fügte er sich in sein Schicksal und gab ihr mit einer knappen Geste zu verstehen, dass sie später reden würden. Sie nickte kurz und zwinkerte ihm verschwörerisch zu, bevor sie sich den übrigen Geschwistern zuwandte, um sie zu begrüßen.

Die Gelegenheit für ein Gespräch unter vier Augen ergab sich nach dem Dinner, als sie ihn zu einem nächtlichen Spaziergang im kleinen Garten hinter dem Haus einlud.

Kaum waren sie allein, hakte sie sich bei ihm ein und fragte: »Was hat es jetzt mit dieser Miss Phoebe auf sich?«

Obwohl er Zeit genug gehabt hatte, sich die richtigen Worte zurechtzulegen, zögerte Curtis. Mit einem Seufzer ließ er die Luft aus seinen Lungen entweichen und schalt sich selbst einen Narren. Er wusste aus Erfahrung, dass es zwecklos war, Bethany anzulügen. Sie hatte ihn immer schon durchschaut. Und wenn ihn irgendjemand verstehen würde, dann sie.

In wenigen Worten fasste er zusammen, wie er Miss Phoebe kennengelernt hatte, wie ihre Mutter und Lady Castleton versucht hatten, sie zu verkuppeln, und welchen Plan sie gemeinsam ausgeheckt hatten, um ihre Familien zu täuschen.

»Leider scheinen wir dabei einiges außer Acht gelassen zu haben. Mutter ist äußerst angetan, wie erhofft. Womit ich nicht gerechnet hatte, war die Aufmerksamkeit aller Frauen von ganz London. Seit meinem ersten Tanz mit Miss Phoebe bin ich umlagert von heiratswilligen Damen und ihren Müttern. Selbst in Gesellschaft anderer Gentlemen bin ich nicht mehr sicher. Mehr als einer hat mir im Club durch die Blume die Hand seiner Tochter angeboten.« Verständnislos schüttelte er den Kopf. »Und Miss Phoebe scheint es kaum besser zu ergehen. Mein vorgetäuschtes Interesse an ihr hat dazu geführt, dass sie nun von heiratswilligen Männern jeden Alters umschwärmt wird. Es ist absurd.«

»Dann war das alles nur ein Trick, um Mutter zu täuschen?«, fragte Bethany ungläubig.

»Und Lady Castleton, ja. Wir dachten, wir könnten sie uns damit vom Hals schaffen. Ich war sogar bereit, die Gegenwart dieser unmöglichen Person in meinem Privatleben in Kauf zu nehmen. Als wenn ihre ständige Anwesenheit im Museum nicht schon Strafe genug wäre.«

Bethany schüttelte verwirrt den Kopf. »Das passt nicht zu dem, was ich beim Abendessen gehört habe. Die Zwillinge schwärmen in den höchsten Tönen von ihr und ihr scheint ja auch einige Gemeinsamkeiten zu haben. Zum Beispiel Verwandtschaft, die Euch verkuppeln möchte, oder dass ihr beide diesen verrückten Plan für eine gute Idee haltet. Gar nicht zu reden von eurem Interesse für altes Gerümpel aus Ägypten. Wenn es überhaupt eine Dame gibt, die es mit dir aushält, scheint mir diese Miss Phoebe ...«

»Tut mir leid, Beth, diesmal irrst du dich«, unterbrach er sie. »Miss Phoebe ist wirklich alles andere als damenhaft.« Er erzählte, wie sie im Museum mit Kisten hantierte, sich schamlos über Dinge unterhielt, über die eine echte Dame Stillschweigen bewahrte, und ihm bei jeder passenden und unpassenden Gelegenheit widersprach. »Sie tut ständig so, als ob sie alles besser wüsste, und zettelt Streit an, wann immer sich die Gelegenheit bietet, einfach weil sie es genießt, mich zu provozieren. Die Frau ist eine Plage«, schloss er seine Ausführungen und hoffte auf ein wenig Mitgefühl, doch er hatte die Rechnung ohne seine Schwester gemacht.

»Du magst sie.« Bethany lächelte verschmitzt und stupste ihn mit der Schulter an.

Curtis schnappte empört nach Luft. »Keineswegs. Sie tötet mir den letzten Nerv. Ständig liegt sie mir mit irgendwelchen Ideen in den Ohren und verlangt, dass ich Dinge anders mache, nur weil sie selbst bei den Ausgrabungen dabei war und behauptet, mehr über diese Fundstücke zu wissen. Vor meinem Wissen und meiner Erfahrung hat sie keinerlei Respekt. Dabei ...« Schon während er sprach, fiel ihm auf, wie albern seine Worte klangen. »... klinge ich wie ein Heuchler, nicht wahr? Ich zeige keinen Respekt vor ihrer Erfahrung und beschwere mich im nächsten Atemzug, dass sie meine nicht anerkennt.«

»Es ist dir also selbst aufgefallen.« Bethany nickte lachend. »Gott, Bruder, du hast dich wirklich nicht geändert. Dass du trotzdem der begehrteste Junggeselle Londons bist, entbehrt nicht einer gewissen Komik, ist aber nicht überraschend. Vater ist reich wie Krösus und du bist nun sein einziger unverheirateter Sohn und Erbe. Was hattest du erwartet? Und was Miss Phoebe angeht, ich habe gehört, dass sie nicht nur sehr aufgeweckt, sondern auch äußerst gutaussehend sein soll. Mit Castleton, Chadwick und Windham hat sie außerdem genug einflussreiche Lords in der näheren Verwandtschaft, um sie für jeden unverheirateten Mann im gesamten Empire interessant zu machen. Also bilde dir nicht zu viel darauf ein, dass sie ein paar Verehrer hat. Dafür braucht sie dich gewiss nicht.«

»Du hast ja recht«, antwortete Curtis, der daran noch gar nicht gedacht hatte. Das erklärte auch, warum Hunting so sehr um Miss Phoebe bemüht war. »Trotzdem stellt sich mir die Frage, warum unsere Bemühungen, gegenseitiges Interesse zu heucheln, nicht fruchten wollen. Sollten die Menschen uns nicht irgendwann in Ruhe lassen?«

»Wenn ihr das wirklich geglaubt habt, seid ihr zwei euch wesentlich ähnlicher, als du zugeben möchtest«, sagte Bethany und schüttelte lächelnd den Kopf. »Du hättest sehen sollen, was damals los war, als Rufus mir den Hof gemacht hat. Jede heiratsfähige Frau des Vereinigten Königreichs hatte es auf ihn abgesehen, obwohl er ein schottischer Marquis ist und recht schnell klar war, dass er mich auserkoren hatte. Und von den ehrenwerten Herren, die sich um mich bemüht haben, will ich gar nicht erst anfangen. Du hast davon nichts mitbekommen, weil du in Ägypten warst, aber sei versichert, dass wir gute Gründe hatten, uns frühzeitig zu verloben.«

»Ich erinnere mich, dass ich ziemlich überrascht war, euch bei meiner Rückkehr verlobt zu sehen.« Er hatte nie damit gerechnet, dass seine quirlige Lieblingsschwester seinen ernsten, stets in sich gekehrten Jugendfreund heiraten würde. Und dennoch war es so gekommen.

»Ich wollte mehr darauf hinaus, warum es so schnell ging«, erwiderte Bethany. »Das Hin und Her mit unerwünschten Verehrern, die regelmäßig bei mir auftauchten, die ständigen Einladungen zu irgendwelchen Veranstaltungen, es nahm einfach kein Ende. Und für Rufus war es sicher noch schlimmer. Der ganze Zirkus hat erst aufgehört, als wir beide offiziell verlobt waren.« Bedeutungsschwer hob sie die Brauen.

»Eine Verlobung also? Das ist ausgeschlossen.« Seine Abmachung mit Miss Phoebe war in dieser Hinsicht eindeutig.

»Dann werdet ihr euch wohl oder übel damit abfinden müssen, dass die unverheirateten Damen und Herren der Gesellschaft Jagd auf euch machen, Bruderherz.« Wie Bethany es schaffte, gleichzeitig Bedauern und Amüsement zum Ausdruck zu bringen, war ihm ein Rätsel, das für immer ungelöst bleiben würde.

»Das werden wir wohl.« Denn eine Verlobung mit Miss Phoebe stand keinesfalls zur Debatte.

Aus Erfahrung hatte sie gewusst, dass die Saison anstrengend werden würde mit all ihren Bällen, Soiréen und sonstigen Veranstaltungen, die man auf keinen Fall verpassen durfte. Doch dass sie bereits zwei Wochen nach Beginn dermaßen angewidert sein würde, hatte sie nicht geahnt.

Lag es daran, dass ihre Tante sie zu wirklich jedem Ball nötigte, der in London stattfand? Es war bereits der vierte in zwei Wochen und wie jedes Mal hatte sich Hunting für die Eröffnungsquadrille eingetragen. Nicht, ohne sich zu beschweren, dass Griffins Name bereits bei den Walzern stand.

»Man könnte ja glatt glauben, er macht sich Hoffnungen«, scherzte Hunting bemüht, beobachtete Phoebe dabei jedoch genau.

Die lächelte nur vielsagend und fragte sich, warum er es nicht einfach glauben konnte. War eine Beziehung zwischen ihr und Lord Griffin wirklich so abwegig, trotz all ihrer Bemühungen?

Fast schien es so, denn weder versiegte der Strom junger Herren, der sie besuchen kam, obwohl bekannt war, dass sie ihre Tage im Museum verbrachte und nur selten anwesend war, noch hörten die Damen auf, sich um Griffins Gunst zu bemühen.

»Darf ich bitten?« Hunting erschien an ihrer Seite und führte sie auf die Tanzfläche. »Was haltet Ihr davon, wenn wir für den Rest der Saison bei diesem kleinen Arrangement bleiben und den Eröffnungstanz gemeinsam bestreiten?«, fragte er in einem Tonfall, der verdeutlichte, welche Antwort er erwartete.

Gern hätte sie ihm erklärt, wie wenig Lust sie dazu verspürte, doch es wäre unklug gewesen, ihn derart vor den Kopf zu stoßen. Hunting genoss genug Ansehen in der Royal Society, um ihr den Zugang zum British Museum verwehren zu lassen. Und es war ihm durchaus zuzutrauen, wenn er sich in seinem männlichen Stolz verletzt sah.

Also zuckte sie stumm mit den Schultern und hoffte, dass er es dabei beließ und irgendwann einsah, dass er bei ihr keine Chance hatte. Bis dahin versuchte sie, ihn zu meiden, doch das war angesichts ihrer Verpflichtungen gar nicht so einfach. Wenn seine Gegenwart wenigstens angenehm gewesen wäre, doch für ihren Geschmack kam er ihr ständig viel zu nah und sein Blick wanderte entschieden zu oft zu ihrem Dekolleté.

Auch die Konversation mit ihm zehrte an ihren Nerven.

»Würdet Ihr mir erlauben, Euch morgen einen Besuch abzustatten?«, fragte er und Phoebe gelang es nur mit Mühe, ein Augenrollen zu unterdrücken.

»Morgen werde ich im Museum sein. Ich nehme an, dass wir dort aufeinandertreffen. Habt Ihr vergessen, dass Chadwick und Belzoni anwesend sein werden, um festzulegen, welche Gegenstände für die Ausstellung in der Egyptian Hall bereitgestellt werden?«

Hunting verzog das Gesicht. »Durchaus nicht, meine Liebe. Aber ich habe gesehen, welche Freiheiten sich Belzoni Euch gegenüber erlaubt hat, und seid versichert, wenn ihr meine Ehefrau wärt, dürfte er nicht so mit Euch umspringen!«

Zum Glück trennte sie der Tanz in diesem Moment und Phoebe hatte Zeit, sich eine passende Antwort zu überlegen. Eine, die nicht unfreundlich war und ihn trotzdem in seine Schranken wies.

»Das verstehe ich gut«, sagte sie, sobald sie erneut aufeinandertrafen. »Giovanni ist wie ein großer Bruder für mich und ein zukünftiger Ehemann müsste das auf jeden Fall verstehen und tolerieren.«

Genau in diesem Moment erklangen endlich die letzten Noten und Phoebe verabschiedete sich hastig. Das war zwar etwas unhöflich, aber sie musste weg von diesem Mann, bevor sie etwas Unüberlegtes von sich gab. Zugleich dachte sie fieberhaft über mögliche Taktiken nach, ihm auch im Museum aus dem Weg zu gehen, jedoch ohne Ergebnis.

Vielleicht sollte sie einmal mit Griffin darüber sprechen, wie sie ihren Plan beschleunigen konnten. Denn so langsam wurde die Situation untragbar.

Suchend blickte sie sich um, konnte Griffin jedoch nirgendwo entdecken. Vermutlich hatte er sich an die Spieltische zurückgezogen, nachdem er sich auf ihrer Karte eingetragen hatte. Glücklicher Mann. Ihr blieb keine Zeit für einen Rückzug, denn schon tauchte ihr nächster Tanzpartner auf. Landsend war sein Name, wenn sie sich recht erinnerte. Er war etwa in ihrem Alter und hatte eine frappante Ähnlichkeit mit dem jungen Lord Wrayburn, dem ihre Schwester Helen in ihrer ersten Saison sehr zugetan gewesen war. Phoebe konnte sich noch gut daran erinnern, wie fassungslos sie alle gewesen waren, als dieser aus finanziellen Gründen eine andere geheiratet hatte. Doch das schien eine Ewigkeit her zu sein.

Landsend war ihr heute erst vorgestellt worden. Ein wenig schüchtern fragte er sie nach ihrer Zeit in Ägypten. Es stellte sich schnell heraus, dass er keine Ahnung hatte, was Archäologie überhaupt war, und sich eigentlich mehr für Dichtkunst begeisterte. Das Gespräch war höflich und nett, doch wenn es nach Phoebe ging, war eine Wiederholung unnötig.

Ähnlich verhielt es sich mit den nächsten beiden Männern, die sie aufs Parkett führten. Auch wenn keiner so unangenehm war wie Hunting, war Phoebe doch zusehends gelangweilt. Sie erwischte sich dabei, wie sie auf ihre Tanzkarte schaute und nachzählte, wie lange es noch dauerte, bis Griffin endlich an der Reihe war. Nicht dass sie seine Gegenwart genoss, Gott bewahre. Viel wichtiger war, dass sie ihre Taktik ändern mussten, damit sie endlich in Ruhe gelassen wurden. Auch wenn Phoebe noch keine gute Idee hatte, wie.

Curtis

Seufzend betrat er den Ballsaal und hielt nach Miss Phoebe Ausschau. Nachdem er sich auf ihrer Karte eingetragen hatte, war er ins Spielzimmer geflüchtet und hatte die ein oder andere Runde Pharo gespielt, bevor es Zeit wurde, sie zum Walzer aufzufordern.

Sie stand, umgeben von mehreren Herren, neben ihrer Tante und unterhielt sich. Irrte er sich oder sah er dieses Blitzen in ihren Augen, das bedeutete, dass sie gleich einen der Gentlemen mit einer spitzen Bemerkung in seine Schranken weisen würde? Das wollte er sich nicht entgehen lassen. Sie verfügte über eine scharfe Beobachtungsgabe und eine spitze Zunge, sodass es durchaus amüsant war, ihren spöttischen Bemerkungen zu lauschen, wenn ausnahmsweise nicht er das Ziel war.

»Du findest wirklich Gefallen an der jungen Frau, nicht wahr?«

Curtis musste nicht einmal den Kopf drehen, um zu wissen, wer da gesprochen hatte. Es war Judith, seine älteste Schwester. Sie ähnelte ihrer Mutter in mehr als nur dem Aussehen. Auch sie war sehr interessiert daran, ihn verheiratet zu sehen, und würde jeden seiner Schritte mit Argusaugen verfolgen, um ihrer Mutter alsbald Bericht zu erstatten. Eine gute Gelegenheit, die Scharade voranzutreiben.

»Sie ist klug und hat keine Scheu, das zu zeigen. Ein bewundernswerter Zug, den man bei Damen der Gesellschaft selten findet«, antwortete er deshalb und ließ Miss Phoebe nicht aus den Augen.

»Weil es sich nicht gehört?«, antwortete seine Schwester pikiert. »Andererseits ist sie eventuell genau das, was du brauchst. Eine anständige Frau würde es keine fünf Minuten mit dir und deinen Marotten aushalten.«

»Wenn du meinst«, antwortete er schulterzuckend. »Dann ist es ja gut, dass ich mir den ein oder anderen Tanz auf ihrer Karte reserviert habe, den ich jetzt wahrnehmen werde. Du entschuldigst mich?«

Er hörte ihren überraschten Ausruf und musste ein Grinsen unterdrücken. Wenigstens was das anging, trugen seine Bemühungen Früchte. Solange Judith und seine Mutter glaubten, dass er ernsthaftes Interesse an Miss Phoebe hatte, würden sie ihre ständigen Kuppelversuche unterlassen.

Bei Miss Phoebe angekommen, ignorierte er die anderen Herren und bot ihr den Arm zum Geleit. Sie ergriff ihn und sobald sie außer Hörweite der Gentleman waren, ließ sie geräuschvoll die Luft entweichen. »Wir müssen etwas dagegen unternehmen«, sagte sie entschieden und es klang wie eine Forderung. »Es wird mit jedem Mal schlimmer.«

»Ganz meine Meinung«, stimmte er ihr zu.

Sie hatten die Tanzfläche erreicht und gingen in Position. Mehrere Köpfe drehten sich in ihre Richtung. Er überlegte, ihr zu erzählen, was Bethany ihm geraten hatte, nahm jedoch Abstand davon. Eine Verlobung ging eindeutig zu weit.

»Vielleicht müssen wir nur etwas offensiver an die Sache herangehen«, sagte er stattdessen und zog sie ein wenig fester an sich, als es schicklich war. Seine Worte gingen in den ersten Takten des Walzers unter. Er bewegte sich und wie immer fügten sich ihre Schritte ineinander und sie schwebten förmlich durch den Ballsaal. Seit er zum ersten Mal mit seinen Schwestern Walzer getanzt hatte, gehörte dieser zu seinen Lieblingstänzen. Er war kein Musikexperte, aber er mochte den typischen, leicht zu erkennenden Rhythmus und den besonderen Schwung, der diesem Tanz zu eigen war, besonders wenn man eine begabte und enthusiastische Partnerin hatte, was Miss Phoebe ohne jeden Zweifel war.

»Man beobachtet uns, sehr gut«, sagte sie und nickte leicht, was wohl ihre Zustimmung zu der Freiheit ausdrücken sollte, die er sich ungefragt herausgenommen hatte.

»Das will ich doch hoffen.« Zufrieden mit seinen Worten, sah er sie das erste Mal an diesem Abend direkt an. Ihre Wangen waren vom Tanzen leicht gerötet, was ihre natürliche Schönheit unterstrich, und ihre Augen blitzten wie Saphire, zusammen mit der hellen Haut ein geradezu hypnotisierender Kontrast zu ihren dunklen Haaren. In Gedanken versunken ließ er einen Schritt aus, was sie ein wenig ins Wanken brachte.

Er murmelte eine Entschuldigung und grübelte, warum er überhaupt über ihr Aussehen nachdachte. Es war ja nicht ihr Äußeres, an dem er sich stieß. Dass sie durchaus gutaussehend war, hatte er von Anfang an konstatiert, und warum auch nicht? Da war nichts dabei. Er konnte sie gleichzeitig enervierend und schön finden. Es bedeutete nicht, dass Bethany recht hatte und er Miss Phoebe insgeheim mochte. Oder dass sie sich am Ende sogar ähnlich waren.

Den Rest des Tanzes verbrachten sie schweigend, ohne dass es unangenehm gewesen wäre. Vielmehr schien es, als wappneten sich beide für das unvermeidliche Gespräch danach. Oder zumindest er. Denn sie mussten sich dringend etwas einfallen lassen, wie sie sich den lästigen Heiratsmarkt vom Hals schaffen konnten, ohne massiv gegen die Etikette zu verstoßen oder sich zu verloben.

Unangebrachtes Aufsehen

Phoebe

»Darf ich Euch eine Limonade bringen?«, fragte Griffin, nachdem sie ihren Tanz beendet hatten.

Phoebe öffnete gerade den Mund, als sie durch einen Tumult am Eingang des Ballsaals abgelenkt wurde. Leider war ihr die Sicht versperrt, so dass sie nicht sehen konnte, was sich dort abspielte, im Gegensatz zu Griffin.

»Fitzwilliam«, sagte er und verzog angewidert das Gesicht. »Offensichtlich angetrunken und rüpelhaft wie eh und je.«

Seufzend schüttelte Phoebe den Kopf. »Irgendwie unerwartet, ihn so schnell wiederzusehen. Ich hatte ihn zumindest nicht vermisst.«

»Ich auch nicht.« Griffin legte seine warme Hand auf ihren Arm. »Bleibt hier, ich werde ein wenig näher herangehen, vielleicht kann ich helfen. Es besteht immerhin die Möglichkeit, dass er auf mich hört.«

»Das glaubt Ihr doch nicht wirklich?«

»Nein.« Griffin verzog das Gesicht. »Aber ich bin trotzdem neugierig und kenne ihn wahrscheinlich besser als die meisten anderen hier.«

»Ich komme mit«, verkündete Phoebe und schnappte sich seinen Arm, denn auch ihre Neugierde war geweckt. Am Eingang angekommen fiel Fitzwilliams Blick auf sie und er kam leicht schwankend auf sie zu.

»Miss Phoebe, Griffin, genau die Männer ...« Er stockte, blinzelte und fuhr dann fort: »Und Frauen, die ich suche. Ihr müsst ein gutes Wort für mich einlegen.«

Irritiert schüttelte Phoebe den Kopf und sah zu Griffin, der ähnlich überrumpelt wirkte.

»Ihr erwartet, dass wir für Euch bürgen?«, fragte er indigniert.

»Gaaaanz genau.« Er hatte sie inzwischen erreicht und deutete auf Griffin. »Ihr müsst bei ...« Sein Blick schweifte ab und blieb an einer jungen Frau hängen, die Phoebe als Huntings Tochter erkannt. »Sybil!«, rief er laut, schlug sich mit der Hand aufs Herz und kam dabei so sehr ins Schwanken, dass Griffin ihn am Arm fassen musste, um einen Sturz zu verhindern. »Genau die Frau, die ich suche.«

Es wäre zum Lachen gewesen, wenn die Situation nicht so peinlich gewesen wäre. Schließlich befanden sie sich in einem gut gefüllten Ballsaal, in dem die Crème de la Crème der Londoner Gesellschaft weilte. Die junge Miss Sybil hatte diese Art von ungewollter Aufmerksamkeit wahrhaftig nicht verdient.

»Mein Augenstern, meine Liebste«, säuselte Fitzwilliam jetzt und machte einen Schritt auf die junge Frau zu, was ihm jedoch nicht gelang, da Griffin ihn nach wie vor am Arm festhielt.

Miss Sybil blickte zwar demonstrativ in eine andere Richtung, doch Phoebe meinte, eine zarte Röte auf ihren Wangen zu erkennen. Das konnte daher kommen, dass sie peinlich berührt war, doch da war auch die Andeutung eines Lächelns, das um ihre Mundwinkel spielte. War es möglich, dass der jungen Frau die Aufmerksamkeit des Prinzensohnes gefiel? Kaum vorzustellen und doch war da etwas aufreizend Provozierendes an der Art, wie sie den Kopf hielt und betont von ihm wegsah.

»Ich brauche Euch!« Fitzwilliam streckte die Arme nach ihr aus. »Auf mir lastet der Fluch der Mumie und Ihr wisst genau, dass der nur von einer edlen Jungfrau gebrochen ...«

»Genug!«, donnerte Huntings Stimme durch den Raum. »Fitzwilliam, Ihr vergesst Euch!«

Fitzwilliam drehte sich so schnell zu Hunting um, dass er Griffins Fingern entglitt und ins Schwanken geriet, bevor er sich fing. »Ich vergesse mich? Was glaubt Ihr warum? Wegen Euch und diesem gottverdammten Hallow! Ihr seid schuld daran, dass ich in dieses vermaledeite Museum verbannt wurde und deshalb verflucht bin. Seit ich meinen Fuß in diese verwunschenen Räume gesetzt habe, bin ich vom Pech verfolgt. Und nur ... äh ... was wollte ich gerade sagen?«

Hunting seufzte tief. »Griffin, helft mir bitte, den Mann hinauszuschaffen, bevor er sich vollends lächerlich macht.«

Griffin nickte und griff erneut nach Fitzwilliams Arm. »Wenn Ihr erlaubt ...«, sagte er entschuldigend in Phoebes Richtung, die zustimmend nickte und seinen Arm losließ.

»Nur zu. Lasst Euch von mir nicht aufhalten.«

Hunting umfasste den anderen Arm und gemeinsam komplimentierten sie den Prinzensohn nach draußen.

»Was für ein unangenehmer Mann.« Tante Victoria war neben sie getreten und sah den beiden nach. »Die arme Miss Sybil, sie ist sichtlich erschüttert.«

Die junge Frau sah in der Tat besorgt aus, doch Phoebe war sich nicht sicher, ob das wirklich Sorge um ihren eigenen Ruf oder doch eher um das Wohl des Prinzen war. Letztendlich wurde das Mädchen von zwei älteren Frauen weggeführt, ohne dass sich Phoebe Klarheit hätte verschaffen können.

»Sie ist so ein liebes Kind«, sagte Tante Victoria. »Und hat bereits einen Verehrer, soweit ich informiert bin. Ich hoffe, der junge Mann lässt sich durch Fitzwilliams Benehmen nicht abschrecken.«

»Jeder weiß doch, wie er ist, daraus wird ihr niemand einen Strick drehen.« Selbst wenn Phoebe recht hatte und Miss Sybil sich von Fitzwilliams Aufmerksamkeit geschmeichelt fühlte – was bei einer unerfahrenen jungen Frau nur allzu verständlich war –, würde ihre Familie niemals zulassen, dass sie einem notorischen Schürzenjäger wie Fitzwilliam ihre Gunst schenkte. Und wahrscheinlich hatte sich Phoebe ohnehin getäuscht.

»Wollen wir es hoffen, meine Liebe.« Tante Victoria fächelte sich Luft zu. »Was für eine Aufregung. Ich werde langsam zu alt für derlei Eskapaden.«

»Falls du gehen möchtest, habe ich nichts dagegen«, sagte Phoebe schnell. »Wie du weißt, habe ich mit Fitzwilliam im Museum zusammengearbeitet und verspüre nur wenig Lust, den restlichen Abend Fragen über ihn zu beantworten.«

»Das kann ich gut verstehen, meine Liebe, und bin da ganz auf deiner Seite. Lass uns gehen. Ich werde Lady

Portland morgen erklären, warum wir so schnell verschwinden mussten. Oder möchtest du noch auf Lord Griffins Rückkehr warten? Nicht dass er sich wundert, wo du geblieben bist.«

»Nein, keine Sorge, lass uns gehen. Er wird das gewiss verstehen«, erwiderte Phoebe. Und wenn nicht, war es ihr auch egal.

Curtis

Aus dem Augenwinkel beobachtete er Miss Phoebe, die soeben an der Seite von Mrs Stroud den Raum betrat. Sie war gestern Abend verschwunden gewesen, als er mit Hunting in den Ballsaal zurückgekehrt war. Sie wollte nicht wegen Fitzwilliam befragt werden, nahm er an und verstand es, dennoch hatte es ihn irritiert.

Warum wollte dieses unmögliche Frauenzimmer nicht begreifen, dass ein Minimum an Zusammenarbeit und Kommunikation unerlässlich war, wenn ihr Plan aufgehen sollte?

Wie jeden Morgen trat sie an ihren Platz und musterte eingehend die Stücke, an denen sie arbeitete. Doch bereits nach kurzer Zeit hob sie den Kopf und sah ihn an. »Entschuldigt meinen überstürzten Aufbruch gestern«, sagte sie und versuchte sich an einem einnehmenden Lächeln. »Ich verspürte nur wenig Lust, mich den unausweichlichen neugierigen Fragen über Fitzwilliam zu stellen. Besonders, da ich nichts Positives über den Mann zu sagen habe.«

»Absolut verständlich«, sagte er, insgeheim stolz darauf, dass seine Theorie bezüglich ihres Verschwindens richtig gewesen war.

»Gut.« Sie lächelte immer noch. »Dann widme ich mich mal diesen Scherben. Von denen ich übrigens glaube, zu wissen, was dahintersteckt.«

»Tatsächlich?« Er hob die Brauen und konnte nicht verhindern, dass seine Worte skeptisch klangen. Für ihn waren das lediglich bemalte Scherben eines oder mehrerer Tonkrüge. Daran war absolut nichts Geheimnisvolles.

»Sagt bloß, Euch ist an diesen Stücken nichts aufgefallen?«, antwortete sie und er hörte an ihrer Tonlage, dass sie sich über ihn lustig machte, auch wenn er nicht wusste, wieso.

»Erklärt es mir.« Er musterte die Scherben genauer, konnte aber nichts Ungewöhnliches feststellen.

»Die Zeichnungen sind auf der konkaven Seite der Scherben. Wenn wir davon ausgehen, dass es sich um Überreste von Tonbehältern handelt, heißt dass, die Zeichnungen befinden sich …«

»… auf der Innenseite«, beendete er ihren Satz. Natürlich! Warum war ihm das nicht aufgefallen. Verärgert schnaubte er durch die Nase. »Oder auch nicht. Vielleicht handelt es sich um die Scherben eines komplexeren Gefäßes mit verschiedenen Wölbungen.«

»Bei dem ausschließlich die nach innen gewölbten Teile mit Zeichnungen versehen wurden? Oder glaubt Ihr etwa, dass die nach außen gewölbten Teile rein zufällig alle fehlen?«, stichelte sie. »Macht Euch nicht lächerlich. Es ist offensichtlich, welche Seite dieser Scherben einst das Innere eines Gefäßes bildeten und welche die Außenseite, das werdet selbst Ihr erkennen.«

All seine Geduld zusammennehmend, fragte er höflich und um Ruhe bemüht: »Angenommen, Ihr habt recht und dies sind die Überreste eines Tonbehälters, der von innen bemalt war. Wie stellt Ihr Euch vor, ging das vonstatten, und wie könnt Ihr annehmen, eine Erklärung für die Motive dahinter gefunden zu haben?«

»Ah …« Sie hob sichtlich vergnügt einen Zeigefinger. »Ihr habt nicht richtig zugehört, Lord Griffin. Ich habe nie behauptet, dass dieses Gefäß einst von innen bemalt war.«

Er spürte, wie es in ihm zu kochen begann. »Miss Phoebe«, presste er hervor. »Ich habe mich wirklich bemüht, Euren Ausführungen respektvoll zu lauschen, aber meine Geduld hat Grenzen. Habt Ihr wirklich eine gute Erklärung für das alles oder treibt Ihr nur einen Schabernack mit mir?«

»Das habe ich in der Tat«, sagte sie würdevoll. »Und wenn Ihr mich ausreden lassen würdet, wüsstet Ihr das längst.«

Autsch. Der Seitenhieb hatte gesessen.

»Dann sprecht«, knurrte er missmutig und verschränkte die Arme vor der Brust.

Sie lächelte ihn zuckersüß an und nickte in gespielter Dankbarkeit. »Wir haben diese Scherben in dem Schutt gefunden, der den Eingang zu der Grabkammer im Tal der Könige gefüllt hat. Diejenige, die Belzoni und seine Frau in der Egyptian Hall nachbauen.« Der provozierende Blick, den sie ihm zuwarf, brachte sein Blut direkt in Wallung. Sie wusste genau, was er von Belzoni und seiner Ausstellung hielt. Doch er hatte nicht vor, sich erneut von ihr provozieren lassen.

»Und inwiefern ist das hier von Belang?«, fragte er deshalb betont ruhig und beugte sich ein wenig weiter über eine der größeren Scherben auf ihrem Tisch. Die Zeichnung war verblasst, aber er meinte, eine Art Streitwagen darauf zu erkennen.

»Es ist ein entscheidendes Indiz für die Korrektheit meiner Theorie. Ich glaube nämlich, dass diese Tonbehältnisse längst zerbrochen waren, als diese Grabkammer gebaut wurde. Die Künstler haben einfach alte Scherben benutzt, um Skizzen darauf zu malen, bevor sie die Bilder in voller Größe an die Wand brachten, ganz so wie ein Maler heute eine Skizze auf Papier anfertigt, bevor er sich mit Pinsel und Ölfarben seiner Leinwand zuwendet, versteht Ihr?« Gespannt und offensichtlich auf eine Antwort wartend, sah sie ihn an.

»Ihr meint, sie hatten einen Stapel Tonscherben, den sie wie einen Skizzenblock nutzten?« Die Idee war zumindest neu. Allerdings blieben offene Fragen. Diese Scherben waren groß, schwer und leicht gebogen. Hätten die alten Ägypter nicht praktischere Mittel gehabt?

»Genau, wie ein Skizzenblock. Dieser Streitwagen zum Beispiel.« Sie deutete auf die Scherbe. »Ich bin mir ziemlich sicher, dass er an einer Wand des Grabes zu finden ist. Wahrscheinlich mehrfach, denn es war eine große Schlachtszene. Und seht Ihr hier?« Diesmal zog sie eine andere Scherbe nach vorn. »Das ist eindeutig ein Krieger mit einem Schwert.«

Nicht vollkommen überzeugt von ihrer Theorie, beugte er sich ein wenig weiter nach vorn, um die neue Zeichnung zu betrachten, und musste sich widerwillig eingestehen, dass ihre Theorie einiges für sich hatte. Allerdings sprach genauso viel dagegen. In der Wissenschaft war es wichtig, offen zu bleiben und alle Möglichkeiten eingehend zu prüfen, bevor man sich auf eine Theorie festlegte.

»Ihr glaubt also, dass die Scherben nach Beendigung der Arbeit einfach liegen gelassen wurden? Das erscheint mir doch sehr abwegig. Warum sollte man sie nicht für spätere Zwecke noch einmal verwenden. Für die nächste zu bemalende Grabkammer zum Beispiel – wenn es sich denn wirklich um Skizzen handelt.«

»Keine Ahnung. Weil man die gleiche Zeichnung nicht zweimal verwenden wollte?«

Das reichte ihm nicht als Antwort. »Weit hergeholt. Und warum Scherben?«

»Weil sie da waren?« Ihre Antwort kam schnell und scharf. »Ihr seht doch, wie es Künstlern heutzutage geht. Die Ressourcen sind meistens knapp und das war damals bestimmt nicht anders. Ein Vorratskrug zerbricht und man benutzt die Scherben noch einmal. Und später dann als Füllmaterial zum Verschließen der Kammer.« Sie streckte das Kinn nach vorn. »Wenn Euch meine Erklärung nicht gefällt, präsentiert eine bessere.«

»Das kann ich auf die Schnelle nicht.« Er richtete sich auf und sah auf sie hinab. So leicht würde er sie nicht gewinnen lassen. »Und das ist auch nicht meine Aufgabe. Aber wenn Ihr es unbedingt hören wollt: Das da ...« Mit einer wegwerfenden Handbewegung deutete er auf die Scherben. »... könnten in meinen Augen genauso gut Kinderzeichnungen sein, die man mit anderem Abfall zum Zuschütten verwendet hat. Oder Kritzeleien, die jemand in der Pause auf den Ton gebracht hat. Aus Langeweile. Oder es hat jemand versucht abzumalen, was er an die Wände der Grabkammer gemalt sah.« Sein Blick bohrte sich in ihren. »Wie Ihr seht, gibt es eine Menge Erklärungen, die ...«

»Alle meiner ganz ähnlich sind. Warum könnt Ihr nicht einmal ...«

Was sie hatte sagen wollen, würde er so schnell nicht erfahren, denn die Tür öffnete sich und herein kam Belzoni in Begleitung von Chadwick. Es gelang Curtis im letzten Moment, ein genervtes Stöhnen zu unterdrücken. Die beiden hatten ihm gerade noch gefehlt.

Er zwang ein Lächeln auf sein Gesicht, begrüßte die Herren und sah stoisch zu, wie Belzoni Miss Phoebe in den Arm nahm. Auch diesmal fand er das Verhalten des Italieners unangemessen, schwieg jedoch. Es war nicht an ihm, so etwas zu unterbinden. Und da Mrs Stroud offenbar beschlossen hatte, Belzonis Benehmen zu dulden, würde er es auch tun.

»An was arbeitet ihr?«, fragte Chadwick und sah interessiert auf die Scherben.

Sofort begann sie mit der Erklärung ihrer Theorie und schloss mit dem Satz: »Lord Griffin glaubt nicht daran. Er hält es für Kinderzeichnungen ohne tiefere Bedeutung.«

»Das habe ich nicht ...«, setzte er an, wurde jedoch sofort von Belzoni unterbrochen.

»Kinderzeichnungen? Dass ich nicht lache! Das da ...« Er deutete auf die Scherbe mit dem Streitwagen, »... habe ich genau so erst letzte Woche in unsere Kammer gezeichnet. Ich würde sagen, das Mädchen hat den Nagel auf den Kopf getroffen.«

»Aber wir wissen doch gar nicht ...«, versuchte Curtis es erneut, wurde jedoch ein weiteres Mal unterbrochen, diesmal von Chadwick.

»Phoebes Theorie hat einiges für sich. Es wäre klug, nach weiteren Übereinstimmungen zu suchen, um sie zu erhärten. Da stimmt Ihr mir doch sicher zu, Lord Griffin?«

»Sicher. Wie gesagt, habe ich lediglich angemerkt, dass eine Theorie noch kein Beweis ist und dass die Scherben durchaus einen anderen Ursprung haben könnten.« Zunehmend frustriert schüttelte er den Kopf. »Abgesehen davon haben wir für den Augenblick mehr als genug zu tun mit dem Registrieren und Bewahren der Artefakte. Das Theoretisieren über mögliche Hintergründe muss fürs Erste warten, so spannend es auch sein mag.« Schon während er sprach, war ihm klar, dass seine Worte weder bei Miss Phoebe noch bei Chadwick auf große Gegenliebe stoßen würden.

Und so war es auch Chadwick, der antwortete: »Aus der Sicht eines Archivars und Kurators mag das stimmen. Aber wenn wir einen Augenblick der Klarheit haben und dabei Zusammenhänge erkennen, die im Verborgenen schlummerten, dürfen wir die Augen nicht aus Prinzip davor schließen. Als Wissenschaftler ist es unsere Pflicht, vielversprechenden neuen Theorien nachzugehen und sie zu prüfen.«

»Also, mir gefällt deine Theorie, Mädchen«, mischte sich nun auch Belzoni wieder ein. »Wir werden die Scherben an der entsprechenden Stelle der Wand präsentieren und so demonstrieren, wie die Wandmalereien anhand dieser Skizzen angefertigt wurden. Im Prinzip ist es ähnlich wie das, was Sarah und ich getan haben, als wir die Zeichnungen im Grab abgemalt haben.«

Frustriert ließ Curtis die Schultern sinken. Diese drei ignorierten seine Bedenken einfach. Sie würden diese völlig aus der Luft gegriffene Theorie in ihrer Ausstellung als Tatsache hinstellen, um Eindruck zu schinden, egal was er sagte. Schein war hier eben wichtiger als Sein. Ganz so, wie man es beim Zirkus erwarten konnte.

Selbstverständlich hütete er sich, etwas in der Art zu sagen, solange die beiden Männer anwesend waren. Stattdessen beschloss er, so hilfsbereit zu sein wie nötig, um sie schnellstmöglich loszuwerden.

»Wie dem auch sei«, sagte er, bemüht, seiner Stimme einen unbeschwerten Klang zu verleihen. »Soweit ich mich erinnere, sind die Herren hier, um zu entscheiden, welche Stücke in die Egyptian Hall verfrachtet werden und welche hier im Museum bleiben, damit wir wissen, mit welchen der verbleibenden Kisten wir uns in den kommenden Wochen bevorzugt beschäftigen müssen.«

»Gut gesprochen, Junge«, sagte Belzoni und Curtis gelang es, sein höfliches Lächeln zu bewahren.

Junge hatte ihn schon lange niemand mehr genannt, abgesehen von Hallow. Doch sei's drum, er hatte sich fest vorgenommen, zu allem zu schweigen, was noch von Belzoni, Chadwick oder Miss Phoebe kam.

»Dennoch sind solche Exkurse wie der eben wichtig für meine Arbeit.« Belzoni deutete auf die Scherben. »Wie soll ich sonst erkennen, dass ein Haufen Scherben meiner Ausstellung mehr Feuer verleihen kann?«

Curtis biss verzweifelt die Zähne aufeinander. Wenn das so weiterging, würde ihn bald der Schlag treffen, so viel war sicher.

»Was ist mit dem Sarkophag?«, wechselte Belzoni das Thema und ging auf den inzwischen freigeräumten Sarg zu.

Um den Deckel zu heben, war ein Flaschenzug installiert worden. Sie hatten die schwere Steinplatte einmal bewegt, um hineinzusehen, und ihn leer gefunden.

»Leer«, sagte Phoebe und klopfte auf den Deckel. »Und wirklich schwer. Aber falls Sie in Erwägung ziehen, ihn in Ihrer Ausstellung ...«

»Er ist zu schlicht, um mir nützlich zu sein«, winkte Belzoni ab. »Wenn wir einen dieser bearbeiteten Alabastersärge hätten, das wäre was.« Jetzt schüttelte er den Kopf. »Der war ja leider zu groß und schwer, um ihn damals zu transportieren. Und dieser hier ist auch recht klobig. Nein, ich glaube nicht, dass ich den brauchen kann.«

»Wenn die Herren fertig damit sind, anderer Leute Zeit zu verschwenden«, mischte sich nur Hallow in das Gespräch ein, »hätten Sie vielleicht die Güte, herüberzukommen und zu entscheiden, was hierbleibt und welche unserer Schätze als großzügige Leihgabe an Herrn Belzoni gehen.«

»Großzügige Leihgabe?«, ereiferte sich Belzoni und ließ von dem Sarg ab. Stattdessen wandte er sich Hallow zu, der ihn herausfordernd musterte. »Hat Euch schon mal jemand gesagt, dass Ihr ein kleiner, arroganter ...«

»Giovanni!« Miss Phoebe und Chadwick flankierten den großen Italiener und legten beide beruhigend eine

Hand auf einen seiner wadendicken Unterarme. Der Angesprochene schnaubte nur, führte seinen Satz aber nicht fort. Während sie auf Hallow zugingen, drehte sich Miss Phoebe noch einmal zu Curtis um und warf ihm einen triumphierenden Blick zu, bevor sie beschwingt hinter Belzoni her stolzierte.

Sie sah sich offensichtlich als Siegerin ihres kleinen Disputs. Überrascht stellte er fest, dass es ihm gar nicht so viel ausmachte. Er sollte in Erwägung ziehen, sie sich häufiger als Gewinnerin einer Diskussion fühlen zu lassen. Ihrer Laune war das offenbar äußerst zuträglich und, wie er inzwischen festgestellt hatte, war Miss Phoebe, wie die meisten Frauen, wesentlich verträglicher, wenn sie gut gelaunt war.

Eine unvorhergesehene Einladung

Phoebe

Der Vorhang fiel, Applaus erklang, doch Phoebe klatschte nicht. Das Schauspiel, welches sie sich an diesem Abend ansahen, war grausig. Die dümmlichen Dialoge und der tumbe Humor hatten ihre Geduld bis an die Schmerzgrenze strapaziert - und das war bloß die erste Hälfte gewesen. Nur Gott wusste, wie sie eine weitere Stunde überstehen sollte. Zwar hatte sie das Versprechen gegeben, ihre Tante zu derlei Veranstaltungen zu begleiten. Das hieß allerdings nicht, dass sie Begeisterung heucheln musste.

Während das Publikum also noch applaudierte, erhob sie sich und begab sich zur Tür der Loge. So konnte sie sich zumindest ein Glas Limonade sichern, bevor der Ansturm in der Pause losging. Sie öffnete die Tür und war äußerst überrascht, draußen Lord Griffin vorzufinden. Er bot ihr galant seinen Arm.

»Ich dachte mir, nach dieser ...«, er machte eine Pause und wiegte abschätzig den Kopf hin und her, »denkwürdigen Vorstellung haben wir uns beide ein Glas Limonade verdient. Oder doch Champagner? Ein wenig

Alkohol könnte helfen, die zweite Hälfte erträglicher zu machen.«

»Wahre Worte.« Sie schenkte ihm ein Lächeln, froh, dass sie nicht die Einzige war, die dem Stück nichts abgewinnen konnte. »Also Champagner?«

»Euer Wunsch ist mir Befehl, Gnädigste.«

Gemeinsam stiegen sie die Stufen in den ersten Stock hinunter, in dem die Erfrischungen serviert wurden. Erfreulicherweise kamen sie, wie erhofft, früh genug, um ohne Anstehen zwei Gläser zu ergattern, und zogen sich gleich darauf so weit wie möglich an den Rand des Foyers zurück.

»Was bitte ist so überaus komisch an Frauen in Männerkleidung und warum werden sie immer auf diese tollpatschige, plumpe Art dargestellt?« Vielleicht war Griffin nicht der passendste Gesprächspartner für dieses Thema, doch Phoebe musste ihrer Frustration Luft machen.

»Ich habe keine Ahnung. Was ich weitaus absurder finde«, antwortete er und legte dabei die Stirn in Falten, »ist die Tatsache, dass die anderen Figuren nie etwas bemerken, obwohl es doch mehr als offensichtlich ist.«

»Das ist bedingt durch die schlechte Verkleidung infolge des zwanghaften Versuchs, komisch zu sein. In Wahrheit ist es gar nicht so schwer, als Frau unentdeckt zu bleiben. Aus eigener Erfahrung weiß ich, dass eine gute Verkleidung in Kombination mit der Erwartung, einen Jungen vor sich zu haben, so gut wie jeden Menschen täuscht.«

»Dann hat nie irgendwer Eure Verkleidung durchschaut, als Ihr in Ägypten wart?« Skeptisch hob Griffin die Brauen.

»Selten. Die Menschen sehen, was sie sehen wollen. Niemand erwartet eine Frau bei einer Ausgrabung, also wird man nicht als solche wahrgenommen. Und natürlich habe ich mir seinerzeit das Haar so kurz geschnitten, dass es mich nicht verraten konnte.« Sie fasste sich in ihr inzwischen schulterlanges, aufgestecktes Haar.

»Das mag sein, aber auch wenn es nur wenigen auffällt, spricht sich so etwas doch sicher schnell ...«

Ein Räuspern unterbrach ihn und ließ sie beide nach rechts schauen, wo Griffins Mutter und Tante Victoria aufgetaucht waren.

»Curtis, mein Lieber«, sagte Lady Channing, die ein breites Lächeln aufgesetzt hatte. »Miss Phoebe«, begrüßte sie auch Phoebe und freudige Erwartung spiegelte sich auf ihrem Gesicht wider. »Ich wollte euch mitteilen, dass wir die Castletons eingeladen haben, das Osterwochenende gemeinsam mit uns auf unserem Landsitz in Kent zu verbringen. Sie werden bis zum großen Maskenball am Montag bleiben und unsere hochgeschätzten Gäste sein. Ist das nicht wunderbar?«

Phoebe gelang es nur mit größter Mühe, einen neutralen Gesichtsausdruck zu wahren. Ein Wochenendbesuch auf dem Land? Welch eine entsetzliche Vorstellung.

»Das ist ...« Auch Griffin fehlten offensichtlich die Worte. »Überraschend«, sagte er langsam und sah zu ihr. »Wie es aussieht, werden wir das Osterwochenende in Kent verbringen.«

»Das sagte ich doch gerade, mein Lieber.« Seine Mutter sah sehr zufrieden mit sich aus. »Die Einladung gilt selbstverständlich auch für Miss Phoebes Schwestern und deren Familien.« Jetzt sprach sie an Tante Victoria gewandt. »Ich werde Lady Chadwick und Lady Windham gleich morgen die Einladungen zustellen lassen. Es ist allerhöchste Zeit, dass sich unsere Familien besser kennenlernen.«

»Die Freude ist ganz auf unserer Seite, Lady Channing.« Auch Tante Victoria strahlte. »Ich hoffe, dass die beiden kommen können, ihr wisst ja, wie es ist, so kurz nach der Geburt eines Kindes.«

»Ich weiß, es ist alles etwas kurzfristig, aber wer konnte ahnen, dass sich die Dinge so schnell entwickeln würden? Tja, wo die Liebe hinfällt ...« Sie schenkte ihrem Sohn ein zufriedenes Lächeln. »Dann überlassen wir die jungen Leute mal ihrem Champagner. Die Einzelheiten können wir getrost ohne sie besprechen.« Mit diesen Worten rauschten die Damen davon.

Tante Victoria drehte sich noch einmal um und schenkte Phoebe ein so gönnerhaftes Kopfnicken, dass diese sich ein Schnauben nicht verkneifen konnte.

»Ich gebe zu«, sagte Griffin langsam und nahm einen Schluck von seinem Getränk, bevor er weitersprach, »das kam unerwartet.« Er sah den Damen hinterher. »Wer hätte gedacht, dass ein paar Tänze und Gespräche reichen, um meine Mutter zu so etwas anzustacheln?«

»Und meine Tante.« Grübelnd sah auch Phoebe den beiden hinterher, die sich, ebenfalls mit Champagner bewaffnet, angeregt unterhielten. »Sie war natürlich hocherfreut, dass wir uns inzwischen besser verstehen, aber dass sie gleich so übertreiben muss.«

Langsam nickend suchte Griffin ihren Blick. »Wenn man darüber nachdenkt, ist es doch genau das, was wir wollten. Wenn sie glauben, dass wir ein Paar sind, werden sie uns keine weiteren Heiratskandidaten mehr auf den Hals hetzen und es kann uns nur recht sein, wenn der *ton* davon erfährt, dass unsere Familien die Verbindung unterstützen. Unser Plan geht auf.«

»Das mag ja sein. Aber ist ein ganzes Wochenende in Kent wirklich nötig?« Phoebe schüttelte sich und stürzte den Rest ihres Champagners hinunter.

Griffins Gesicht verfinsterte sich. »So schlimm ist es nun auch wieder nicht. Ihr müsst ja nicht den Rest Eures Lebens dort verbringen.«

»Aber Ostern ist bereits in vier Wochen. Wie weit ist Euer Anwesen weg? Zwei oder drei Tagesreisen?«

Griffin nickte zustimmend. »Je nach Wetterlage, ja.«

»Das bedeutet, wir werden länger als eine Woche nicht im Museum sein können. Und das kurz bevor Belzoni seine Ausstellung eröffnet.«

Nachdenklich hob er die Brauen. »Das ist richtig und natürlich ärgerlich. Allerdings überwiegen die Vorteile, würde ich sagen.«

»Für Euch mag das zutreffen, für Belzoni jedoch nicht.« Sah er wirklich nicht das Problem?

»Müssen wir auf dieses Thema zurückkommen? Belzonis Ausstellung ist ...« Er unterbrach sich und schüttelte den Kopf. »Was das angeht, werden wir auf keinen gemeinsamen Nenner kommen, fürchte ich.«

»Müssen wir auch nicht, denn die Ausstellung wird stattfinden, egal, was Ihr davon haltet. Und ich habe nicht vor, ihn im Stich zu lassen.«

Griffin seufzte. »Nun gut, dann müssen wir eben alles daransetzen, unsere Arbeit noch vor Ostern weitestgehend zu beenden.«

Sie wollte ihm gerade vehement widersprechen, als ihr klar wurde, was er da gesagt hatte. »Das ... wüsste ich zu schätzen. Ich muss gestehen, dass ich damit nicht gerechnet hatte«, gab sie überrascht zu. »Es wäre wirklich eine Möglichkeit.«

»Eine gute, würde ich meinen.« Lächelnd fügte er hinzu: »Außerdem biete ich Euch an, meine persönliche Sammlung an Fundstücken und Artefakten zu besichtigen, die sich zum Großteil in Kent befinden.«

Für einen kurzen Moment stockte Phoebe der Atem und eine Art Déjà-vu überfiel sie. Etwas Ähnliches hatte er an dem Abend zu ihr gesagt, als sie ihre Abmachung getroffen hatten. Damals hatte sie ihm erklärt, wie unschicklich sein Vorschlag war. An dem leichten Zucken um seine Mundwinkel erkannte sie, dass er sich ebenfalls daran erinnerte.

So ernst, wie es ihr möglich war, sagte sie: »Hatten wir nicht vor Wochen geklärt, dass derart unschickliches Verhalten nicht zur Debatte steht? Ihr könnt mich nicht fragen, ob ich mit Euch in Eure Privatgemächer verschwinde.« Sie spürte, wie es um ihre Mundwinkel ebenfalls zuckte, und es gelang ihr nur mit großer Mühe, ein Lachen zu unterdrücken.

»Nicht doch, Mylady. Auf dem Land ist alles ein wenig lockerer«, sagte er mit offensichtlich gespielt ernster Miene. »Wenn ich schon einmal die Ehre habe, eine ausgewiesene Expertin für die antike ägyptische Kultur zu Gast zu haben, kann ich mir deren Urteil zu meiner bescheidenen Sammlung nicht entgehen lassen. Ich hoffe, sie ist interessant genug, dass Ihr das Wochenende übersteht, ohne an Langeweile zu sterben.« Seine Gesichtszüge entspannten sich und er warf

Phoebe einen kurzen, verschwörerischen Blick zu, während er mit dem Daumen unauffällig hinüber zu seiner Mutter und ihrer Tante deutete. »Abgesehen davon glaube ich, dass gewisse Damen ganz entgegen ihrer sonstigen Gewohnheiten geradezu entzückt wären über den ein oder anderen kleineren Verstoß gegen die Etikette.«

»Ihr seid wirklich unmöglich.« Sie schüttelte lachend den Kopf. »Hört auf, Unsinn zu reden, und lasst uns lieber überlegen, wie wir die verbleibende Zeit im Museum am besten nutzen können, damit Belzoni alles bekommt, was er zur Eröffnung seiner Ausstellung braucht.«

Er antwortete mit einem einfachen Nicken und in Phoebe breitete sich Zuversicht aus. Das war geschafft. Jetzt galt es nur noch, den Rest dieses Abends zu überstehen.

Die Wochen bis zu ihrer Abreise nach Kent vergingen schneller, als Phoebe lieb war. Vielleicht lag es an der ständig gleichen Abfolge der Tage, die geprägt waren durch ihre Arbeit im Museum – welche zum Glück gut voranschritt, auch wenn die Zeit dabei wie im Flug verging – und den Stunden bei gesellschaftlichen Anlässen, die sich ewig hinzuziehen schienen.

Doch nun war es so weit, sie saß ihrem Onkel Jonathan und Tante Victoria gegenüber in der Kutsche und rutschte nervös auf ihrem Platz hin und her.

Wobei sie nicht wirklich Angst hatte. Mehr Respekt und ein leichtes Unbehagen beim Gedanken daran, mehrere Tage in Gesellschaft von Griffin und seiner Familie zu verbringen. Der einzige Lichtblick war der Maskenball am letzten Abend.

Sie hatte zwei Bälle dieser Art bei Tante Victoria erlebt und beide Male das Gefühl gehabt, dass sie nach anderen Regeln abliefen. Versteckt hinter Masken benahmen sich die Menschen anders. Ungekünstelter, offener. Der Teil gefiel ihr. Allerdings gab es auch eine Komponente, die ihr weniger zusagte. Einige Männer, sie vermied bewusst das Wort Gentlemen, dachten offensichtlich, sie könnten sich Freiheiten herausnehmen, die man ihnen unter normalen Umständen nicht gewähren würde. Merkwürdigerweise gab es Damen, die solchem Verhalten alles andere als abgeneigt zu sein schienen. Schwer nachvollziehbar, aber eine nicht zu leugnende Tatsache.

Trotzdem freute sie sich darauf und sah diese Veranstaltung als Belohnung für die quälenden Tage davor. Zusammen mit Tante Victoria hatte sie ihr Kostüm ausgesucht und hielt es für äußerst passend. Sie würde sich als Kleopatra verkleiden, die bekannte ägyptische Pharaonin. Angesichts ihrer Leidenschaft für das alte Ägypten erschien ihr das ein adäquates Kostüm.

Doch bis es so weit war, galt es erst einmal, fünf Tage in Gegenwart von Griffin und seiner Familie hinter sich zu bringen. Und ihrer eigenen.

Selbstverständlich freute sie sich darauf, ihre Schwestern, sowie deren Männer und Kinder zu sehen. Und doch fürchtete sie sich auch ein wenig davor. Denn sie würde alle belügen müssen, um ihre Scharade mit Griffin aufrecht zu erhalten.

Früher hätte sie Helen sofort alles erzählt, doch in den vergangenen Jahren hatten sie sich voneinander entfernt und Phoebe war nicht mehr sicher, ob ihre Schwester ihr Verhalten gutheißen und dichthalten würde. Es war sicherer, nichts zu sagen und Helen in dem Glauben zu lassen, sie würde eine Ehe mit Griffin anstreben.

Das war das nächste Problem. Tagelang würden sie so tun müssen, als seien sie einander zugetan und zögen eine Verlobung in Erwägung. Darüber gesprochen hatten sie bisher nicht, das würden sie schnellstens nachholen müssen.

»Ich denke, wir sind da.« Tante Victoria klang erleichtert und auch Phoebe war froh, das Ziel endlich erreicht zu haben. Ihr war es schon immer leichter gefallen, zu handeln, als darauf zu warten, dass es losging.

»Dann schauen wir mal, was uns dieses Wochenende erwartet.« Phoebes Onkel Jonathan schickte sich an, die Kutsche als Erster zu verlassen. Er half seiner Frau und bot dann auch Phoebe seine Hand.

Phoebe ignorierte sie und stieg eigenständig aus der Kutsche, nur um innezuhalten ob des Anblicks, der sich ihr bot.

Niemand hatte erwähnt, wie groß das Landhaus der Channings war. Von ihrem Standpunkt aus konnte Phoebe zwar nur die Front sehen, doch ein kleiner Schritt nach links reichte, um zu erkennen, wie weit das Gebäude nach hinten weiterging.

Es war aus den gleichen rötlichen Ziegeln errichtet wie Windham Manor, in dem ihre Schwester Helen in Sussex lebte, schien jedoch deutlich älter zu sein. Links und rechts des bogenförmigen Eingangs erstreckten sich hohe Mauern mit mehreren Fenstern und an den Ecken rahmten kleine Türme das Haus ein – welches eher die Bezeichnung Schloss verdient hatte.

Den Kopf in den Nacken gelegt, trat sie ein paar Schritte zurück und bestaunte die unzähligen Schornsteine. Dieses Landhaus musste wirklich riesig sein.

»Man nennt es nicht umsonst Channing Castle.« Tante Victoria war ihr gefolgt und ebenfalls in die Betrachtung des Hauses vertieft. »Ich habe natürlich davon gehört, aber es noch nie mit eigenen Augen gesehen.«

Die breite Eingangstür öffnete sich und eine Schar Diener strömte heraus, um sich um die Kutsche und das Gepäck zu kümmern. Gefolgt von Lady Channing und Lord Griffin.

Letzterer verbeugte sich knapp vor Tante Victoria und Onkel Jonathan, bevor er zu Phoebe kam. »Willkommen auf Channing Castle.«

»Ihr hättet mich vorwarnen können, dass Ihr in einem ver… einem Castle wohnt«, sagte Phoebe und gab ihrer Stimme einen warmen Ton, ganz so, wie es eine Frau tun würde, die ihren Angebeteten endlich wieder traf. Wobei endlich ein relativer Begriff war. Sie hatten sich zuletzt vor zwei Tagen im Museum gesehen.

»Wo bliebe denn da der Spaß?« Grinsend griff er nach ihrer Hand und führte sie an seine Lippen. Dabei suchte sein Blick den ihren und hielt ihn fest. »Wir müssen reden«, wisperte er so leise, dass sie seine Worte kaum verstand.

Da sie ohnehin mit ihm besprechen wollte, wie sie weiter vorgehen wollten, nickte sie und schenkte ihm demonstrativ ein strahlendes Lächeln, von dem sie hoffte, dass es verliebt wirkte.

»Was haltet Ihr davon«, sagte er jetzt lauter, »wenn ich Euch die Gärten zeige, sobald Ihr Euer Zimmer gesehen und Euch frisch gemacht habt, meine Liebe? Die Reise war sicher beschwerlich und Ihr wollt Euch gewiss die Beine vertreten.« Suchend sah er sich um. »Wo ist Mrs Stroud?«

»Sie ist über Ostern zu ihrer Familie gefahren«, mischte sich Tante Victoria ein, die neben sie getreten war. »Ich denke, unter den gegebenen Umständen sind ihre Dienste auch nicht vonnöten, oder seht Ihr das anders?«

»Keinesfalls, meine Liebe«, erwiderte Lady Channing, die inzwischen neben Phoebe stand und sie freudig begrüßte. »Zumindest bis zum Ball ist dieses Treffen hier doch ganz familiär, kein Grund für unnötige Formalitäten.«

»Wenn Miss Phoebe das auch so sieht, habe ich gewiss kein Problem damit.« Griffin lächelte. Wie jedes Mal, wenn sie ihn im Kreis seiner Familie sah, wirkte er entspannter und freundlicher. »Dann treffen wir uns in einer Stunde hier, damit ich Euch den Garten zeigen kann?« Er sah zu Phoebe, die zustimmend nickte.

Was er wohl mit ihr besprechen wollte?

Ein Abend auf Channing Castle

Curtis

Zugegebenermaßen hatte es ihm großes Vergnügen bereitet, Miss Phoebes Überraschung zu sehen, als sie Channing Castle zum ersten Mal erblickt hatte. Er kannte diese Reaktion, denn weder er noch seine Geschwister hängten die Ausmaße dieses Besitzes an die große Glocke. Dafür war es viel zu amüsant, die erstaunten Gesichter zu sehen, wenn Freunde das erste Mal zu Besuch kamen.

Noch mehr freute er sich darauf, ihr die richtige Burg zu zeigen. Denn das Haupthaus war nicht Namensgeber des Anwesens, sondern die noch einmal deutlich ältere Festungsruine dahinter.

Genau eine Stunde nach ihrer Ankunft trat Lady Phoebe aus der Tür auf den Vorplatz, die Wangen leicht gerötet und für einen Spaziergang gekleidet. Sie hatte das braune Reisekleid gegen eines in dunklem Blau mit passendem Spenzer getauscht. Eine Farbe, die ihre Augen leuchten ließ. Ihr Anblick war bezaubernd wie eh und je, das war nicht zu leugnen, auch wenn sie sonst wenig Damenhaftes an sich hatte. Zumindest musste er nicht lügen, wenn er ihr Komplimente bezüglich ihres

Aussehens machte. Das erleichterte das Vortäuschen eines romantischen Interesses ungemein.

»Noch einmal willkommen in unserem bescheidenen Heim.« Wohlwissend, wie ihre Reaktion ausfallen würde, lächelte er.

»Bescheiden?« Sie hob die Brauen, als zweifle sie an seinem Verstand, doch in ihrer Stimme lag eindeutig eine Prise Humor.

»Nun ja, alles ist relativ. Ehrlich gesagt, drängt Mutter seit Jahren darauf, das Haus modernisieren zu lassen. Aber Vater will nichts davon hören, obwohl er es sich weiß Gott leisten könnte. Er meint, was für seinen Vater gut genug gewesen ist, sei auch für ihn gut genug. Für mich und meine Geschwister ist es der Stammsitz unserer Familie, nicht mehr, aber auch nicht weniger.«

»Wenn man es so sieht, seid Ihr ein Ausbund an Bescheidenheit. Was habt Ihr mir sonst noch verschwiegen?«

Er verbeugte sich und reichte ihr seinen Arm. »Kommt, dann zeige ich es Euch.«

Warm glitten ihre Finger in seine Armbeuge und sie setzten sich in Bewegung. »Den vorderen Teil der Parkanlage habt Ihr ja bereits bei Eurer Ankunft bewundern dürfen, weshalb ich dachte, wir umrunden einmal das Haus.«

»Was ziemlich lange dauern dürfte, nach dem, was ich bisher gesehen habe.«

»Eine halbe Stunde, wenn wir nicht trödeln.«

Mit zusammengekniffenen Augen sah sie ihn an. »Ihr macht Euch über mich lustig. Wie viele Flügel hat dieses Monster?«

»Sieben Flügel, seit ich das letzte Mal gezählt habe. Dreiundachtzig Zimmer, die Bedienstetenräume in den obersten Stockwerken nicht mitgezählt. Aber daran liegt es nicht, der Großteil der Strecke geht um die alte Burg herum. Ihr wolltet doch alles sehen.«

»Erzählt mir nicht, dass ihr eine Festungsanlage hinten im Garten versteckt habt.« Wie erwartet, zeigte ihre Miene Erstaunen, aber auch Interesse.

»Keine vollständig erhaltene, es ist mehr eine Art Burgruine. Nur der Bergfried ist noch intakt und dient gelegentlich als Gästehaus, falls die Zimmer nicht ausreichen.«

Mit gerunzelter Stirn blieb Phoebe stehen und sah zu ihm hoch. »Das ist wirklich Euer Ernst, oder? Wenn Ihr mich zum Narren haltet, werdet Ihr es bitter bereuen.«

»Ihr habt mein Ehrenwort als Gentleman. Die Ruine samt Bergfried gibt es und sie wird ab Sonntag als zusätzliches Gästehaus genutzt, wenn die Besucher für den Maskenball anreisen. Wie sonst sollen wir zweihundert geladene Gäste unterbringen?«

Ihre Augen verengten sich abermals zu Schlitzen, sie schwieg jedoch und setzte sich in Bewegung. Ohne ein weiteres Wort umrundeten sie den Westflügel und er wartete gespannt auf ihre Reaktion. Noch waren sie zu nah am Haus, als dass sie es hätten wagen können, offen über ihre kleine Verschwörung zu sprechen, weshalb ihm das Schweigen recht war.

Überhaupt war ihm aufgefallen, dass Miss Phoebe kein Problem mit Stille zu haben schien. Sie hatten in den vergangenen Wochen oft konzentriert nebeneinander gearbeitet, ohne ein Wort miteinander zu wechseln, keine Spur von unbehaglichem Schweigen.

Curtis war das sehr recht gewesen, denn wenn Miss Phoebe den Mund aufmachte, dann meistens, um sich hitzige Wortgefechte mit ihm zu liefern. Sie schienen so gut wie nie einer Meinung zu sein. Oder genoss sie es einfach nur, ihm zu widersprechen? Ihre Begabung dafür, ihn binnen Sekunden zur Weißglut zu bringen, wenn sie es darauf anlegte, war auf jeden Fall nicht zu leugnen.

Er dirigierte sie ein wenig weiter nach links, so dass die alten Befestigungsmauern der Burg in ihr Blickfeld gerieten.

»Das ist …« Miss Phoebe stockte und blieb erneut stehen. »Eine echte Burg, ganz wie Ihr gesagt habt.«

»Ihr hattet Zweifel?«

»Ein wenig, zugegeben.« Langsam wandte sie ihm das Gesicht zu. »Wie reich genau ist Eure Familie?« Ihre Augen weiteten sich und sie fügte hinzu: »Eine unhöfliche Frage, Entschuldigung.«

Schulterzuckend schüttelte er den Kopf. »Lasst es mich so formulieren: Über Geld sprechen Menschen, die sich Sorgen machen müssen, unter Umständen nicht genug davon zu haben. Und ich habe meinen Vater noch nie über Geld reden hören.«

»Wie schafft Ihr es nur, so darüber zu sprechen, ohne arrogant zu wirken?«

»Ihr meint, weil das doch sonst eine meiner Spezialitäten ist?« Mit erhobenen Brauen musterte er sie.

Sie kicherte amüsiert. »Das habt Ihr gesagt.« Ihr Blick ging noch einmal zur Burgmauer. »Wir umrunden also das ganze Gemäuer?«

»Genau. Sobald wir auf halbem Weg dorthin sind, sollten wir uns gefahrlos dem Pläneschmieden widmen können.« Sie gingen weiter und Curtis musste zugeben, dass er sich fast auf dieses Wochenende freute. Wenn sie es richtig anstellten, würde nach dem Ball am Montag nicht mehr der geringste Zweifel daran bestehen, dass er und Miss Phoebe ein Paar waren.

Phoebe

Nach wie vor ein wenig überwältigt von den Ausmaßen dieses Landsitzes, überlegte Phoebe, wie sie Griffin am besten von ihren Ideen für das Wochenende überzeugen konnte.

»Wie Euch sicher klar ist«, begann er in diesem Moment auch schon zu sprechen, »sind wir in den nächsten Tagen ständiger Beobachtung ausgesetzt.«

»Das ist mir bewusst. Genau wie die Tatsache, dass wir es bisher vermieden haben, uns darüber zu unterhalten. Was genauso sehr mein Fehler ist wie der Eure.« Sie suchte seinen Blick und fand ihn ähnlich unsicher, wie sie sich fühlte.

»Ja, das war ... ungeschickt. Allerdings sind wir jetzt hier und müssen das Versäumte nachholen. Ich habe folgenden Vorschlag ...«

»Wäre es in Ordnung, wenn ich anfange?«

Als Reaktion blinzelte er zweimal und nickte dann. »Wenn Ihr darauf besteht.«

Nicht die beste Taktik, wenn sie sein angespanntes Gesicht betrachtete, aber sie musste loswerden, was sie zu sagen hatte, bevor sie der Mut verließ. »Wenn wir unseren Verwandten vorgaukeln wollen, dass wir einander nähergekommen sind, sollten wir in Erwägung ziehen, uns beim Vornamen zu nennen.« Ihr Vorschlag war vernünftig und basierte auf reiner Logik, dennoch klopfte ihr Herz wie wild und sie kam sich vor, als hätte sie etwas Unanständiges gesagt.

»Das ist ...« Er räusperte sich vernehmlich. »Eine hervorragende Idee.« Eine Pause entstand, bevor er »Phoebe« anfügte.

»Danke, Curtis«, antwortete sie und stellte fest, dass sich ihr Herzschlag noch weiter beschleunigte. Ihre Blicke trafen sich und Phoebe wurde das Gefühl nicht los, dass sich eben etwas Grundlegendes zwischen ihnen geändert hatte. Was albern war.

Er war es, der den Blick zuerst abwandte und sich mit der Hand übers Kinn fuhr. »Gut, jetzt wo das geklärt ist, sollten wir klären, wie wir in Gegenwart der anderen miteinander umgehen. Außer, dass ich Euch ... dich beim Vornamen nenne, meine ich.« Erneut strich er sich übers Kinn. »Wir sollten, so oft es geht, Zeit miteinander verbringen und vermeiden, zu streiten.«

»Das wird schwierig werden.«

Ihren Kommentar quittierte er mit einem leichten Zucken um die Mundwinkel und die angespannte Atmosphäre zwischen ihnen schwand ein Stück weit.

»Für dich bestimmt«, bemerkte er augenzwinkernd. »Aber sei unbesorgt, dir bleiben ja noch die Momente, in denen uns niemand beobachtet, um mir all die Dinge an den Kopf zu werfen, die du dir in Gegenwart unserer Familien verkneifen musstest.«

»Sich all deine Irrtümer und Fehltritte zu merken, wird nicht leicht werden. Eine echte Herausforderung«, erwiderte sie spöttisch.

»Wobei das Problem hierbei weniger die Anzahl meiner Irrtümer, sondern eher deine Gedächtnisleistung sein wird.«

Diese mit einem spitzbübischen Grinsen vorgebrachte Unverschämtheit brachte sie dermaßen aus dem Konzept, dass sie nach Luft schnappen musste, weil ihr die Worte fehlten. Also beschränkte sie sich darauf, ihm einen äußerst strafenden Blick zuzuwerfen. Es war sicher besser, das Thema zu wechseln.

Inzwischen waren sie bei der Burg angelangt und gingen an einer schmalen Treppe vorbei, über die man zu einem ebenso schmalen Tor in der Mauer gelangte.

»Ist das der Eingang? Wie alt ist diese Burg? Wenn ich mir den Turm so ansehe, würde ich sagen, mindestens fünfhundert Jahre.«

»Älter. Sie stammt aus dem zwölften Jahrhundert und ist angeblich unter Heinrich II. errichtet worden.«

»Und hier bist du aufgewachsen? Was für ein magischer Ort.« Noch einmal sah sie zu der Burg und stellte sich vor, ein solches Anwesen in ihrer Kindheit als Spielplatz zur Verfügung gehabt zu haben. »Ich hatte nur den kleinen Weiler hinter dem Haus, in dem ich unheimlich gern gespielt habe. Immer mit dem Gedanken, dort auf Robin Hood zu treffen oder eine Ruine zu finden, für deren Entdeckung ich dann gefeiert werde.«

»Dann bist du in der Nähe des Sherwood Forest aufgewachsen?«

»Nein.« Hitze stieg ihre Wangen hinauf. »Zwischen Bristol und Gloucester und nach dem Tod meiner Eltern dann südlich von Bath. Den Sherwood Forest habe ich nie gesehen.«

»Wie alt warst du, als deine Eltern gestorben sind? Ich kann mir einen solchen Verlust gar nicht vorstellen.«

»Jung, wenig älter als zehn. Es war schwer und gleichzeitig auch nicht. Weder meine Eltern noch meine Schwestern haben mich je wirklich verstanden. Diesen Freiheitsdrang, den Wunsch zu reisen, zu entdecken. Nur William konnte das nachvollziehen.«

»Wer ist William?« Wie selbstverständlich reichte er ihr eine Hand, um ihr über einen umgestürzten Baumstamm zu helfen. Sie griff danach, ohne nachzudenken, es fühlte sich einfach richtig an.

»Der erste Ehemann meiner älteren Schwester Georgina. Er war sehr viel älter als sie und für uns alle mehr wie ein Vater.« Kurz überlegte sie, ob sie die Umstände, die zu dieser Hochzeit geführt hatten, erwähnen sollte, entschied sich aber dagegen. Es spielte letztendlich keine Rolle mehr. »Kurz nach der Hochzeit starben unsere Eltern und William wurde unser Vormund. Er war anders als alle Männer, die ich bis dahin gekannt hatte. Ein Mann der Wissenschaft.«

»Reden wir von Sir William Ellis, dem Baron Livingstone? Ich kannte ihn nicht persönlich, habe aber einige seiner Artikel und Abhandlungen gelesen. Er scheint ein sehr kompetenter Mann gewesen zu sein. Allerdings keiner, der gern ins Feld ging und selbst Hand anlegte.« Inzwischen liefen sie wieder auf einem befestigten Weg, der sie durch einen kleinen Wald führte, und hatten die Burg beinahe umrundet.

»Richtig. Damals reichte es mir, all die Bücher, Artikel und Aufsätze lesen zu können, die er in seinem Haus hatte. Und die Artefakte zu bewundern und untersuchen, die in seinem Besitz waren, weil er Grabungen mitfinanzierte. Unter anderem die des Earl of Chadwick.«

»Dann verdankst du also Sir William dein Interesse an der Ägyptologie?«

»Ja, ich denke schon. Er hat mir auch viel über das alte Griechenland und Rom beigebracht. Aber Ägypten hat es mir besonders angetan.«

»Verständlich. Dennoch war es sicher nicht leicht, in einem fremden Haushalt aufzuwachsen.« Er sah zu ihr und sein Blick signalisierte ehrliches Interesse, sodass sie weitersprach.

»Außer Georgina hatte ich ja noch Helen, meine Zwillingsschwester. Wir waren uns immer sehr nah und haben jede Freude und jeden Schmerz miteinander geteilt. Das hat es leichter gemacht. Zumindest damals.« Diese Worte zogen ihr den Brustkorb zusammen, denn diese Nähe zu Helen war in den Jahren seit ihrem Aufbruch nach Ägypten mehr und mehr verloren gegangen. Sie sehnte sich danach, mit jemandem über diesen Verlust zu sprechen, fand jedoch, dass sie Curtis nicht gut genug kannte, um ihm ihre tiefsten Ängste und Sorgen anzuvertrauen.

»Geschwister sind ein wahres Geschenk«, sagte er und lächelte dabei. »Ich muss es wissen, ich habe schließlich acht davon.«

Sie schätzte es sehr, dass er nicht weiter nachfragte, was Helen anging, sondern das Thema auf sich lenkte.

»Das stelle ich mir allerdings auch herausfordernd vor. Besonders mit so vielen Schwestern. Zwei waren mir manchmal schon zu viel.«

»Es waren ja nie alle im Haus. Zwischen Judith und den Zwillingen liegen zwanzig Jahre. Und natürlich hatte ich zu einigen eine bessere Beziehung als zu anderen. Bethany ist für mich das, was einer Zwillingsschwester am nächsten kommt. Sie ist nur ein Jahr jünger als ich und wir standen uns lange Zeit sehr nahe.«

In diesem Moment traten sie aus dem Wald, was einen Sonnenstrahl direkt auf Curtis' Gesicht fallen ließ. Darin spiegelte sich eine merkwürdige Mischung aus Nostalgie und Schmerz wider, die Phoebe nur schwer einordnen konnte.

»Und heute nicht mehr?«, fragte sie aus einer Eingebung heraus.

»Das ist schwer zu beantworten.« Er lächelte, doch es erreichte seine Augen nicht. »Nichts ist mehr so wie früher, seit sie nach Schottland gezogen ist. Außerdem fehlt ...« Kopfschüttelnd seufzte er. »Als Kinder waren wir oft zu dritt unterwegs. Bethany, ich und Clayton, unser älterer Bruder.« Der Schmerz dominierte nun in seinen Augen und Phoebe wusste nicht, wie sie darauf reagieren sollte. Natürlich erinnerte sie sich daran, was Tante Victoria ihr über Curtis' Bruder erzählt hatte. Bisher hatte sie sich kaum Gedanken gemacht, wie er selbst zu der Geschichte und dem Weggang seines Bruders stand. Wenn sie ihn so betrachtete, schien ihn die Sache hart getroffen zu haben.

»Wie dem auch sei.« Ein kurzer Schauder durchlief seinen Körper und ein erneutes trauriges Lächeln erschien. »Dies ist weder der Ort noch die Zeit, um über verlorene Geschwister zu sprechen. Freuen wir uns auf die, die anwesend sind. Ich glaube, du wirst dich gut mit Bethany verstehen.« Stirnrunzelnd stockte er und blieb stehen. »Sie weiß übrigens Bescheid, über ...« Er machte eine kreisende Bewegung mit dem aufgerichteten Zeigefinger. »Es ist mir mehr oder weniger rausgerutscht.«

»Oh, das ist ...«

»Kein Problem.« Fast hektisch winkte er ab. »Sie steht voll hinter uns und wird uns nicht verraten.«

Die Art, wie er sprach und sie aufmunternd anlächelte, zeigte ihr, dass zumindest er fest davon überzeugt war. Phoebe seufzte schicksalsergeben. Hoffentlich war diese Bethany wirklich so vertrauenswürdig, wie er glaubte.

»Gut«, sagte sie. »Dann freue ich mich darauf, sie kennenzulernen.«

Claytons Zimmer

Curtis

Das Gespräch mit Phoebe hatte ihn nachdenklich gestimmt. Etwas an dem Tonfall, in dem sie über ihre Schwester Helen gesprochen hatte, hatte ihn berührt und an einem Schmerz gerüttelt, den er seit einer ganzen Weile zu unterdrücken suchte. Vermutlich war er deshalb unbewusst zum alten Zimmer seines Bruders gelaufen.

»Und was haben wir hier?«, fragte Phoebe, mäßig interessiert. »Nein, sag es mir nicht, lass mich raten. Ein weiterer Salon?«

Seine Mutter hatte darauf bestanden, dass er ihr eine ausführliche Privatführung des Hauses gab. Kurz überlegte er, diesen Raum auszulassen, denn hier hing das einzige noch vorhandene Porträt seines verlorenen Bruders sowie die wenigen Habseligkeiten, die er nicht mit nach Amerika genommen hatte. Curtis fragte sich, warum seine Eltern nur hier alles unverändert gelassen hatten. Überall sonst hatten sie jede Spur von Clayton getilgt.

Er vermisste ihn wirklich. Sein großer Bruder war ein Draufgänger gewesen und hatte ihn stets dazu ermutigt, Risiken einzugehen und aus seiner Komfortzone herauszukommen. Nur war das nie Curtis' Weg gewesen. Darum hatte er auch niemals an einer Ausgrabung in Ägypten teilgenommen. Viel zu unangenehm und zu riskant. Ein einziger Urlaub unter der heißen Sonne dieses Landes hatte genügt, um festzustellen, wie wenig er sich für derlei Eskapaden begeistern konnte.

Er schüttelte den Kopf. »Nein, kein Salon. Entschuldige, ich war in Gedanken.« Eigentlich fühlte er sich unwohl bei der Idee, ihr das Zimmer zu zeigen und mit ihr über seinen Bruder zu reden. Andererseits hätte Clayton ihn gerade deswegen dazu ermutigt, solche Dinge zu tun. Also gab er sich einen Ruck und öffnete die Tür. »Das ist das Arbeitszimmer meines Bruders.«

»Oh, ich dachte ... egal.« Mit einer Spur Röte im Gesicht trat sie an ihm vorbei in den Raum und sah sich neugierig um.

Er folgte, ließ aber die Tür offen, ganz wie es der Anstand verlangte.

»Genau wie ich es in Erinnerung habe«, sagte er nach einem kurzen Blick. »Mein Bruder mag es hell und luftig, weshalb er die Holzverkleidungen in diesem Beige gestrichen hat. Ich erinnere mich noch gut, wie entsetzt meine Eltern waren. Die Verkleidungen stammen aus der Tudorzeit, musst du wissen, und Vater ist, was das angeht, recht traditionell.« Er stockte, doch Phoebe machte, entgegen ihrer sonstigen Gewohnheit, keinerlei Anstalten, ihm ins Wort zu fallen. Wenn er es nicht besser gewusst hätte, wäre er geneigt gewesen, ihr Taktgefühl zu unterstellen. Mit einem Räuspern wandte er sich dem an der Wand hängenden Ölgemälde zu. »Wie dem auch sei, darf ich vorstellen: Clayton Henry Charles IV.« Mit einer leichten Verbeugung deutete er auf das Porträt.

Es war erst vor zwei oder drei Jahren angefertigt worden und zeigte seinen Bruder genau in diesem Raum, während der noch renoviert wurde. Er trug einen weiten Malerkittel und neben ihm stand ein Eimer mit Farbe, auf dem ein Pinsel lag. Die meisten Möbel waren mit Decken verhängt und es herrschte ein organisiertes Chaos um ihn herum, wie es meistens der Fall gewesen war.

»Er hat dieses Zimmer persönlich gestrichen?«

»Ja. Clayton liebt die Malerei und war sich nie zu schade, selbst Hand anzulegen. Zumal das der einfachste Weg war, meine Eltern vor vollendete Tatsachen zu stellen. Sie hätten dem Neuanstrich niemals zugestimmt.«

»Dein Bruder scheint ein entschlossener Mann zu sein, der weiß, was er will.« Sie biss sich auf die Lippe und fügte hinzu: »Aber das wusste ich natürlich schon.«

»Ja, Clayton ist in vielerlei Hinsicht das Gegenteil von mir. Draufgängerisch, jederzeit zu Scherzen aufgelegt, beliebt und immer gern im Mittelpunkt. Ich hingegen mag es lieber ruhig und beschaulich. Langweilig, wie er gesagt hätte.« Curtis konnte die leichte Bitterkeit nicht unterdrücken, die sich in seine Worte mischte.

So wie sich die Dinge entwickelten, war es vollkommen widersinnig, neidisch auf seinen Bruder und dessen unbestreitbares Charisma zu sein, und dennoch ... Unwillkürlich fragte er sich, ob Clayton besser mit Phoebe klargekommen wäre als er. Höchstwahrscheinlich.

»Alle Menschen sind unterschiedlich.« Sie sah abwechselnd zwischen ihm und dem Porträt hin und her. »Er sieht dir ähnlich, auch wenn seinem Gesicht das Kaiserliche fehlt.«

»Wie bitte? Das Kaiserliche?« Verständnislos sah er zu ihr hinunter, was ihr ein Kichern entlockte.

»Das war eines der Dinge, die mir als Erstes an dir aufgefallen sind. Eine Büste von dir würde zwischen denen von ein paar römischen Cäsaren gar nicht auffallen.«

Was sollte man dazu sagen? Eigentlich hatte er gedacht, dass ihr erster Eindruck von ihm deutlich negativer ausgefallen war. Was war mit der Frau passiert, die sonst kein gutes Haar an ihm ließ? »Schon gut, ich weiß, dass mein Bruder attraktiver ist als ich.« Er sah, dass sie widersprechen wollte, und hob abwehrend die Hände. »Außer uns ist niemand hier, es besteht also kein Grund für geheuchelte Komplimente.«

»Wenn hier jemand ein Heuchler ist, dann bist du es, indem du so tust, als wärst du dir deines klassischen Profils nicht bewusst.« Ihre blauen Augen blitzten ihn erbost an. »Bilde dir bloß nichts darauf ein. Das gute Aussehen machst du mit deiner arroganten Art mehr als wett. Die ist mir sogar noch früher aufgefallen.«

»Wenn ich mich recht erinnere, habe ich dir bei unserer ersten Begegnung lediglich erklärt, wie man Tonscherben am besten sortiert, um es später leichter zu haben.«

»Gib doch einfach zu, dass du mich lediglich schikanieren wolltest.«

Mit jedem Satz wurde der Wortwechsel hitziger und ihre Gesichter kamen einander immer näher.

»Schikanieren? Ha, dass ich nicht lache. Das Wort, das du suchst, ist Belehren.«

Ihr Mund erzeugte ein Geräusch irgendwo zwischen ungläubigem Luftschnappen und wütendem Schnauben. »Ich höre wohl nicht richtig. Wer von uns musste damals belehrt werden, weil er das Offensichtliche übersehen hatte? Du wolltest mich nur aus dem Museum ekeln.«

»Das habe ich noch am selben Abend eingestanden und du hast meine Entschuldigung angenommen.«

Phoebes blauen Augen blitzten ihm entgegen. »Was ich zunehmend bereue.«

Die Luft zwischen ihnen war geladen, ähnlich wie bei einem erbitterten Streit unter Geschwistern und doch völlig anders. Nicht nur sein Körper, sein ganzes Wesen war von einer unerklärlichen Anspannung erfasst, die er so noch nie erlebt hatte.

»Ach ja? Und weißt du, was ich bereue?«, presste er hervor, angestrengt um Beherrschung bemüht und ihrem Blick standhaltend.

»Nein. Was denn?«

Ihre Gesichter waren einander inzwischen so nah, dass sich ihre Nasenspitzen fast berührten. Phoebes Augen schienen in sein tiefstes Inneres zu blicken, während ihre vollen, roten, leicht geöffneten Lippen ihn geradezu magisch anzogen.

Langsam beugte er sich ein wenig weiter nach vorn und sie wich nicht vor ihm zurück. War das nur Trotz oder fühlte sie, was er fühlte? Für einen Augenblick meinte er, in ihren Augen einen Funken Unsicherheit zu erhaschen, doch das beantwortete nicht seine unausgesprochene Frage.

Der Abstand zwischen ihren Lippen schmolz unaufhaltsam dahin, ihr schwerer Atem benetzte bereits seine Wange und versprach Verheißung wie Erlösung zugleich.

»Habe ich mir doch gedacht, dass ich dich hier finde, Curtis! Ich ... oh!«

Beim Klang von Bethanys Stimmer zuckte er zurück und sah, wie Phoebe es ihm gleichtat. Mit hochroten Wangen drehte sie sich von ihm weg.

Verdammt! Was war da gerade passiert? War er wirklich im Begriff gewesen, Phoebe zu küssen? Dem amüsierten Gesicht seiner Schwester nach zu urteilen, hatte es wohl genau so ausgesehen. Er sollte Beth dankbar sein, dass sie diesen Augenblick gewählt hatte, um den Raum zu betreten. Nicht auszudenken, was sonst geschehen wäre.

Nur leider konnte es sich sein Gehirn sehr gut ausmalen. In jeder quälend süßen Einzelheit. Den Geschmack von Phoebes Lippen auf seinen eigenen, ihr Körper, der sich an seinen presste ...

Ein Stöhnen unterdrückend schloss er die Augen, presste die Lider fest aufeinander und versuchte, sich in den Griff zu bekommen. Sobald er sie öffnete, sah er seine Schwester an und lächelte. »Du hast mich gesucht?«, fragte er, bemüht, sich locker zu geben.

»In der Tat.« Sie räusperte sich und ließ den Blick durch das Zimmer schweifen. »Sie haben nichts verändert. Es fühlt sich an, als würde er jeden Moment hereinkommen.«

»Ja, es ist ...« Er fuhr sich mit der Hand über das immer noch erhitzte Gesicht. »... fast wie früher.«

»Glückliche Erinnerungen möchte ich wirklich nicht stören«, sagte Phoebe und wandte sich der Tür zu, ohne ihn noch einmal anzusehen. »Ich glaube, ich habe draußen etwas gehört. Das sind bestimmt meine Schwestern und ihre Familien. Ich gehe dann mal nach unten, um sie zu begrüßen. Ihr entschuldigt mich.« Sie knickste kurz in Bethanys Richtung und floh dann förmlich hinaus in den Flur.

»Lass mich raten, ihr wolltet das Küssen üben, weil der Plan inzwischen vorsieht, sich in flagranti erwischen zu lassen?« Es war offensichtlich, dass Beth nur mit Mühe ein Lachen unterdrückte.

»Das war ...« Curtis schüttelte den Kopf. »Ein kurzer Moment der Schwäche, der nichts zu bedeuten hat.«

»Ja, natürlich.« Nach wie vor grinsend legte sich Beth die Hand vor den Mund. »Mein ehrenwerter, tugendhafter Bruder würde niemals ...«

»Beth, lass es.« Das Letzte, was er wollte, war, weiter über diesen Moment der Schwäche – oder geistiger Umnachtung – zu sprechen. »Sag mir lieber, was du von mir wolltest?«

Sie musterte ihn mit gehobenen Brauen, schien allerdings zu dem Schluss zu kommen, dass der Spaß fürs Erste vorbei war, denn sie zuckte kurz mit den Schultern, bevor sie weitersprach. »Ich wollte euch holen, weil Miss Phoebes restliche Familie angekommen ist.« Lächelnd hakte sie sich bei ihm ein. »Ich habe das untrügliche Gefühl, dass dieses Wochenende noch um einiges interessanter wird als ursprünglich erwartet.«

Darauf antwortete er nicht, sondern folgte ihr nach unten. Er würde all seine Energie benötigen, um gleich Phoebe und ihrer Familie gegenüberzutreten.

Phoebe

Sie flog förmlich die Treppen hinunter, als könne sie auf diese Weise dem eben Geschehenen entfliehen. Auf der Hälfte der Treppe in die Halle hinunter sah sie Helen, die ihr fröhlich zuwinkte. Das brachte Phoebe dazu, noch einmal an Tempo zuzulegen. Unten angekommen warf sie sich praktisch in Helens Arme und drückte sie fest an sich.

»Ich bin so froh, dich zu sehen«, brachte sie hervor und drückte noch ein wenig fester zu.

»Und ich dich.« Vorsichtig befreite sich Helen aus ihrer Umklammerung. »Ist etwas passiert?«, fragte sie so leise, dass die Umstehenden es nicht hören konnten.

Da Phoebe ihrer eigenen Stimme nicht traute, schüttelte sie den Kopf und strich ihr Kleid glatt. Wie albern und sentimental sie doch war. Der Spaziergang, die Burg und das Gespräch über verlorene Geschwister hatte sie kurz aus der Bahn geworfen. Im Gegensatz zu Curtis' Bruder waren ihre Schwestern nicht für immer aus ihrem Leben verschwunden. Sie hatten alle drei regen Kontakt, schrieben sich und nahmen am Leben der anderen teil. Phoebes Familie war intakt, auch wenn sie es leid war, von einem zum anderen und wieder zurück zu reisen. Es sprach absolut nichts dagegen, das kommende, gemeinsame Wochenende einfach genießen.

»Phoebe! Helen! Was für eine Freude, euch zu sehen.« Georgina kam lächelnd auf sie zu und keine Sekunde später lagen sich alle drei Schwestern in den Armen. Es dauerte nicht lange, bis sie von fröhlichem Kindergeschrei unterbrochen wurden.

Der dreijährige Henry und seine um ein Jahr jüngere Schwester Sophie, Georginas Kinder, hatten sich zu ihnen gesellt, genau wie Helens Tochter Abby. Phoebe begrüßte Neffen und Nichten mit einer Umarmung, dann ging es weiter mit den Kinderfrauen und ihren beiden Schwägern.

Die Halle war erfüllt mit Leben und der Trubel nahm kein Ende. Inzwischen waren auch die Countess und der Earl zu ihnen gestoßen, genau wie einige ihrer Töchter, deren Ehemänner und Kinder. Auch Curtis und die Frau, die sie eben unterbrochen hatte – oder davon abgehalten, eine große Dummheit zu begehen –, waren da. Das konnte nur seine Schwester Bethany sein.

Phoebe spürte eine gewisse Beklemmung in sich aufkeimen. Wie sollte sie ihm jemals wieder in die Augen sehen? Oder die Scharade aufrechterhalten? Sie würde sich auf ihr Zimmer zurückziehen, bis zum Abendessen dortbleiben und ihre Gedanken ordnen. Vielleicht konnten sie beide so tun, als wäre nichts geschehen. Auf keinen Fall durfte sie zulassen, dass es noch einmal zu einer ähnlichen Situation zwischen ihr und Curtis kam. Am Ende bildete er sich noch ein, dass er sich Freiheiten erlauben könne.

»Meine Lieben«, hallte in diesem Moment die Stimme der Countess durch die Eingangshalle. »Wie schön, euch alle hier zu sehen. Es versprechen, vier wundervolle Tage zu werden, in denen unsere Familien sich hoffentlich näherkommen und Bande geknüpft werden, die zu unser aller Vorteil sind.« Bedeutungsvoll ging ihr Blick von Curtis zu Phoebe. »Doch jetzt sorgen wir erst einmal dafür, dass alle ihre Zimmer beziehen, und treffen uns dann in drei Stunden zum Abendessen im großen Speisesaal.«

Sofort setzte wieder munteres Treiben ein und Phoebe nutzte die Chance, um in die Ruhe ihres Zimmers zu flüchten. Bis zum Essen würde hoffentlich die merkwürdige Spannung weichen, die ihren ganzen Körper erfasst und vorübergehend auch ihren Geist verwirrt hatte.

Wenn man es genau bedachte, war nichts geschehen. Sie hatten sich gestritten, die Luft hatte geknistert und dann …

Stöhnend schloss sie die Augen – und sah ein Bild von Curtis, der mit leicht gehobenen Brauen auf sie herablächelte. Doch war es kein Spott in seinen Zügen. Eher eine ähnliche Gereiztheit, wie jene, die sie in seiner Gegenwart empfand. War es möglich, dass dieses Gefühl, wenn sie stritten, keine Abneigung war?

Was sich liebt, das neckt sich, kam ihr ein Spruch ihrer Mutter in den Sinn, den sie längst vergessen geglaubt hatte.

Nein, das war albern. Sie maß dem, was eben geschehen war oder vielmehr nicht geschehen war, zu viel Bedeutung bei.

Das Abendessen lief erfreulich entspannt, auch weil Lady Channing keine feste Sitzordnung vorgesehen hatte.

»Ich bin Realistin«, sagte sie lächelnd in die Runde, »und weiß, wie chaotisch es zugeht, wenn nur meine Kinder mit ihren Familien zu Gast sind.« Sie zeigte auf einen langen Tisch, der sich vor Speisen nur so bog. »Aus diesem Grund wird heute und in den kommenden

Tagen jederzeit ein Büffet zur Verfügung stehen. So halten wir es auch am Sonntag nach dem Kirchgang. Das traditionelle Osterlamm wird ebenfalls hier zu finden sein. Und nun: Esst, unterhaltet euch, lernt euch kennen und genießt den Abend.«

Und das taten sie.

Weil sie sich selbst misstraute, achtete Phoebe darauf, stets in der Nähe ihrer Schwestern zu sein, hörte sich mit gespielter Begeisterung die Geschichten über deren Nachwuchs an und ging Curtis aus dem Weg, so gut es ging.

Da auch er beschlossen zu haben schien, sie für den Abend zu ignorieren, gelang das Unterfangen. Alles in allem war Phoebe sehr zufrieden mit dem Verlauf und sank kurz vor Mitternacht in einen traumlosen Schlaf.

Regentage

Phoebe

Der Morgen erwartete sie mit dicken Regentropfen, die an ihre Scheibe klopften. Leider änderte sich das Wetter auch während des Frühstücks nicht, weshalb Lord Channing anschließend verkündete, dass der geplante Ausflug nach Canterbury verschoben sei. »Wir verbringen stattdessen den Tag im Haus. Damit keine Langweile aufkommt, ist die Dienerschaft dabei, den großen Salon mit Whist- und Pharotischen auszustatten, und für die Kinder stehen mehrere Zimmer mit diversem Spielzeug in der oberen Etage zur Verfügung.«

Seine Worte wurden mit allgemeinem Beifall aufgenommen und die Gesellschaft löste sich auf.

Unentschlossen, was als Nächstes zu tun sei, sah Phoebe sich nach Helen um. Es wäre schön, eine längere Unterhaltung mit ihrer Schwester zu führen. Das Gefühl, ihr wieder ein Stückchen näherzukommen, war genau das, was sie brauchte.

Sie sah Helen zusammen mit ihrem Mann und Georgina in einer Ecke des Raumes stehen und ging zielstrebig auf sie zu. Doch bevor sie die kleine Gruppe erreichte, traten ihr die Zwillinge Camilla und Liliana in den Weg.

»Wir freuen uns so, Euch ein paar Tage hier zu haben«, sagte Liliana und lächelte.

»Was haltet Ihr davon, Euch die ägyptische Sammlung unseres Bruders anzusehen?« Diesmal hatte Camilla gesprochen, während sie Phoebe aus großen Augen betont unschuldig ansah. Ganz offensichtlich hegte sie Hintergedanken, was sie nur schlecht verbergen konnte oder wollte. »Curtis sagt ...« Weiter kam sie nicht, denn er tauchte neben ihr auf und hob tadelnd die Brauen.

»Was sage ich?«

»Dass wir uns jederzeit deine Sammlung ansehen können«, erwiderte Liliana, ohne zu zögern. »Und da dachten wir uns, Miss Phoebe ist genau die richtige Begleitung. Sie war immerhin bereits in Ägypten und kann bestimmt eine Menge aufregender Geschichten erzählen. So ein Regentag bietet sich ja förmlich dafür an.«

»Ich war selbst auch in Ägypten und habe diese Stücke von dort mitgebracht, falls ihr euch erinnert.« Schon wollten die Mädchen sich beschweren, doch er hob die Hand. »Ich verstehe aber, worauf ihr hinauswollt, und ihr habt nicht ganz unrecht. Selbstverständlich werde ich euch begleiten, denn ich bin ebenfalls sehr an Miss Phoebes Expertise interessiert.« Er sah zu ihr und in seinen Augen glitzerte es.

Ihr war sofort klar, dass er jedes ihrer Worte anzweifeln und widersprechen würde, wann immer sich Gelegenheit dazu ergab. Eine Herausforderung, der Phoebe erwartungsfroh entgegensah, wie sie überrascht feststellte. Die Aussicht, sich wie gewohnt mit ihm zu streiten, war viel verlockender als die Vorstellung, über den vorigen Tag reden zu müssen.

»Was für ein formidabler Vorschlag. Sehen wir uns ein paar ägyptische Artefakte an.«

»Höre ich da etwas von ägyptischen Artefakten?« Georgina erschien neben Phoebe. »Das klingt genau nach der Abwechslung, die ich brauche.« Sie suchte Phoebes Blick. »Das Dasein als Mutter ist erfüllend und doch komme ich nicht umhin, zu bemerken, dass mir die Ägyptologie fehlt. Heute scheint genau der richtige Tag, um wieder damit anzufangen.«

»Wie wundervoll.« Camilla klatschte in die Hände. »Gleich zwei Damen, die bei echten Ausgrabungen dabei waren.« Sie sah zu Curtis. »Ein wahrer Glücksfall, findest du nicht auch?«

»In der Tat«, sagte er langsam und sah dabei so gequält aus, dass Phoebe ein Kichern unterdrücken musste.

Sicher hatte er sich in den kommenden unvermeidlichen Debatten einen Vorteil davon versprochen, ihr auf heimatlichem Terrain gegenüberzutreten. Immerhin war es seine persönliche Sammlung. Doch dieser Vorteil wurde durch Georginas Unterstützung mehr als ausgeglichen.

»Gehen wir.« Phoebe hakte sich bei ihrer Schwester ein und sah abwartend zu Curtis, der schicksalsergeben die Schultern hängen ließ.

»Gehen wir«, wiederholte er und die kleine Gruppe setzte sich in Bewegung.

»Was sind das für Stücke, die Ihr mitgebracht habt, Lord Griffin?«, fragte Georgina neugierig.

»Das meiste hat er auf einem Bazar erstanden«, erklärte Liliana, an Curtis' Stelle. »Es sind aber auch zwei Statuetten und ein paar Scherben dabei, die er selbst im Wüstensand gefunden hat.«

»Ihr habt an einer Ausgrabung teilgenommen?« Georgina sah überrascht zu ihm.

»Davon hast du nie erzählt«, fügte Phoebe hinzu.

»Ausgrabung wäre zu viel gesagt.« Tadelnd sah er zu seinen Schwestern. »Ich habe dort einen Freund besucht, der damals in der Nähe des Tals der Könige eine Grabungslizenz hatte. Lord Priestly, falls Ihr ihn kennt?«

»Ich meine, mich an einen Artikel über seine Grabung zu erinnern.« Georgina runzelte die Stirn. »Leider hat er nichts Nennenswertes zu Tage gefördert, wenn ich mich recht entsinne.«

»So ist es. Lediglich ein paar Tafeln mit Hieroglyphen und mehrere Statuetten, von denen sich zwei in meinem Besitz befinden. Er hat Ägypten danach den Rücken gekehrt und sich wieder Griechenland zugewendet, seiner eigentlichen Leidenschaft.« Curtis blieb stehen und öffnete eine Tür. »Voilà, meine kleine Sammlung.«

Sie kamen in einen Raum, dessen Glasfenster es an diesem trüben Tag nicht vermochten, ihn effektiv zu erhellen. Lediglich das leichte Flackern der Flammen im Kamin spendete ein wenig Licht.

»Wir sollten die Lampen entzünden.« Noch während er sprach, nahm er drei wächserne Anzündstäbchen zur Hand und reichte sie seinen Schwestern. Diese entzündeten sie am Kamin und binnen weniger Augenblicke erstrahlte der Raum im Licht mehrerer Öllampen.

Neugierig sah sich Phoebe um. Bruchstücke, in verschiedenen Stadien des Zerfalls lagen ordentlich in einem Schaukasten mit Glasoberfläche. Bei einigen war die ehemalige Bemalung kaum zu erkennen, bei anderen leuchtete sie in hellen Farben. Auch Überreste bemalter Tonkrüge und Teile von bemaltem Putz waren darunter. Allesamt hübsch, aber nicht außergewöhnlich.

In einer weiteren Vitrine sah sie einen Satz urnenähnlicher Behältnisse und konnte ein Lächeln nicht unterdrücken. »Schöne Kanopen«, sagte sie und blieb davor stehen.

»Nun«, ließ sich Curtis' Stimme hinter ihr vernehmen, »sie waren gut erhalten, als ich sie gekauft habe, wenn auch nicht befüllt.«

»Redet ihr über diese Krüge, deren Deckel so aussehen wie Köpfe von Menschen und Tieren?« Camilla hatte gesprochen und kam mit Liliana an ihrer Seite zu ihnen herüber. »Curtis sagt, darin habe man menschliche Gedärme aufbewahrt. Stimmt das oder wollte er uns nur erschrecken?«

»Da hat er nicht geflunkert.« Phoebe deutete auf die vier Krüge. »Genauer gesagt wurden nicht nur Gedärme, sondern auch andere Innereien darin aufbewahrt. Leber, Lunge, Magen und Gedärme wurden dem Toten vor der Einbalsamierung entnommen und in diese Behälter gesteckt, damit sie ihm im Leben nach dem Tod weiter zur Verfügung stehen.«

»Widerliche Vorstellung.« Liliana schüttelte sich. »Hoffentlich sind sie nicht mit einem Fluch belegt.«

»Flüche gibt es nicht«, kam es gleichzeitig von Curtis, Georgina und Phoebe.

»Darüber ist das letzte Wort noch nicht gesprochen«, antwortete Liliana gleichzeitig mit Camilla und alle fingen an zu lachen.

»Hört auf die Damen.« Curtis sah seine Schwestern mit freundlicher Strenge an. »Sie waren beide in Ägypten, haben mit Artefakten gearbeitet und sogar einen lange im Wüstensand verschollenen Tempel betreten. Wenn sie sagen, so etwas wie Flüche gibt es nicht, kann man ihnen glauben.«

Dankbar nickte Phoebe, auch wenn die beiden nicht so aussahen, als sei das Gesagte für sie irgendwie von Bedeutung.

Liliana winkte ab und wandte sich einer schmalen Vitrine zu, die deutlich höher als breit war. »Was wir Euch eigentlich zeigen wollten, befindet sich hier.« Sie deutete auf zwei Statuetten, die der einzige Inhalt des Schaukastens waren. »Camilla und ich haben sie unzählige Male angesehen. Curtis behauptet, dass es sich um einen Pharao handelt, was man angeblich am Kopfschmuck erkennt. Allerdings sind wir ...« Sie zeigte auf ihre Schwester und sich. »... der Meinung, dass das nicht sein kann. Es sei denn, es hätte weibliche Pharaonen gegeben.«

»Die gab es«, sagten Phoebe und Georgina gleichzeitig. Lächelnd ließ Phoebe ihrer Schwester den Vortritt.

»Die berühmteste ist wohl Kleopatra. Von ihr habt ihr sicher schon gehört?«

Die beiden nickten. »Sie war die Geliebte Caesars«, erklärte Camilla.

»Und später die von Marc Anton«, fügte Liliana hinzu.

»Genau.« Georgina nickte wohlwollend. »Eigentlich war sie Kleopatra die Siebte, es gab vor ihr schon einige andere Pharaoninnen gleichen Namens. Allerdings stammten sie alle aus der makedonisch-griechischen Dynastie der Ptolemäer. Was frühere Dynastien angeht, ist die Sache nicht so klar ...« Sie sah zu Phoebe, die ihr aufmunternd zunickte.

Das versprach, ein interessantes Gespräch zu werden, und sie konnte sich kaum zurückhalten, die Statuetten genauer in Augenschein zu nehmen. War es wirklich möglich, dass ausgerechnet Curtis einen Beweis für frühere weibliche Pharaonen besaß?

Vor vier Jahren, als Georgina und Chadwick sich zum ersten Mal begegnet waren, hatte er eine Statuette untersucht, die möglicherweise weibliche Züge getragen hatte. Sie war jedoch ein beschädigtes Einzelstück gewesen, sodass es ihnen nicht gelungen war, ihre Theorie von einer weiblichen Pharaonin aus vorgriechischer Zeit glaubhaft zu machen.

»Dürften wir die Statuetten genauer untersuchen, Lord Griffin?« Georginas Stimme hörte man die Aufregung an. Sie schien zum selben Schluss gekommen zu sein wie Phoebe.

»Selbstverständlich«, sagte er, öffnete die Tür und holte die beiden Artefakte heraus. »Allerdings glaube ich, dass hier eher der Wunsch Vater des Gedankens ist. Ich sehe nicht, wo ...«

»Hier.« Phoebe deutete auf den Brustkorb der größeren Statue. Im Gegensatz zu derjenigen in Chadwicks Besitz handelte es sich hierbei um eine stehende Gestalt. »Durch die über der Brust gekreuzten Arme ist es schwer zu erkennen, aber ich würde sagen, dass da ein Ansatz von weiblichem Busen ist.« Vorsichtig drehte sie das Artefakt und fand, wonach sie suchte. Eine Kartusche, also Hieroglyphen, die durch einen Kasten eingerahmt waren und so einen Pharaonennamen kennzeichneten. »Georgina, schau. Die sitzende Figur und die Halbkugel. Genau wie auf eurer Statuette und dem Grabeingang in Chadwicks Aufzeichnungen.«

Georgina kam näher und nahm das andere Fundstück in Augenschein. Eine kniende Pharaonengestalt mit zwei Schalen in der Hand. »Hier sieht man die weiblichen Züge deutlicher«, sagte sie langsam. »Und hier, die gleichen Zeichen.« Ein Lächeln zog über ihr Gesicht. »Lord Griffin, das sind außergewöhnliche Stücke, die eine Theorie untermauern, der mein Mann und ich seit einigen Jahren nachgehen. Darf ich ihn dazu holen?«

»Sicher, ich glaube jedoch nicht ...«

»Wartet mit Euren Ausführungen, bis er da ist. Und überlegt gut, wo ihr diese Statuetten gefunden habt. Der Ort könnte von äußerster Wichtigkeit sein.« Schon rauschte sie davon und ließ Phoebe mit den aufgeregten Zwillingen und einem skeptischen Curtis zurück.

»Worum geht es hier?«, fragte der und lehnte sich lässig an den großen Arbeitstisch, der in der Mitte des Raumes stand. Seine Hände krampften sich allerdings um die Tischplatte. Ganz so entspannt war er wohl doch nicht.

»Wie gesagt, hat Chadwick bei einer seiner Reisen eine ähnliche Statuette entdeckt, die wir für weiblich hielten. Leider war die Kartusche nicht komplett. Die Verbindung blieb daher unklar, weshalb diese beiden Stücke ...« Jetzt lächelte sie. »... nun ja, eine Bestätigung sein könnten. Oder sogar ein Hinweis auf den Standort des Grabes dieser Pharaonin.«

»Liliana, stell dir vor, wir hatten recht. Eine Frau!« Aufgeregt klatschte Camilla in die Hände.

»Das ist nicht bewiesen.« Curtis hob einen Finger in die Luft. »Es ist vielmehr eine aus der Luft gegriffene Theorie, für die es keinerlei ...«

»Wo sind diese Statuetten?« Chadwick trat in Georginas Begleitung ein und steuerte auf die beiden Fundstücke zu.

Sofort begann Phoebe mit ihren Ausführungen. Wie es aussah, versprach dies doch noch ein aufregender Tag zu werden.

Curtis

Eigentlich sollte ihn die abwegige Theorie der drei ärgern. Die Existenz weiblicher Pharaonen in voralexandrinischer Zeit widersprach eindeutig dem aktuellen Stand der Wissenschaft und war durch nichts belegt. Dennoch kam Curtis nicht umhin, einen gewissen Stolz zu verspüren. Immerhin hatte er diese Statuetten selbst gefunden.

Sie stellten unzweifelhaft einen Pharao dar, das war an Krone und Zepter leicht zu erkennen. Doch mit der akkuraten Wiedergabe des menschlichen Körpers hatten es die ägyptischen Künstler oft nicht so genau genommen. Männer wurden oft mit überproportionalen Oberkörpern dargestellt, vermutlich um den Eindruck körperlicher Stärke zu erwecken. Wenn sich nun allerdings ein nachweisbarer Zusammenhang zu Chadwicks Frauenfigur ergab, waren sie womöglich etwas Großem auf der Spur.

Den Blick auf Chadwick und seine Untersuchungen gerichtet, beobachtete er jede Bewegung des Mannes.

»Wo sagtet Ihr, habt Ihr diese beiden Exemplare gefunden?«

»Nicht weit vom Tal der Könige entfernt, bei Priestlys Ausgrabung.«

»Habt Ihr eine Karte, mit der wir die Positionen der Fundorte genauer bestimmen können?«

»Sicher.« Er ging zu seinem Schreibtisch, holte die passende Karte hervor und breitete sie vor den anderen aus. Eine Erregung, wie er sie seit langem nicht gespürt hatte, erfasste ihn und er zeigte auf die entsprechende Stelle. »Ungefähr hier habe ich die beiden Statuetten gefunden.«

Chadwick nickte nachdenklich.

»Das ist gar nicht so weit entfernt von der Tempelruine, aus der unsere Statue stammt.« Ein Grinsen breitete sich auf Lady Georginas Gesicht aus.

»Das ist leider eine Sackgasse, wie Ihr wissen solltet.« Wie konnten sie nur so blind sein? »Bei der Ruine handelt es sich eindeutig um die Überreste eines koptischen Klosters, was bedeutet, er ist jüngeren Datums, allerhöchstens eintausendfünfhundert Jahre alt.«

Phoebe schüttelte missbilligend den Kopf und sah ihn streng an. »Komm schon, Curtis, du weißt ganz genau, dass die koptischen Christen in Ägypten ihre heiligen Städten gern auf den Ruinen älterer Tempel errichtet haben. Und diese Statuetten lassen vermuten, dass noch mehr unter diesem ehemaligen Kloster zu finden ist. Vielleicht sogar ein Pharaonengrab. Aber egal, wie wir es drehen und wenden, der Fundort sowie die Kartuschen legen nahe, dass alle drei Statuetten demselben Herrscher zuzuordnen sind. Oder vielmehr derselben Herrscherin.«

»Griffin, Ihr seid Euch hoffentlich bewusst, welch ein Fund das ist?« Chadwick strahlte. »Jetzt können wir unsere These untermauern. Und wenn es denn endlich jemandem gelingt, die Hieroglyphen zu entziffern, erfahren wir irgendwann hoffentlich auch den Namen dieser Pharaonin.«

»Das wäre ... wünschenswert?« Die Vielzahl der Gefühle, die auf Curtis einprasselten, lähmte ihn. War es wirklich möglich, dass er selbst, ohne es zu merken, eine wichtige Entdeckung gemacht hatte? Er straffte sich und deutete auf die Statuetten in den Händen der Chadwicks. »Was haltet Ihr davon, wenn ich Euch die fürs Erste zur genaueren Untersuchung überlasse?«

»Das wäre ganz formidabel, mein lieber Griffin. Danke.« Und schon wandte sich Chadwick seiner Frau zu und die beiden verfielen in eine Diskussion darüber, wie weiter vorzugehen sei.

»Das klingt eher langweilig, oder?«, fragte Camilla und deutete auf Lord und Lady Chadwick. »Haben wir jetzt eine wichtige Entdeckung gemacht? Eine weibliche Pharaonin?«

»Eine vermeintliche weibliche Pharaonin«, korrigierte Curtis, was ihm einen bösen Blick von Phoebe einbrachte.

»Wenn du nicht daran glaubst, warum hast du Chadwick dann die Statuetten überlassen?«

»In der Wissenschaft geht es nicht um Glauben, sondern um Beweise. Es ist verführerisch, aufgrund von einigen wenigen Indizien kühne Theorien aufzustellen, doch solange eine etablierte wissenschaftliche Lehrmeinung nicht widerlegt wurde, sollten wir davon ausgehen, dass sie korrekt ist. So funktioniert die empirische Methode nun mal.«

»Das sehe ich anders. Wenn wir uns scheuen, gewagte Theorien aufstellen, gibt es nie einen Paradigmenwechsel. Und in diesem Fall wage ich zu behaupten, dass ...«

»Ich denke, wir ziehen uns an dieser Stelle zurück.« Liliana griff nach der Hand ihrer Schwester. »Können wir ein andermal über Eure Zeit in Ägypten reden? Wir würden gern mehr darüber hören.«

Camilla nickte zustimmend. »Besonders über das Gerücht, dass ihr Männerkleidung getragen habt. Habt Ihr Euch wirklich als Mann ausgeben müssen?«

»Darüber will Miss Phoebe ganz bestimmt nicht reden.« Entschieden trat Curtis neben seine Schwestern und winkte in Richtung Ausgang.

Phoebe grinste schelmisch. »Also, mir macht das nichts aus. Falls Euer Bruder es erlaubt, könnte ich Euch anhand seiner Kleidung zeigen, wie ...«

»Nein, nein, nein.« Abwehrend hob er die Hände. »Keine Geschichten von Frauen in Männerkleidern. Wie wäre es, wenn Miss Phoebe stattdessen über die Ausgrabungen spricht, bei denen sie anwesend war?«

Die Zwillinge sahen hoffnungsvoll in Phoebes Richtung.

»Bei denen ich Männerkleidung getragen habe.« Ihr Grinsen wurde noch breiter. »Aber den Teil lasse ich gern aus, wenn er für deine Ohren zu delikat ist, mein Lieber.«

»Für die Ohren meiner Schwestern«, gab er zurück, um Beherrschung bemüht.

»Wärt Ihr so nett und würdet diese Unterhaltung in einem anderen Raum fortführen? Wir müssen uns hier konzentrieren.« Nach wie vor die Statuette in der Hand zeigte Chadwick in Richtung Tür.

Verwies der Mann ihn gerade seines eigenen Arbeitszimmers? Das war typisch Chadwick, stets von sich selbst eingenommen. Wahrscheinlich war es sowieso besser, seinen Schwestern zu folgen, um zu verhindern, dass Phoebe ihnen skandalöse Geschichten von ihren Abenteuern in Männerkleidern auftischte.

Wobei er sich eingestehen musste, dass die Bilder in seinem Kopf ihn nicht loslassen wollten. Sicher war es völlig unangemessen für eine Dame, sich derart gekleidet in der Öffentlichkeit zu zeigen, und doch hatte die Vorstellung, sie in einer engen Reithose zu sehen, etwas eigenartig Erregendes, dessen er sich nur schwer entziehen konnte. Ohne jede Frage völlig inakzeptable Gedanken für einen Gentleman.

Zum wiederholten Mal zweifelte Curtis an seiner Idee, eine romantische Beziehung zu dieser Frau vorzutäuschen. Was hatte er sich nur dabei gedacht?

Wachsfiguren und Ostern

Phoebe

»Erzählt uns noch einmal, wie Ihr den Tempel von Abu Simbel zum ersten Mal betreten habt«, bat Camilla und Phoebe konnte ein Lachen nicht unterdrücken.

Sie saß zusammen mit den Zwillingen und Curtis in einer Kutsche auf dem Weg nach Canterbury. Dort wollten sie sich eine Ausstellung ansehen, über die in den vergangenen Jahren viel berichtet worden war: die Wachsfiguren der Madame Tussaud.

»Ihr habt die Geschichte doch gestern erst gehört.« In Curtis' Worten klang deutlicher Tadel mit.

»Aber ist es nicht geradezu unglaublich, dass Miss Phoebe zu den ersten Menschen gehört, die diesen Tempel betreten haben, nachdem er für Tausende von Jahren unter dem Sand begraben war?« Camillas Augen glänzten und Phoebe sah ihre eigene Begeisterung darin gespiegelt.

Sie konnte gar nicht anders, als den Wunsch des Mädchens zu erfüllen. »Es war ein ganz besonderer Moment. Und ich war natürlich nicht die Erste, die eintrat, sondern zusammen mit Georgina die Dritte, nach Belzoni und Chadwick. Jeder von uns trug eine Fackel und wir wussten nicht genau, was uns erwartete. Ihr müsst bedenken, dass wir bisher nur die riesigen Statuen vor dem Tempel gesehen hatten, fünfmal so groß wie ein Mensch.« Mit einer Hand deutete sie die Größe an, mit der anderen zeigte sie auf Camilla und Liliana. »Wir hatten keine Ahnung, was wir im Inneren finden würden. Die meisten anderen antiken Tempel wurden im Lauf der Zeit von Plünderern heimgesucht. Doch dieser war jahrtausendelang verschüttet gewesen, dementsprechend groß war unsere Hoffnung, uralte Schätze unversehrt vorzufinden.«

Die Mädchen nickten, geradeso als hörten sie die Geschichte zum ersten Mal.

»Wir treten also durch den freigelegten Eingang im flackernden Licht unserer Fackeln und das Erste, was ich sehe, ist eine schier überwältigende Flut an Farben. In überirdischen Tempeln ist längst nichts mehr davon zu sehen, doch in Abu Simbel, konserviert vom Wüstensand, erstrahlten die bunten Farben der Wandbemalung in all ihrer Pracht. Überlebensgroße Figuren blickten uns von den Wänden entgegen. Die Decke war so hoch, dass wir sie im spärlichen Licht unserer Fackeln kaum ausmachen konnten. Und auch im Inneren erwarteten uns überlebensgroße Statuen des Pharaos.«

»Ramses II.«, kam es ehrfürchtig von Liliana, die genau wie ihre Schwester an Phoebes Lippen hing.

»Ramses II.«, bestätigte Phoebe. »So beeindruckend die Bilder und Statuen auch waren, so schlecht war die Luft im Inneren der Anlage. Wir mussten also unseren ersten Besuch abbrechen, um draußen zu Atem zu kommen.«

»Zu schade, dass ihr keine Schätze gefunden habt.« Die Enttäuschung in Camillas Stimme erinnerte

Phoebe an ihre eigene und besonders an die von Belzoni.

»Der Schatz war der Tempel selbst, versteht Ihr?« Das war es, was sie ihrem italienischen Freund immer wieder versichert hatte.

»Aber den bekommt so gut wie niemand zu Gesicht. Du hast doch gesagt, dass Abu Simbel fernab der Zivilisation liegt, über zweihundert Meilen von Kairo entfernt.« Camilla seufzte theatralisch. »Selbst wenn ich jemals nach Ägypten reisen sollte, glaube ich kaum, dass ich es bis dorthin schaffe. Dabei hätte ich die Malereien so gern gesehen.«

»Dann passt es ja hervorragend, dass mein geschätzter Freund und Kollege Giovanni Belzoni zusammen mit seiner Frau einige Zeichnungen ab nächstem Monat in der Egyptian Hall zeigt. Sie haben dort eine Grabkammer nachgebaut und koloriert, deren Farbenpracht der von Abu Simbel in nichts nachsteht. Und das Beste daran ist: Ich habe nicht nur viele der dort ausgestellten Stücke selbst ausgegraben, sondern auch zusammen mit Eurem Bruder dabei geholfen, sie für die Ausstellung auszusuchen und zu präparieren.«

Von Curtis kam ein Brummen, welches seine Schwestern zum Kichern brachte.

»Er hält nicht viel von öffentlichen Ausstellungen«, erklärte Liliana. »Selbst das Wachsfigurenkabinett ist ihm zuwider, denn es dient lediglich der Unterhaltung. Und simple Unterhaltung ist unter seiner Würde.«

»Das ist so nicht richtig.« Curtis schüttelte energisch den Kopf. »Ich habe nichts gegen Unterhaltung. Was mich stört, ist die reißerische Aufmachung, mit der man das Publikum nur ...«

»Unterhalten möchte«, unterbrach ihn Liliana. »Genau, wie ich gesagt habe. Für meinen Bruder haben derlei Veranstaltungen nur einen Wert, wenn man etwas daraus lernen kann.«

»Kann man das bei diesem Wachsfigurenkabinett nicht?« So unschuldig, wie es ihr möglich war, sah Phoebe zu Curtis. »Es heißt, dass die Abbildungen vieler bekannter Persönlichkeiten zu sehen seien.«

»Soweit ich informiert bin, hat diese Ausstellung damit begonnen, dass Madame Tussaud die Köpfe hingerichteter Adliger in Frankreich aus Wachs nachgeformt hat.« Missbilligend schüttelte Curtis den Kopf. »Einige, wie die der französischen Königsfamilie sind auch heute noch zu sehen. Wenn das nicht pure Sensationslust ist, weiß ich auch nicht.«

»Aber genau deshalb ist es doch lehrreich«, sagte Phoebe vehementer, als es nötig gewesen wäre. »Wenn die Figuren realistische Abbilder der Personen sind, lernen wir etwas über deren Aussehen. Zum Beispiel von Voltaire oder Rousseau, die ihren Kopf nicht unter der Guillotine verloren haben. Ebenso wenig wie unser König und dessen Familie.« Zur Antwort bekam sie lediglich ein Brummen, das sie anstachelte, noch weiter zu reden. »Es soll auch einige historische Figuren geben, gefertigt nach bekannten Gemälden. Oder lehnst du Gemälde als Informationsquelle auch aus Prinzip ab?«

Curtis verdrehte die Augen. »Natürlich nicht. Aber glaubst du wirklich, die Leute gehen dorthin, um etwas zu lernen? Mitnichten! Es ist pure Sensationsgier.«

»Und wenn schon. Schlimmstenfalls lernen sie nichts dazu. Ich kann nichts Schlechtes daran erkennen.«

»Und wir auch nicht.« Camilla warf Curtis einen kurzen Blick zu und konzentrierte sich dann auf Phoebe. »Miss Phoebe, wie wäre es, wenn Ihr unseren Bruder durch die Ausstellung begleiten würdet, um sie ihm schmackhaft zu machen?«

Und ihn uns vom Hals schafft, hörte Phoebe förmlich den Satz, den sie nicht aussprach.

»Wenn er das möchte, schlendere ich gern mit ihm zusammen durch die Räumlichkeiten.«

Zumindest würde das helfen, den Eindruck zu festigen, dass sie ein unzertrennliches Paar waren. Auch wenn es bedeutete, dass sie sich während des gesamten Besuchs der Ausstellung sein endloses Lamentieren würde anhören müssen.

Curtis

Wie erwartet, hatte sich bei ihrer Ankunft bereits eine lange Schlange vor dem Eingang von Madame Tussauds Wachsfigurenkabinett gebildet. Doch natürlich schaffte es seine Mutter, die ganze Familie an der Schlange vorbeizuschleusen, so dass sie sofort Zugang bekamen.

Der Ausstellungsraum, die Assembly Hall in Canterbury, war mit ihrem Glasdach und dem weitläufigen Hauptraum genau richtig für eine derartige Installation. So viel war er bereit, zuzugeben.

»Lächeln.« Phoebe stand mit einem breiten Grinsen im Gesicht neben ihm. »Könntest du nicht wenigstens versuchen, ein wenig Spaß zu haben? Auch wenn es deiner Natur fremd ist?«

»Ich kann sehr wohl Spaß haben.« Was dachte sie eigentlich von ihm? »Nur nicht an so einem albernen …« Frustriert ballte er die Hände zu Fäusten. »Possenspiel? Für mich stehen solche Ausstellungen auf der gleichen Stufe wie dieses unsägliche Theaterstück, welches wir vor ein paar Wochen das Unglück hatten, zu durchleiden. Es ist eine kapitale Zeitverschwendung.«

»Jetzt hörst du dich fast so griesgrämig an wie Hallow. Gib dir einen Ruck und genieß es einfach. Schau, dort drüben ist Benjamin Franklin. Wann bekommt man einen so bedeutenden Mann schon einmal aus der Nähe zu sehen.«

»Du weißt, dass es nicht der echte ist? Du kannst weder mit ihm reden noch …«

Ihr Stöhnen unterbrach ihn. »Ja, das ist mir durchaus bewusst. Aber wir könnten so tun, als ob. Stell dir zum Beispiel vor, wie ich mit ihm über seinen Blitzableiter spreche.« Und tatsächlich stellte sie sich vor die Figur des älteren Mannes, der freundlich zu ihr herüber zu sehen schien, und sagte, einen Knicks andeutend: »Mr Franklin, welch eine Ehre, Euch kennenzulernen.«

»Die Ehre ist ganz auf meiner Seite«, antwortete sie sich selbst mit tiefer, verstellter Stimme. »Seid Ihr nicht die junge Dame, die angeblich bei den Ausgrabungen in Abu Simbel dabei war?«

»Ja, das bin ich.« Sie sprach wieder mit ihrer normalen Stimme und richtete sich auf. »Wie wunderbar, dass Ihr davon gehört habt.«

»Kind, die ganze Welt sollte von der Frau erfahren, die …«

Curtis konnte sich das Lachen nur schwer verkneifen. »Wolltest du nicht mit ihm über den Blitzableiter sprechen?«, warf er amüsiert ein.

»Wenn ich ehrlich bin, habe ich keine Ahnung von Blitzableitern. Ich habe lediglich mal irgendwo gelesen, dass er etwas damit zu tun hatte.« Sie beugte sich so nah zu Curtis, dass eine verirrte Locke seine Wange berührte, und flüsterte in verschwörerischem Ton: »Aber bitte verrate ihm nichts.« Dabei zeigte sie betont unauffällig in die Richtung der Wachsfigur.

»Seid unbesorgt, Mylady«, antwortete er ernst und zwinkerte ihr zu, »Euer Geheimnis ist bei mir sicher.« Gegen seinen Willen musste er feststellen, dass er Spaß hatte.

»Ha!« Sie deutete mit einem Finger auf ihn. »Habe ich da etwa die Andeutung eines Lächelns gesehen? Wohlan, mein Freund, mit wem wollen wir uns als Nächstes unterhalten? So eine illustre Auswahl bekommen wir so schnell nicht wieder.«

Hätte ihm jemand vorhergesagt, dass es ihm dermaßen viel Freude bereiten würde, herumzualbern, er hätte es nicht geglaubt. Sie führten gespielte Gespräche mit diversen Wachsgestalten, darunter Rousseau, Prinny, der ja genaugenommen seit über einem Jahr König war, und – ein wenig makaber, aber deshalb nicht weniger unterhaltsam – der enthaupteten Königsfamilie aus Frankreich.

Ein ums andere Mal kam ihm Phoebe dabei so nah, dass er sich nur ein klein wenig zu ihr hätte beugen müssen, um ... Er vertrieb den Gedanken. Die Spannung von ihrem letzten Streitgespräch hing nach wie vor zwischen ihnen, wenn auch unausgesprochen und nicht mehr so intensiv, aber dennoch spürbar.

Was wäre geschehen, wenn Beth nicht gekommen wäre? Wie hätte sie reagiert, wenn er sie in jenem Augenblick auf den Mund geküsst hätte? Zum Glück war nichts dergleichen passiert, denn ihre Abmachung war in dieser Hinsicht mehr als eindeutig und er würde nicht derjenige sein, der sie brach. Nicht dass er das gewollt hätte. Oder doch?

Warum zur Hölle machte er sich darüber Gedanken?

Die ganze Rückfahrt über plapperten seine Schwestern fröhlich über die Ausstellung und zogen ihn auf, weil er offensichtlich Spaß gehabt hatte.

»Ich gebe gern zu, dass ich mich geirrt habe«, antwortete er ihnen lächelnd.

»Das haben wir nur Miss Phoebe zu verdanken.« Camilla wandte sich ihr zu. »Dafür sind wir Euch zu ewigem Dank verpflichtet.«

»Gern geschehen.« Sie grinste. »Apropos Spaß. Gibt es Pläne, wie wir den Sonntag verbringen?«

»Der wird ruhig.« Liliana klang, als ob ihr das missfiel. »Wir gehen in die Kirche, danach gibt es Lamm und den Rest des Tages entspannen sich alle im Garten, sofern es das Wetter zulässt.«

»Außerdem reisen die ersten Gäste für den Ball am Montag an, was Unruhe genug ist«, fügte Camilla mit gerümpfter Nase hinzu. »Sagt Mama immer.«

»Womit sie nicht ganz unrecht hat.« Tadelnd sah Curtis zu seinen Schwestern. »Solltet ihr nicht langsam alt genug sein, um zu verstehen, wie viel Arbeit die Beherbergung all dieser Gäste und die Organisation des Balls für Mutter ist?« Er sah zu Phoebe. »Der Vollständigkeit halber solltest du wissen, dass Hallow, Hunting und Fitzwilliam auch eingeladen sind. Hallow hat wie üblich nicht geantwortet, aber ich rechne nicht mit ihm. Die anderen beiden werden allerdings erwartet.«

Auch wenn sie es zu verstecken versuchte, erkannte er doch die Ablehnung auf Phoebes Gesicht.

»Und ich dachte, wir wären die Kollegen zumindest für dieses Wochenende los.«

»Wie es aussieht, ist uns das nicht vergönnt.«

»Werdet ihr uns diese Kollegen vorstellen?«, fragte Camilla.

»Glaubt mir, das wollt ihr nicht.« Allein die Vorstellung, Fitzwilliam könnte sich einer der beiden zuwenden, verursachte ihm Bauchschmerzen.

»Weder Lord Hunting noch Fitzwilliam sind das, was man als angenehme Gesellschaft bezeichnen würde«, kam ihm Phoebe überraschend zu Hilfe.

»Wenn wir wenigstens am Ball teilnehmen könnten. Nichts dürfen wir.« Liliana verschränkte trotzig die Arme vor der Brust.

»In zwei Jahren seid ihr die Königinnen des Ballsaals und damit Ende der Diskussion.« Er wollte lieber nicht so genau darüber nachdenken, wie es sein würde, wenn die beiden auf die Gesellschaft losgelassen wurden.

»Zurück zum ursprünglichen Thema.« Er wandte sich an Phoebe. »Im Grunde läuft es jedes Jahr gleich ab. Der Ostersonntag ist eine Mischung aus Ruhe und einer zunehmenden Anzahl an Menschen, die sich im Haus einfinden. Richtig chaotisch wird es dann am Montag. Da sollte man meiner Mutter aus dem Weg gehen und am besten erst dann auftauchen, wenn der Ball losgeht. Ich habe vor, mich in mein Arbeitszimmer zurückzuziehen. Falls Lord und Lady Chadwick es je wieder für mich freigeben.«

»Sie sollten doch längst mit ihren Untersuchungen fertig sein.« Verwundert schüttelte Phoebe den Kopf. »So viel gibt es an zwei kleinen Statuetten nicht zu entdecken.«

»Ich vermute, deine Schwester nutzt die Gunst der Stunde, um meine ganze Sammlung unter die Lupe zu nehmen. Sie hat ihr Faible für die Ägyptologie wiederentdeckt.«

»Das wäre wünschenswert. Ich kann es nicht erwarten, zurück nach Ägypten zu kommen.« Ihre Augen leuchteten und er konnte deutlich ihre Vorfreude erkennen.

»Du hast also vor, auch weiterhin an Ausgrabungen teilzunehmen?« Aus irgendeinem Grund störte ihn das, auch wenn es ihn nichts anging.

»O ja!« Die Antwort kam entschieden und selbstsicher.

Woher kam sein Bedürfnis, ihr das ausreden zu wollen? Wenn er ehrlich war, wünschte er sich doch, dass sie schnellstmöglich verschwand, seit sie vor knapp einem halben Jahr aufgetaucht war. Was war da besser geeignet als eine Reise nach Ägypten? Sobald sie weg war, würde er endlich wieder in Ruhe seiner Arbeit im British Museum nachgehen können, ohne lästige Ablenkungen und Unterbrechungen.

Beim Gedanken an ihre Streitgespräche fiel ihm der gestrige Tag ein und wie sie sich erhitzt gegenüber gestanden hatten. Wie ihr Atem seine Wange gestreift hatte, während sich ihre vollen, roten Lippen langsam den seinen näherten. Wie es sich anfühlen würde, sie im Arm zu halten, zu spüren wie sich ihr warmer, wohlgeformter Körper an ihn schmiegte ... Verärgert schüttelte er den Kopf, um den Gedanken zu verscheuchen. Das konnte so nicht weiter gehen. Als Mann des Intellekts und Gentleman hatte er den Anspruch, über derart niedere Gelüste erhaben zu sein.

Der Maskenball

Phoebe

Behutsam zog Phoebe die goldgefiederte Maske zurecht, welche die obere Hälfte ihres Gesichts verdeckte, und sah sich im Ballsaal um. Niemand schien ihr Zuspätkommen bemerkt zu haben, denn niemand beachtete sie.

Wie auch? Alle trugen Masken und sie hatte Schwierigkeiten, irgendjemanden zu erkennen. Von einfachen Domino-Kostümen – weiten, meist schwarzen Mänteln mit ebensolchen Masken – bis hin zu Feen oder Frauen in Männerkleidern war jegliche Art Verkleidung vorhanden, die man sich vorstellen konnte. Vor ihr stand ein Paar in offensichtlich orientalischem Kostüm direkt neben einem Mann, der halb als Monster und halb als Beau erschienen war.

Auch könnte sie schwören, dass die Dame in Tudorkleidung, die eben an ihr vorbeilief, in Wirklichkeit ein Mann war. Ein Lächeln huschte über ihr Gesicht. Der Ball entsprach voll und ganz ihren Erwartungen. Jeder einzelne Besucher schien es zu genießen, jemand anderes sein zu können.

»Phoebe, bist du das?« Sie drehte sich der Stimme zu und fand sich Helen gegenüber, die eine griechische

Toga trug, was für Phoebes Geschmack deutlich zu gewagt war.

»Helen?«, fragte sie zur Sicherheit und erntete das glockenhelle Lachen ihrer Schwester.

»Hippolyte, bitte. Ich bin eine Amazone und mit meinem Liebhaber Theseus hier.« Sie kicherte und sah sich im Raum um. »Er steht dort hinten an der Wand und beobachtet mich mit Argusaugen.« Sie blickte zurück zu Phoebe und zeigte auf deren weißes, am Hals mit blauen Perlen besticktes Kleid. »Kleopatra. Das hätte ich mir bei Griffins Kostüm ja denken können. Heißt das, wir feiern heute eine Verlobung?«

»Wie bitte?« Phoebe verstand nicht, worauf ihre Schwester hinauswollte. Sie hatte Curtis seit dem Essen am gestrigen Nachmittag nicht mehr gesprochen, so sehr war er mit der Ankunft der Gäste beschäftigt gewesen. Und vielleicht war sie ihm auch ein wenig aus dem Weg gegangen.

»Ich meine, Caesar und Kleopatra, das ist doch eine Botschaft, oder?«

»Curtis ist als Julius Caesar verkleidet?«, fragte Phoebe und sah sich gleichzeitig nach ihm um. »Bist du sicher?«

»Ziemlich sicher. Er trägt nur eine Halbmaske und kam außerdem an der Seite seiner Eltern in den Saal.« Auch sie drehte den Kopf suchend in verschiedene Richtungen. »Dort drüben steht er. Umrundet von jungen Damen.«

Phoebe sah in dieselbe Richtung und entdeckte ihn ebenfalls. Trotz der Maske erkannte sie ihn sofort an seiner Haltung. Die Art, wie er das Kinn hielt und den Damen antwortete, ließ ahnen, wie genervt er war.

»Ob du es glaubst oder nicht, wir haben unsere Verkleidungen nicht abgesprochen.«

»Dann ist es wohl ein Zeichen«, sagte Helen lachend. »Ich habe euch beobachtet und muss sagen, dass ich dich noch nie so erlebt habe. Man merkt wirklich, wie sehr du ihn magst, auch wenn du dich bemühst, es zu verstecken. Aber wie du ihn ansiehst, wenn du glaubst, dass es keiner bemerkt, spricht mehr als tausend Worte. Und er ist ganz offensichtlich ebenso vernarrt in dich. Noch dazu teilt ihr die gleichen Interessen und könnt miteinander lachen. Er ist perfekt, Schwesterherz, ich freue mich so für dich.«

»Freu dich nicht zu früh.« Das hätte sie nicht sagen sollen. Seufzend legte sie den Kopf in den Nacken.

»Ich verstehe nicht. Dieser Besuch hier dient doch nur diesem einzigen Zweck, oder nicht?« Misstrauisch kniff Helen die Augen zusammen. »Phoebe Heart, was zur Hölle hast du vor?«

»Nichts, ich ...«

»Darf ich um diesen Tanz bitten, verehrte Kleopatra?« Im ersten Moment war Phoebe dankbar für die Unterbrechung. Doch dann erkannte sie die Stimme des Dominos, der sie aufgefordert hatte. Es war eindeutig Hunting, der da unter der Maske steckte. Der Mann war wirklich hartnäckig, das musste man ihm lassen. Doch da bei einem Maskenball nicht die üblichen sozialen Zwänge galten, stand es ihr zum Glück frei, abzulehnen. Obwohl ein Tanz die perfekte Ausrede war, um Helen zu entkommen. Nun, da Phoebe sich verplappert hatte, würde ihre Zwillingsschwester nicht ruhen, bis sie alles wusste. Es galt, diese Stunde der Wahrheit so lange hinauszuzögern, wie es eben ging.

»Es tut mir wirklich außerordentlich leid«, antwortete sie deshalb entschuldigend und richtete ihren Blick auf Curtis. »Nur leider ist der nächste Tanz Caesar versprochen. Aber diese wackere Amazone hier tanzt bestimmt gern mit Euch. Ihr entschuldigt mich?« Ohne auf eine Antwort zu warten, rauschte sie davon, wohlwissend, dass Helen eine Mordswut auf sie haben würde. Sei's drum, von ihrer Schwester würde sie sich so oder so nach diesem Abend etwas anhören dürfen.

Fürs Erste blieb ihr nur der Weg in Richtung Curtis. Der hatte sie – oder zumindest Kleopatra – bemerkt, denn er sah in ihre Richtung.

Bei ihm angekommen, reichte sie ihm die Hand und sagte: »Mein Kaiser, das ist unser Tanz, wenn mich nicht alles täuscht?«

Wenn er überrascht über ihre Dreistigkeit war, verbarg er es gut. Denn ohne zu zögern, ergriff er ihre Hand und führte sie auf die Tanzfläche. Glücklicherweise handelte es sich um einen Scotch Reel, einen schnellen Tanz, bei dem mehrere Paare einen Kreis bilden und verschiedene Figuren ausführen. Konversation war dabei kaum möglich.

Doch sie tauschte Blicke mit Curtis, an denen sie erkannte, dass er über ihr Kostüm wohl genauso überrascht war wie sie über seins. Oder war er gar erzürnt? Er sah jedenfalls alles andere als erfreut aus.

Der Tanz endete und noch während Phoebe versuchte, wieder zu Atem zu kommen, trat Curtis' Schwester Judith zu ihnen.

»Man darf gratulieren, nehme ich an?«

Innerlich stöhnte Phoebe, schaffte es jedoch, ein Lächeln beizubehalten. Allerdings musste sie sich auf die

Zunge beißen, um eine unhöfliche Erwiderung zu unterdrücken.

»Wozu?« Curtis' Miene war so neutral, dass Phoebe nicht erkennen konnte, ob er wirklich keine Ahnung hatte oder nur so tat.

»Zur bevorstehenden Verlobung natürlich. Die Spatzen pfeifen es von den Dächern und eure Kostümierung spricht für sich selbst.«

»Wir haben nicht die Absicht, heute unsere Verlobung zu verkünden«, antwortete Curtis beherrscht. »Die Kostüme sind lediglich ein Ausdruck unserer gemeinsamen Interessen und intellektueller Verbundenheit, nichts weiter.«

Ein Schnalzen mit der Zunge war Judiths Antwort. »Das wird Mutter sehr enttäuschen. Dir ist klar, dass sie mit einem anderen Ausgang dieses Wochenendes rechnet?«

»Da es hier um mein und Miss Phoebes Leben geht, sind Mutters Wünsche nicht ausschlaggebend. Zum jetzigen Zeitpunkt kann ich nur sagen, dass es heute mit Sicherheit keine Verlobungsankündigung geben wird.« Er wandte sich an Phoebe und reichte ihr den Arm. »Wie wäre es mit einer Erfrischung im Freien? Der Saal ist recht stickig und der Tanz war erhitzend.«

Mit einem Nicken legte Phoebe ihre Hand auf den angebotenen Arm. »Was für eine wundervolle Idee«, sagte sie und ließ sich von Curtis nach draußen führen.

Dort reichte er ihr ein Glas Limonade und führte sie weiter in den Garten. Der Abend war für Ende April recht warm, dennoch überkam sie ein leichtes Frösteln. Es gefiel ihr nicht, dass beide Familien nun dachten, eine Verlobung stünde kurz bevor.

»Warum hast du dich als Caesar verkleidet?« Ihre Frage klang anklagender, als fair war, denn natürlich traf sie genauso viel oder wenig Schuld wie ihn. Doch es war leichter, ihn verantwortlich zu machen. Und es half ihr hoffentlich dabei, sich abzureagieren.

Curtis

»Und warum du als Kleopatra?«, konterte er ihre Frage. Was ging nur in ihr vor? Das fragte er sich seit zwei Tagen und wurde einfach nicht schlau aus ihr.

Energisch löste sie ihre Hand von seinem Arm und baute sich ihm gegenüber auf. Er kannte diese Pose nur zu gut: Sie war bereit, zum Angriff überzugehen. Dabei war er sich keiner Schuld bewusst. Andererseits, wann hatte Phoebe je einen Grund gebraucht, um Streit anzufangen?

»Weil es mir passend erschien«, antwortete sie schnippisch.

»Genau wie mir. Du hast selbst gesagt, mein Profil sei das eines Kaisers. Ich konnte ja nicht ahnen, dass du als Kleopatra kommen würdest. Eine Vorwarnung wäre nett gewesen.« Wieder einmal hatte er sich von ihr provozieren lassen und war machtlos dagegen. Was hatte diese Frau nur an sich, dass sein gesunder Menschenverstand in ihrer Nähe regelmäßig versagte?

»Warum ich? Genauso gut hättest du mir sagen können, wie du dich verkleidest.« Trotzig schob sie das Kinn nach vorn.

»Wo liegt dein Problem?«, fragte er aufgebracht. »Es ist doch genau das, was wir erreichen wollten. Alle sollen denken, wir wollten uns verloben, ohne dass wir es am Ende tun. Das hätten wir nicht besser hinkriegen können, wenn wir uns abgesprochen hätten.«

»Ach ja?« Ihre Augen sprühten förmlich Blitze. »Es war aber nie abgemacht, dass wir so tun, als würden wir uns verloben.«

»Tun wir ja auch nicht.«

»So sieht es aber aus.«

»Du weißt nicht, wovon du redest.«

»Das sagt der Richtige. Auch wenn du es nicht zugeben möchtest, deine Mutter wird dich doch sowieso zwingen, dich bald zu verloben.«

Curtis ballte die Hände zu Fäusten und knirschte mit den Zähnen. »Nicht wenn es nach mir geht.«

»Ja, das ist dir am wichtigsten, dass es nach dir geht, nicht wahr? Ich hätte mich nie auf deinen dummen Plan einlassen sollen.«

»Ach, jetzt ist es auf einmal nur noch mein Plan?« Er stieß ein wütendes Schnauben aus. Das konnte doch nicht ihr Ernst sein. »Da machst du es dir aber leicht. Wobei, so wie du mir gestern aus dem Weg gegangen bist, fühlt es sich tatsächlich an, als sei ich der Einzige, der noch etwas für unseren Plan tut.«

»Gar nicht wahr!«, antwortete sie vehement. »Du warst doch viel zu beschäftigt, um ...«

»Nein!«, unterbrach er sie empört und schüttelte entschieden den Kopf. »Ich bin nicht blind. Du hast jedes Mal einen großen Bogen um mich gemacht, wenn du mich gesehen hast.«

Phoebe schnappte nach Luft und trat einen Schritt vor. »Das ist eine Unterstellung sondergleichen.«

»Aber deshalb nicht weniger wahr.«

Sie stand nun direkt vor ihm und starrte ihn wütend an. »Du bist so ein selbstgerechter, besserwisserischer, arroganter ...«

Er hielt ihrem zornigen Blick stand und spürte, wie das Knistern zwischen ihnen mit jeder Sekunde unwiderstehlicher wurde. »Ich warne dich, Phoebe. Wenn du weiterredest, sehe ich mich gezwungen, dir den Mund zu stopfen!«

»Ach ja? Und wie genau gedenkst du, das zu bewerkstelligen?« Ihre Stimme war kaum mehr als ein Flüstern. Herausfordernd hob sie ihr Kinn und ihre Lippen kamen seinen dabei so nah, dass keine Hand mehr dazwischen gepasst hätte.

Phoebe

Wie hypnotisiert stand sie vor Curtis. Genau deshalb war sie ihm aus dem Weg gegangen. Tief in ihrem Inneren hatte sie geahnt, was passieren würde, wenn sie noch einmal aneinandergerieten. Aus einem unerfindlichen Grund wollte sie ihm nahe sein und gleichzeitig auch nicht. Das war völlig widersinnig und äußerst verwirrend. Es konnte doch nicht sein, dass sie in diesen unerträglichen Mann verliebt war. Hatten sich ihre Schwestern so gefühlt, als sie ihr Ehemänner kennenlernten?

Der Gedanke sollte sie erschrecken und die Flucht ergreifen lassen, doch sie war wie gelähmt. Alles außer Curtis schien in den Hintergrund zu treten, sodass sie nur noch sein Gesicht wahrnahm. Die grauen Augen, die sie fest im Blick hatten, den leicht geöffneten Mund, der ihrem immer näherkam, und sein Atem, warm und verheißungsvoll.

Ihre Lippen trafen aufeinander wie zwei Naturgewalten, nicht vorsichtig, sondern aggressiv und leidenschaftlich. Ein nie gekanntes Gefühl ergriff von ihr Besitz und tilgte alles andere aus ihrem Denken. War sie es, die ihn zwang, ihrer Zunge Einlass zu gewähren, oder war es umgekehrt? Unwichtig. Solange er nur nicht aufhörte, ihren Mund zu erforschen. Solange nur diese Sehnsucht gestillt wurde, von der sie gar nicht gewusst hatte, dass sie in ihr schlummerte.

Sie wollte mehr. Hungrig schlang sie die Arme um ihn, spürte seine um ihre Taille, genoss das Gefühl seiner Wärme an ihrer Brust und fragte sich, warum sie das nicht schon viel früher zugelassen hatte.

Weil sie nicht so enden wollte wie ihre Schwestern. Sie wollte nicht ein Kind nach dem anderen zur Welt bringen und alles aufgeben, wofür sie so hart gekämpft hatte.

Dieser Gedanke wirkte wie ein Eimer kaltes Wasser. Abrupt löste sie sich von Curtis, sah die Verwirrung in seinen Augen und beschloss, sie zu ignorieren.

»Das war ein Fehler«, stieß sie hervor und drehte sich von ihm weg. Bevor er auch nur ein Wort sagen konnte, rannte sie zurück zum Ballsaal, so schnell ihre Füße sie trugen.

Kaum dort angekommen, bereute sie ihren Entschluss. Zu viele Menschen, zu viele fragende Blicke von Verwandten. Jeder hier schien zu ahnen, was sie gerade getan hatte. Ihre Schwestern wie auch Tante Victoria waren bereits auf dem Weg zu ihr.

Phoebe wollte keine von ihnen sehen. Ohne zurückzublicken, verließ sie eilig den Saal. Sobald sie außer Sicht war, verfiel sie in Laufschritt, bis sie ihr Zimmer erreicht hatte.

Das eben Geschehene musste sie erst einmal verarbeiten und dafür brauchte sie Zeit. Dabei konnte ihr niemand helfen. Was fühlte sie wirklich für Curtis und war es besser, es zu unterdrücken?

Die einfachste Lösung war vermutlich, ihm aus dem Weg zu gehen und mit einer ihrer Schwestern zurück auf deren Landsitz zu fahren. Immer in der Hoffnung, dass Georgina und Chadwick bald nach Ägypten aufbrachen. Weit weg von Curtis und den verwirrenden Gefühlen, die er in ihr geweckt hatte.

Zurück in London

Phoebe

Sie atmete einmal tief ein, bevor sie an der Seite von Mrs Stroud das Museum betrat. Es war drei Tage her, seit sie Curtis das letzte Mal gesehen hatte. Das war am Morgen nach dem Maskenball gewesen, bei der allgemeinen Verabschiedung kurz vor der Abreise nach London, und sie hatte es vermieden, ihm dabei in die Augen zu sehen.

Hoffte sie, dass er heute noch nicht zurück sein würde, sodass sie einen ruhigen Tag im Museum genießen konnte? Ganz sicher.

War es feige, ihm derart aus dem Weg zu gehen? Vermutlich.

War sie weitergekommen mit ihren Überlegungen, wie sie mit ihm und dem, was zwischen ihnen passiert war, umgehen sollte? Keineswegs.

Deshalb stand sie nun hier und war sogar ein bisschen stolz darauf, den Weg ins Museum angetreten zu haben, obwohl sie nicht wusste, ob er auch kommen würde. Mutig öffnete sie die letzte Tür, den Blick starr geradeaus gerichtet, damit sie bloß nicht den Eindruck erweckte, nach Curtis Ausschau zu halten. Kaum eingetreten, sah sie sich direkt Lord Hallow gegenüber.

»Miss Phoebe, wie schön, dass sich endlich jemand entscheidet, wieder zur Arbeit zu erscheinen. Ich habe in den letzten Tagen praktisch hier gelebt, um rechtzeitig fertig zu werden.«

Seine übertrieben empört vorgebrachte Beschwerde lockerte Phoebes Anspannung ein wenig. »Mir könnt Ihr nichts vormachen, Lord Hallow. Ihr genießt es doch, hier zu sein«, sagte sie keck und legte ihren Spencer ab.

Mrs Stroud setzte sich auf ihren angestammten Platz und packte ihre Sticksachen aus. Ein wenig Alltag nach der vergangenen Woche tat gut.

»Die Jugend von heute, nie um eine Ausrede verlegen«, knurrte der alte Mann und schüttelte den Kopf.

Lächelnd sah Phoebe sich um, nur um im nächsten Moment die Nase zu rümpfen. »Was ist das für ein Geruch?« Unangenehm, das war klar, doch hatte sie keine Ahnung, was ihr da in die Nase stieg.

»Das, meine Liebe, ist der Gestank der Verwesung.« Hallow deutete auf die verbliebenen Kisten. »Die warme und gleichzeitig feuchte Luft hier in London sorgt dafür, dass sich in diesen Kisten alles Mögliche zersetzt. Mit Sicherheit findet sich in einer von ihnen eine tote Ratte irgendwo im verrotteten Stroh. Das kommt häufiger vor.« Er sah sie streng an. »Seit Wochen dränge ich darauf, dass wir schneller sein müssen. Das ist einer der Gründe.«

»Dann sollten wir uns sputen.« Hoffentlich stieß sie nicht auf die tote Ratte in einer der Kisten. Zwar hatte Phoebe kein Problem mit seit Jahrtausenden toten Menschen und Tieren oder deren Gedärmen, aber ein verrottendes Nagetier war nichts, was sie unbedingt sehen musste.

»Haben sich wenigstens alle gut amüsiert, auf dem Land?«, fragte Hallow und lenkte ihre Aufmerksamkeit wieder auf ihn. »Fitzwilliam hat vermutlich einen Skandal verursacht?«

»Er war gar nicht dort.« Wie kam es, dass Hallow das nicht wusste? Normalerweise war er doch immer über alles informiert.

»Er war nicht dort? Seid Ihr sicher?«

»Das bin ich. Sein Nichterscheinen war Thema beim Frühstück am Morgen nach dem Ball.« Sie fragte sich, warum Hallow das so wichtig war.

»Sehr merkwürdig. Seine Hoheit wird nicht erfreut sein.« Hallow schüttelte mit ernster Miene den Kopf. »Wir sollten auf Griffin warten, um sicherzugehen. Nur für den Fall, dass Ihr Euch täuscht und Fitzwilliam doch in Kent war. Sein Vater, der Prinz, lässt nämlich nach ihm suchen.«

Es lag Phoebe auf der Zunge, darauf hinzuweisen, dass Fitzwilliam höchstwahrscheinlich betrunken in irgendeiner Ecke lag, doch sie schaffte es, ihren Kommentar hinunterzuschlucken. Es war besser, den Dialog mit Hallow so kurz wie möglich zu gestalten. Am Ende kam er noch auf die Idee, sie auf eine mögliche Verlobung anzusprechen, und das wollte sie unter allen Umständen vermeiden.

»Wie dem auch sei«, antwortete sie daher schulterzuckend und wandte sich den wenigen verbliebenen Kisten zu, die nach wie vor in einer Ecke standen. »Sagtet Ihr nicht, dass die Zeit drängt? Womit soll ich beginnen?«

Den Rest des Tages verbrachte sie damit, unscheinbare Grabbeigaben zu sortieren, die Belzoni nach ihrer Abreise aus Ägypten ergattert haben musste. Curtis tauchte zum Glück nicht auf.

Zufrieden mit sich und ihrer Arbeit erreichte sie das Stadthaus ihrer Tante, wo der Butler sie bereits mit einem Brief erwartete.

»Mit den besten Wünschen von Lord Griffin«, sagte er und überreichte ihr das Schriftstück. Zu ihrem Unmut bemerkte Phoebe, dass ihre Hand leicht zitterte, als sie es entgegennahm. Sie versuchte, ihre Unsicherheit mit einem Lächeln zu überspielen, dankte dem Butler und zog sich auf ihr Zimmer zurück, wie sie es gern tat, wenn sie aus dem Museum zurückkam.

Dort angekommen, setzte sie sich auf ihr Bett und drehte Griffins Brief in den Fingern. Was er wohl von ihr wollte? *Öffne ihn, dann erfährst du es*, schalt sie sich selbst. Bevor sie den Mut verlor, brach sie das Siegel und überflog die wenigen Zeilen.

Liebe Phoebe,
wir müssen uns unterhalten, dringend. Entweder heute Abend im Theater oder morgen im Museum.
Dein Dir ergebener
Curtis

Langsam ließ sie das Blatt sinken. Vielleicht hatte er recht und sie mussten wirklich darüber sprechen, was auf dem Ball geschehen war. Ihm musste inzwischen auch klargeworden sein, was für ein riesiger Fehler dieser Kuss gewesen war. Die unselige Vereinbarung zwischen ihnen war damit null und nichtig. Das würde er genauso sehen wie sie.

Aber wenn dem so war, warum sollten sie überhaupt noch miteinander sprechen? Das führte ohnehin nur zu Streit. Der Gedanke daran verursachte ein merkwürdiges Ziehen in ihrer Brust. Was war bloß mit ihr los? Es war ja nicht so, als wenn sie die Streitgespräche mit ihm vermisste – oder etwa doch?

Solange sie sich darüber nicht im Klaren war, konnte sie ihm unmöglich vor die Augen treten. Das bedeutete weder Theater heute noch Museum morgen. Stattdessen würde sie Krankheit vortäuschen und die Zeit nutzen, um eine Lösung für ihr Curtis-Problem zu finden.

Curtis

Er war seit drei Tagen zurück in London und an keinem einzigen war Phoebe im Museum erschienen. Oder bei irgendeinem gesellschaftlichen Anlass. Laut ihrer Tante hütete sie krank das Bett.

Das war natürlich möglich, doch er glaubte nicht daran. Laut Lord Hallow hatte sie kerngesund gewirkt, als sie vor vier Tagen im Museum gewesen war. Viel wahrscheinlicher war, dass sie ihm aus dem Weg ging, so wie am vergangenen Wochenende.

Im Grunde konnte er sie verstehen. Die Spannung zwischen ihnen war unwiderstehlich geworden und mit dem kurzen Kuss keineswegs verschwunden, das spürte sie vermutlich ebenso wie er. Außerdem war klar, wo das alles enden würde, wenn sie diesem Verlangen nachgaben: vor dem Traualtar. Und das wollte er genauso wenig wie sie.

Also mussten sie etwas dagegen tun. Als logisch denkende und rationale Menschen sollten sie dazu in der Lage sein, ihre fleischlichen Gelüste in Schach zu halten. Irgendwann würden diese vergehen und vielleicht blieb eine Freundschaft, die auf gegenseitigem Respekt beruhte. Sie würde nach Ägypten gehen, während er in London blieb, ihr Kontakt würde sich auf Briefe beschränken und alles wäre wieder so, wie es sein sollte.

Auch wenn sie selten einer Meinung waren, konnten sie sich hoffentlich zumindest darauf einigen. Dafür musste er allerdings erst einmal mit ihr reden. Und genau deshalb stand er hier im Dunkeln vor dem Haus ihrer Tante, in der Hand mehrere Kieselsteine, die er an ihr Fenster warf. An das Fenster, welches er für das Ihre hielt. Es befand sich im dritten Stock, war im Gegensatz zu allen anderen rund, und das einzige, in dem Licht zu sehen war.

Lord und Lady Castleton befanden sich auf einem Ball bei Lady Jersey, den sie nicht vor dem Morgengrauen verlassen würden. Das hieß, Phoebe sollte allein zu Hause sein, ausgehend von der Annahme, dass Mrs Stroud und die Dienerschaft in dem kleineren Gebäude hinter dem Haus schliefen.

Er hob die Hand, um einen weiteren Kiesel zu werfen, als ihr Gesicht im Fenster erschien. Die Überraschung darin konnte er selbst auf die Entfernung ausmachen.

Bevor er ihr mit einer Geste verständlich machen konnte, dass er eingelassen werden wollte, verschwand sie. Hoffentlich, um ihm die Tür zu öffnen.

Wie lange würde es dauern, bis sie unten angekommen war? Eine oder zwei Minuten? Im Stillen zählte er mit und tatsächlich hörte er nach nicht einmal zwei Minuten ihre Stimme. Allerdings nicht von der Eingangstür, sondern von unten.

»Ich bin hier«, zischte sie und er wandte sich dem Dienstboteneingang zu. In einen Morgenrock gewickelt und mit einer Kerze in der Hand stand sie unten an der Treppe und winkte ihm zu.

Mit wenigen Schritten war er bei ihr, wollte sie begrüßen, doch sie schüttelte energisch den Kopf und flüchtete ins Innere. Dort wies sie ihn mit einer Handbewegung an, ihr zu folgen.

Hintereinander gingen sie durch einen engen Dienstbotengang über mehrere Treppenfluchten nach oben und gelangten auf einen Flur, in dem sie eine Tür öffnete. Er folgte ihr in den dahinterliegenden Raum und sah sich neugierig um.

Das runde Fenster bewies, dass es sich um ihr Zimmer handelte. Zwei kleine Lampen spendeten spärliches Licht in dem eher zweckmäßig eingerichteten Raum. Obwohl sie bereits seit mehr als sechs Monaten hier lebte, sah er nur wenig Individuelles. Ein paar Utensilien auf ihrem Schminktisch, ein besticktes Kissen, ein Strauß Narzissen und ein Buch auf dem Nachttisch neben dem schmalen Bett.

»Was willst du hier?«, fragte sie, diesmal in normaler Lautstärke.

»Dir sagen, dass es nicht nötig ist, dich vor mir zu verstecken.«

Ungläubig schüttelte sie den Kopf. »Aber ich verstecke mich doch gar nicht. Ich bin krank.« Sie zeigte auf sich und dann auf ihr Bett. »Auch wenn du das zu glauben scheinst, dreht sich die Welt nicht nur um dich.«

»Du bist so krank, dass du drei Stockwerke runter- und hochlaufen kannst, ohne außer Atem zu kommen, aber zu schwach, um auf meine Nachricht zu antworten?« Wie so oft, wenn er mit ihr sprach, kochte Zorn in ihm hoch.

Sie zuckte mit den Schultern, ohne ihn anzusehen. »Ich ging nicht davon aus, dass es wichtig war.«

»Nicht wichtig?«, fragte er ungläubig und trat einen Schritt auf sie zu. »Ich habe geschrieben, dass wir uns dringend unterhalten müssen. Was war daran misszuverstehen?«

Phoebe drehte sich zu ihm und ihre Augen sprühten Blitze. »Oh, das ist so typisch. Weil du etwas für dringend hältst, glaubst du, dass das auch für mich gilt. So funktioniert die Welt aber nicht, auch nicht für aufgeblasene, reiche Stutzer.«

Curtis biss die Zähne zusammen, verzweifelt um Beherrschung bemüht. »So siehst du mich also? So denkst du über mich?«, knirschte er.

»Ach, jetzt interessiert es dich plötzlich, was ich denke?«

Das war zu viel. Curtis ballte die Hände zu Fäusten und fauchte zurück: »Bevor du in mein Leben getreten bist, war alles in bester Ordnung. Und jetzt? Jetzt gerät es aus den Fugen, denn du treibst mich in den Wahnsinn. Ich weiß nicht, was ich getan habe, dass Gott mich dermaßen straft, aber was es auch ist, ich bereue es zutiefst. Wie konnte ich nur denken, wir könnten irgendwann respektvoll und professionell miteinander umgehen. Kollegen, vielleicht sogar Freunde werden. Das war dumm, das sehe ich jetzt ein.«

Sie trat einen Schritt auf ihn zu und ihre blauen Augen strahlten plötzlich, sodass er gar nicht wusste, wie ihm geschah. »Du ... Du glaubst, es besteht die Möglichkeit, dass Mitglieder der Royal Society mich als ebenbürtigen Kollegen ansehen könnten? Als jemanden, mit dem man respektvoll redet?«

Ungläubig schüttelte er den Kopf. »Das ist es, was du von dem mitgenommen hast, was ich eben gesagt habe? Willst du dich über mich lustig machen?«

Ihre Augen verfinsterten sich schlagartig und sie schob das Kinn angriffslustig nach vorn. »Wie oft muss ich dir eigentlich noch sagen, dass sich nicht alles um dich dreht?«

»Ach ja?« Er trat einen weiteren Schritt vor, sodass sich ihre Nasen fast berührten. »Das sagt genau die Richtige. Gegen dich bin ich doch ein Waisenkind, was Egozentrik angeht.«

»Sehr passend, so kindisch, wie du dich benimmst.«

»Du denkst also, ich bin kindisch.«

Sie wich keinen Millimeter zurück. »Absolut.«

»Und wenn ich dir das Gegenteil beweise?«

»Wie denn?« Ihr provozierender Blick verhakte sich in seinem und er spürte ihren schnellen Atem auf seinem Gesicht. Da war es wieder, dieses unwiderstehliche Knistern in der Luft. Ihre verführerischen roten Lippen waren ganz nah, er musste sich nur vorbeugen und ...

Das war nicht das, wofür er hergekommen war. Er wollte vernünftig mit ihr reden, einen Ausweg aus diesem Durcheinander finden. Und dennoch verharrte er und sagte: »Indem wir ab jetzt vernünftig miteinander umgehen, wie zivilisierte, erwachsene Menschen. Keine Spielchen mehr. Das war alles, was ich dir sagen wollte.« Er wollte sich von ihr wegdrehen, das Zimmer und dieses Haus so schnell wie möglich verlassen, doch seine Füße schienen am Boden festzukleben.

»Und dafür kommst du bis in mein Schlafzimmer?«

»Du hast mich hergeführt. Wir hätten das genauso gut an der Tür klären können.«

»Wo die Möglichkeit besteht, dass uns irgendjemand sieht?« Kopfschüttelnd musterte sie ihn. »Der einzige Ort, an dem wir in diesem Haus ungestört miteinander reden können, ist hier. Tu nicht so, als ob du das nicht vorher gewusst hättest.«

»Was willst du damit andeuten? Dass ich unbedingt in dein Zimmer wollte? Das ist doch lächerlich!«

Sie legte ihre Hand auf seine Brust und er wusste, dass er verloren war. »Ist es das?«, hauchte sie verführerisch und befeuchtete ihre Lippen mit der Zungenspitze.

Phoebe

Was um alles in der Welt tat sie da? Er war drauf und dran gewesen, zu gehen und sie in Ruhe zu lassen. Und das war doch genau das, was sie von Anfang an gewollt hatte.

Stattdessen waren sie nun kurz davor, sich wieder zu küssen, nur tat er es nicht. Sie musste eine Entscheidung treffen, hatte es bereits getan. Ihre Hand auf seiner Brust war ein Fehler. Allerdings hatte sich ein Fehler nie so gut angefühlt wie in dem Augenblick, als ihre Lippen endlich wieder aufeinandertrafen. Die Hitze von Curtis' leidenschaftlichem Kuss durchdrang ihren ganzen Körper und sie konnte an nichts anderes mehr denken als an seine Nähe, seine Hände, die begannen, ihren Körper zu erforschen. Ein winziger Teil tief in ihr versuchte, zu widerstehen, doch sie wurde von einer Welle der Lust davon gespült.

Zu heiß brannte die Berührung seiner Finger auf ihrer Haut, zu berauschend waren die neuen, unbekannten Gefühle. Nur ein einziges Mal in ihrem Leben hatte sie etwas ähnlich Erregendes gespürt: Als sie zum ersten Mal den Tempel von Abu Simbel betreten hatte. Nein, das stimmte nicht. Das hier war besser.

Curtis löste sich von ihren Lippen und küsste eine heiße Spur ihren Hals hinunter. Gleichzeitig schob er ihren Morgenrock zur Seite, umfasste mit einer Hand ihre Brust, die nur von ihrem dünnen Nachthemd bedeckt war, und entlockte ihr so ein leises Stöhnen. Die Berührung sandte kleine Blitze durch ihren Körper und sie drängte sich unwillkürlich näher an ihn.

Ohne zu wissen, wonach sie suchte, fand sie die Knöpfe seiner Weste und öffnete sie. Seine Jacke war längst zu Boden gefallen, genau wie ihr Morgenrock. Die Weste folgte und sie zerrte an seinem Hemd, begierig, seine nackte Haut auf ihrer zu spüren.

Gleich wird es so weit sein, hämmerte es in ihrem Kopf, was ihr ein erneutes Stöhnen entlockte.

Irgendwie gerieten sie ins Stolpern und sie landete rücklings auf ihrem Bett. Ihr Atem ging stoßweise und für einen kurzen Moment gelang es ihr, sich aus dem Taumel zu befreien, der sie erfasst hatte. Glasklar erkannte sie, auf was das alles hinauslief – doch es war ihr egal. Um die Konsequenzen konnte sie sich morgen Gedanken machen. Jetzt, hier in diesem Moment gab es nur sie, Curtis und dieses unglaubliche Gefühl.

Schon war er über ihr, diesmal ohne Hemd, und sie spürte seinen heißen Atem auf ihrer Haut.

»Curtis, ich ...«

»Sei still«, sagte er und verschloss ihr den Mund mit einem Kuss.

Das regte ihren Widerspruchsgeist. Sie schob ihr Becken gegen seinen Körper, um ihn zur Seite zu schieben, und biss ihm gleichzeitig leicht in die Lippe. Dabei schoss eine ungekannte Wonne durch ihren Unterleib, wodurch ihr Stöhnen noch lauter ausfiel.

Er antwortete mit einem leisen, dunklen Lachen und umfasste ihre Handgelenke so fest, dass sie sich kaum noch rühren konnte. Ihre Blicke trafen sich und sie erkannte in seinen Augen dieselben Gefühle, die in ihr tobten. Zorn, dass sie sich hatten gehen lassen, zusammen mit reiner Wollust und der unbändigen Erregung, etwas Verbotenes zu tun.

Erneut hob sie die Hüfte, um sich gegen ihn zu wehren, und zum ersten Mal spürte sie seine harte Männlichkeit gegen ihren Bauch drücken. Nichts auf der Welt hatte sie auf dieses Gefühl vorbereitet.

Curtis

Diese Frau hatte ihn völlig um den Verstand gebracht und der letzte Rest rationalen Denkens, der noch funktionierte, begriff plötzlich, was seinen Bruder dazu getrieben hatte, alles aufzugeben. War das Liebe oder nur Fleischeslust?

Der Gedanke entglitt ihm, da sich Phoebes Bauch an seinem steifen Schaft rieb. Das war mehr, als er ertragen konnte. Er wollte sie, hier und jetzt.

Irgendwo in seinem von Lust gesteuerten Hirn stellte er sich die Frage, ob er ein Recht dazu hatte, doch alle Zweifel wurden durch ein erneutes Anheben ihrer Hüfte hinweggewischt. Sie öffnete ihre Beine für ihn, mehr Zustimmung brauchte er nicht.

Er entließ ihre rechte Hand aus seinem Griff, tastete sich über ihren Körper nach unten, bis er den Saum ihres dünnen Hemdes zu fassen bekam, um ihn nach oben zu schieben. Die weiche Haut ihres Oberschenkels unter seinen Fingerspitzen ließ ihn erschaudern. Sanft arbeitete er sich weiter nach oben, berührte den zarten Flaum zwischen ihren Beinen und wartete auf eine Reaktion.

Ihre freie Hand legte sich auf seine und schob sie weiter, bis er ihre heiße Mitte berührte. Sie erhöhte den Druck und er verstand, was sie von ihm wollte. Vorsichtig drang er mit einem Fingern in sie sein, wobei sie seine Hand nicht losließ, sondern tiefer drängte.

Ihre Enge umfing ihn warm und feucht. Warum sich zurückhalten? Mit Bedauern glitt er aus ihr hinaus, was ihr ein verzweifeltes Stöhnen entlockte, doch er brauchte beide Hände, um sich seiner Breeches zu entledigen.

Den Blick stets auf sie gerichtet, glaubte er kaum, was er sah. Dort, wo eben noch sein Finger gelegen hatte, befand sich nun Phoebes eigene Hand. Sie berührte sich selbst. Ihm stockte der Atem. Nie zuvor hatte er etwas so Betörendes gesehen – oder auch nur daran gedacht.

Sie lag mit geschlossenen Augen auf dem Laken, das Hemd bis weit über ihren Bauch nach oben gerutscht. Eine Hand zwischen ihren Beinen und die andere um ihre Brust gelegt, deren Nippel sich deutlich durch den dünnen Stoff abzeichnete. Unwillkürlich umfasste er seinen eigenen Schaft mit der Hand und stieg wieder zu ihr aufs Bett. Getrieben von dem Gedanken, wie es sein würde, sich gegenseitig zu befriedigen.

Erneut ließ er seine Hand zwischen ihre Beine gleiten. Diesmal ergriff er ihre und legte sie um seine Männlichkeit, zeigte ihr, wie viel Druck sie ausüben sollte, und führte ihre Hand auf und ab.

Sie öffnete die Augen, die dunkelblau vor Leidenschaft leuchteten. Es folgte ein Laut des Erstaunens, gefolgt von einem lustvollen Stöhnen, als er diesmal zwei Finger in sie schob. Unaufhaltsam trieben sie sich gegenseitig in nie gekannte Höhen der Lust.

Geben und nehmen, war das Letzte, was er dachte, bevor sie sich mit einem Aufschrei um seine Finger zusammenzog, während ihre Hand ihn mit einer energischen Bewegung über die schmale Klippe stieß, die Erlösung versprach.

Schwer atmend lagen sie nebeneinander. Er drehte den Kopf so, dass sie sich ansahen. Und zum allerersten

Mal, seit sie sich kannten, hatte er das Gefühl, dass zwischen ihnen ein stilles Einverständnis und Frieden herrschte. Das, was sie eben erlebt hatten, war gut gewesen.

Ihr Problem war damit gelöst, wenn auch anders als erhofft. Sie würden heiraten, daran war nichts mehr zu ändern. Und zum ersten Mal, seit sein Bruder nach Amerika aufgebrochen war, hatte er kein schlechtes Gefühl bei diesem Gedanken. Sollte er noch etwas bleiben, oder war es besser, sich zu verabschieden?

»Du solltest gehen, bevor dich jemand bemerkt«, nahm Phoebe ihm die Entscheidung ab.

Sie hatte recht und dennoch fühlte es sich falsch an, sie zurückzulassen. »Kommst du wieder ins Museum?« Die einzig sinnvolle Frage neben *wann sagen wir unseren Familien, dass wir heiraten werden*, die ihm einfiel. Und die würde er ihr sicher nicht in diesem Augenblick stellen, auch wenn sie auf Dauer unvermeidbar war.

»Ja.« Sie richtete sich auf und zog dabei das Nachthemd dorthin zurück, wo es hingehörte.

Auch er erhob sich und kleidete sich an. So berauschend ihre Begegnung vor wenigen Minuten noch gewesen war, so unwirklich fühlte es sich jetzt an. Es gab nur eine Sache, die er noch tun konnte, um ihre Ehre zu retten. Beim Erzbischof um eine Sondergenehmigung für eine schnelle Hochzeit bitten. Und genau das würde er tun.

Der Fluch der Mumie

Phoebe

Sie hörte, wie seine Schritte sich entfernten, und spürte für einen Augenblick den widersprüchlichen Gefühlen in ihrem Inneren nach.

Bedauern, weil er nicht mehr hier war, und aus demselben Grund Erleichterung. Befriedigung, weil das Erlebte schön gewesen war, und Schrecken, weil sie es zugelassen hatte. Wut auf Curtis, angesichts der Freiheiten, die er sich herausgenommen hatte, und gleichzeitig ein Triumphgefühl, dass sie ihn dazu gebracht hatte.

Wie konnte in einem Menschen nur so viel Widerspruch herrschen? Und welche Schlüsse sollte sie aus dem ziehen, was eben geschehen war? Vor einer Sache konnte sie die Augen nicht mehr länger verschließen: Sie fühlte sich zu ihm hingezogen, obwohl er sie oft bis aufs Blut reizte. War so etwas überhaupt möglich? Lagen Hass und Liebe so nah beieinander?

Wobei Hass und Liebe zu starke Worte waren, oder? Was empfand sie wirklich für ihn? War es nur Leidenschaft, oder war da mehr? Und wenn ja, was? Selbst wenn es kein Wort dafür gab, stellte sich die Frage, wie sie damit umgehen sollte.

Ihr erster Impuls war es, sich weiter zurückzuziehen. Sie konnte ihre Krankheit vorschieben und zu Hause bleiben, so wie bisher. Doch das würde Curtis vermutlich nicht auf sich beruhen lassen und die Geschehnisse dieser Nacht zeigten sehr deutlich, wohin das führte.

Sie musste sich ihm direkt stellen, ihm deutlich machen, dass sich nichts geändert hatte, egal wie verwirrend ihre Gefühle füreinander waren. Auch wenn die Spannung und Anziehung nicht zu leugnen war, sah sie keinen Grund, deswegen ihre Zukunft zu opfern. Niemand durfte erfahren, was heute Nacht geschehen war.

Deshalb musste sie morgen ins Museum gehen, um dort Curtis zu treffen und sich erstens seines Stillschweigens zu versichern, und ihm zweitens höflich klarzumachen, dass die vergangene Nacht eine einmalige Sache gewesen war. Ein Moment der Schwäche, der nichts zu bedeuten hatte und sich niemals wiederholen würde. Dagegen konnte er als Gentleman schlecht etwas einwenden, zumal er an einer romantischen Beziehung ebenso wenig Interesse hatte wie sie.

Also zog sie sich am nächsten Morgen an und ging hinunter zum Frühstück, wo zu ihrem Leidwesen eine besorgte Tante Victoria auf sie wartete. Die Hoffnung, ihre Tante würde nach dem Ball gestern Abend das Bett nicht vor Mittag verlassen, hatte sich damit zerschlagen.

»Ich vermute, du willst ins Museum?« Ein kritischer Blick begleitete die Aussage. »Wenn ich das sagen darf: Du siehst schlechter aus, nicht besser.«

Kein Wunder nach der schlaflosen Nacht, in der sie die gleichen Gedanken immer wieder hin und her gewälzt hatte.

»Mir geht es gut«, sagte Phoebe mit so viel Enthusiasmus, wie sie aufbringen konnte. »Die Arbeit im Museum wird meine Lebensgeister wecken. Außerdem ist es wichtig, dass Belzoni alle Stücke erhält, die er braucht. Seine Ausstellung eröffnet bald.«

»Dennoch ist deine Gesundheit ein wichtiges Gut, welches du stets im Auge behalten solltest.«

»Ich weiß deinen Rat zu schätzen. Sei gewiss, dass ich darauf achte.«

»Das will ich doch hoffen. Besonders wenn man die Gerüchte bedenkt, die allerorten die Runde machen.«

»Welche Gerüchte?«

»Na, der Fluch der Mumie natürlich.« Tante Victoria klang, als müsse Phoebe genau wissen, wovon sie redete.

»So etwas wie Flüche gibt es nicht«, antwortete sie und fragte sich gleichzeitig, wie es sein konnte, dass derartiger Unfug in aller Munde war. Lag es an der nahenden Ausstellungseröffnung? Vielleicht hatte ein Feind Belzonis das Gerücht in die Welt gesetzt, um ihm zu schaden? Oder Belzoni selbst, um das Gegenteil zu erreichen? Die Neugier der Menschen war vermutlich stärker als ihre Angst.

»Ja, das hat Georgina auch gesagt und dennoch ist nicht von der Hand zu weisen, dass es in den letzten Wochen einige merkwürdige Vorkommnisse gab.«

»Und die wären?« Es gelang Phoebe nicht, den Unglauben aus ihrer Stimme herauszuhalten.

»Erinnerst du dich nicht mehr an den Beginn der Saison? Fitzwilliams Geschrei darüber, verflucht zu sein, war kaum zu überhören. Dazu kommt, dass beim Aufbau von Belzonis Ausstellung angeblich mehrere Arbeiter schwer verletzt wurden.«

»Fitzwilliam ist ein Trunkenbold, der ohnehin nur Unsinn erzählt«, erwiderte Phoebe ungehalten.

»Es ist aber schon merkwürdig, dass er kurz darauf spurlos verschwunden ist, wie vom Erdboden verschluckt. Man munkelt, dass ihn der Fluch der Mumie ereilt hat.«

»Wohl kaum. Selbst ich habe mitbekommen, dass er immer wieder für unbestimmte Zeit verschwindet, nur um dann putzmunter wieder aufzutauchen. Und die Männer bei Belzoni haben sich bestimmt nicht ernsthaft verletzt, da gehe ich jede Wette ein. Wenn man will, kann man jeden Splitter, den man sich zieht, und jedes Werkzeug, das einem auf den Fuß fällt, als böses Omen deuten.« Zwar hatte sie keine Ahnung, was genau in der Egyptian Hall geschehen war, aber von schweren Verletzungen oder Unfällen hätte sie sicher gehört oder in der Zeitung gelesen.

»Ich bin geneigt, dir zuzustimmen, und dennoch wollen die Gerüchte nicht verstummen. Gestern erst hat Lady Snow mir versichert, dass sie nach einem Besuch im British Museum den ganzen Nachmittag unter entsetzlichen Kopfschmerzen litt und ihr Lieblingspferd just auf dem Heimweg anfing, zu lahmen. Das kann doch kein Zufall sein.«

Phoebe öffnete den Mund, um zu widersprechen, als Tante Victoria die Hand hob und fortfuhr.

»Ich sage nicht, dass es keine Zufälle gibt. Es ist nur unheimlich, wie sehr sich derlei Berichte häufen und auch gleichen.«

»Sie gleichen sich, weil einer wiederholt, was er oder sie an anderer Stelle gehört hat. So etwas wie Flüche gibt es nicht. Und bevor du jetzt auf die Idee kommst, meine Krankheit könnte etwas damit zu tun haben, kann ich dir versichern, dass ...«

»Liebes, du hast sicher recht und deine Erkrankung ist nur ein weiterer Zufall in einer langen Reihe merkwürdiger Zufälle. Trotzdem solltest du dich vorsehen, nur für den Fall. Mir zuliebe. Sonst mache ich mir die ganze Zeit Sorgen.«

»Also gut, ich werde vorsichtig sein.« Es hatte keinen Sinn, weiter zu widersprechen. Offensichtlich war Tante Victoria nicht in der Lage, dieses Thema rational zu behandeln. Ob Curtis ein ähnliches Gespräch mit seiner Mutter geführt hatte? Beim Gedanken daran, wie er deswegen entnervt mit den Augen rollte, musste sie unwillkürlich lächeln.

Wenig später betrat sie mit durchgedrückten Schultern und erhobenem Kopf ihren Arbeitsraum im Museum, nur um festzustellen, dass Curtis nicht anwesend war. Dafür stritt Hallow laut mit Belzoni und Hunting.

»Ich brauche diesen Sarkophag!«, donnerte Belzonis Stimme durch den Raum.

»Auf keinen Fall!«, keifte Hallow zurück. »Das ist gegen die Abmachung und Vertrag ist Vertrag. Der Sarkophag bleibt im Museum.«

»Außerdem ist er verflucht.« Diese Worte kamen von Hunting, der aufgebracht auf seinen Bauch deutete. »Was muss noch passieren, damit alle zur Vernunft kommen?«

An seiner Weste fehlte offensichtlich ein Knopf und Phoebe schlug die Hand vor den Mund, um nicht laut loszulachen. Ein fehlender Knopf als Beweis für einen Fluch? Das war wirklich ein starkes Stück, selbst für Hunting.

Wie es aussah, verschlug das auch den anderen beiden Männern die Sprache, denn niemand sagte etwas, was Hunting zum Weitersprechen animierte.

»Und es ist ja nicht nur der Knopf. Denkt an Fitzwilliams mysteriösen Unfall. Und gestern fiel der Deckel dieser Kiste direkt auf meinen Fuß. Derselbe, der seinerzeit den armen Tropf am Kopf traf. Haltet Ihr das auch für einen Zufall?«

»Nein, das war Eurer Ungeschicktheit geschuldet, würde ich sagen.« Unfreundlich wie eh und je deutete Hallow auf seinen jüngeren Kollegen.

»Ich muss doch sehr bitten«, empörte sich Hunting. »Die Existenz übernatürlicher dunkler Kräfte ist eine Tatsache, die nur von einigen wenigen Unverbesserlichen bestritten wird. Warum sonst wäre der Fluch der Mumie in aller Munde? Nein, der Sarkophag muss hier im Museum bleiben. Das Risiko, die Öffentlichkeit einem möglichen Fluch auszusetzen, ist viel zu groß.«

»Genau dieses Gerede ist doch der Grund, warum ich den Sarkophag in meiner Ausstellung brauche«, mischte sich Belzoni wieder ein. »Die Frage, ob es diesen Fluch gibt oder nicht, wird die Massen anlocken und faszinieren.« Er hob die Hände in die Luft, als würde er eine Schlagzeile formen. »Gibt es den Fluch der Mumie wirklich? Überzeugen Sie sich selbst mit einem Besuch in der Egyptian Hall!«

»In dem Ding befindet sich gar keine Mumie.« Kopfschüttelnd deutete Hallow auf das steinerne Ungetüm.

»Das ist kein Problem.« Belzoni winkte ab. »Eine Mumie habe ich bereits. Die platzieren wir dar...«

»Das kann nicht Euer Ernst sein!« Wild gestikulierend ereiferte sich Hunting weiter. »Ihr wollt eine Mumie darin platzieren? Das wäre Betrug!«

»Unsinn«, wehrte Belzoni ab. »In dem Ding lag früher mit Sicherheit auch eine Mumie, wir helfen nur ein bisschen nach, den Status Quo wiederherzustellen, damit die Leute etwas zu sehen bekommen.«

Hunting schüttelte den Kopf. »Ich kann es nicht fassen. Es reicht Ihnen nicht, dass die Totenruhe einer Mumie gestört wurde, Sie müssen unbedingt noch eine zweite ins Spiel bringen. Wer kann schon wissen, welche Schutzzauber bei der Öffnung der Gräber aktiviert wurden? Irgendeine dunkle Magie aus vergessener Zeit, die jeden verflucht, der sich der Mumie oder dem Sarkophag nähert.«

Begeistert hob Belzoni die Hände. »Genau das ist es, was wir brauchen. Längst vergessene Magie und ein Fluch. Die Stadtmenschen lieben diese Art von Nervenkitzel. Sie werden in Scharen zur Egyptian Hall strömen, um die Mumie mit eigenen Augen zu sehen. Die Leute werden ein Interesse für das alte Ägypten entwickeln und auch der Ruf des Museums wird zweifellos gewinnen. Am Ende haben alle etwas davon.«

Hallow grunzte ablehnend und Hunting wollte bereits zu einer Erwiderung ansetzen, als Phoebe mit erhobenen Händen dazwischen ging. »Jetzt beruhigen wir uns doch erst einmal alle und fragen uns, was wir eigentlich erreichen wollen.«

»Dass die Ausstellung ein Erfolg wird«, antwortete Belzoni selbstsicher. »Und dafür brauche ich diesen Sarkophag. Meine Mumie wird darin viel beeindruckender aussehen.«

Sie nickte und wandte sich an Hallow. »Was habt Ihr mit dem Sarkophag vor? Er ist verdammt schwer, oder?«

»In der Tat. Wir werden ein paar Männer anheuern müssen, um ihn vorläufig in den Keller schaffen zu lassen, bis wir entschieden haben ...« Langsam schüttelte er den Kopf und sah zu Phoebe. »Ich verstehe, was Ihr sagen wollt. Wenn er bei uns nur im Keller herumsteht, kann er genauso gut in der Egyptian Hall stehen. Und das Transportproblem können wir getrost Belzoni überlassen. Das ist es doch, was Ihr sagen wollt.«

»Richtig. Und was kann es schaden?«

»Hat mir überhaupt irgendjemand zugehört?« Haareraufend blickte Hunting vom einem zum anderen. »Der Sarkophag ist verflucht. Und jetzt will Belzoni eine andere Mumie hineinlegen und das dann öffentlich ausstellen? Es wäre völlig unverantwortlich, das zuzulassen!«

»Papperlapapp.« Hallow winkte ab. »Die Mumie, die einmal darin geruht haben mag, ist wahrscheinlich schon vor Jahrtausenden entfernt worden. Und jetzt auf einmal soll sie dafür sorgen, dass hier schlimme Dinge geschehen?« Nachdenklich rieb er sich das Kinn. »Und selbst wenn es so ist, wäre es nicht mehr unser Problem. Wir können nur gewinnen.« Er drehte sich zu Belzoni. »Also gut, Sie bekommen ihren Sarkophag. Unter der Bedingung, dass Sie den Hin- und Rücktransport organisieren.«

»Selbstverständlich, ich werde ihn abholen lassen, sobald alles vorbereitet ist. Voraussichtlich nächste Woche.« Der bärtige Italiener strahlte über das ganze Gesicht.

Hunting schüttelte verzweifelt den Kopf. »Seid ihr alle von Sinnen? Hallow, habt Ihr nicht selbst vor ein paar Wochen gesagt, dass es Dinge zwischen Himmel und Erde gibt, die der menschliche Geist nicht …«

»Wegen Eures verlorenen Knopfs? Macht Euch nicht lächerlich, Hunting«, fiel ihm der alte Mann ins Wort.

»Die Konsequenzen werden verheerend sein, ich lehne jede Verantwortung strikt ab.« Schnaubend verschränkte Hunting die Arme vor der Brust und fixierte Phoebe. »Miss Phoebe hier ist der beste Beweis. Sie hat am Dienstag nur einen Tag hier gearbeitet und ist direkt krank geworden.«

»Ich enttäusche Euch nur ungern, Lord Hunting«, sagte sie belustigt und stellte sich neben Belzoni. »Meine Krankheit hatte nicht das Geringste mit diesem Sarkophag oder einem angeblichen Fluch zu tun. Dessen bin ich mir absolut sicher.«

Ein erneutes Schnauben war die Antwort. »Redet Euch das nur ein. Ich kann allen nur raten, einen großen Bogen um diesen verfluchten Sarg zu machen! Das wird noch ein böses Ende nehmen.« Mit diesen Worten stürmte er aus dem Saal.

Vorbei an einer sich bekreuzigenden Mrs Stroud, die den Sarkophag misstrauisch beäugte und sich dann so weit wie möglich davon entfernt niederließ.

»Da wir das geklärt haben, wird Mister Belzoni uns sicher verlassen und seiner eigenen Arbeit nachgehen. Schließlich habe ich heute wieder nur eine Helferin.«

»In der Tat habe ich noch viel zu tun.« Belzoni verbeugte sich in Hallows Richtung. »Mein Dank ist Euch gewiss, Mylord.« Und an Phoebe gewandt: »Auch dir danke ich von Herzen, Mädchen.« Er zwinkerte ihr zu und verließ dann mit schnellen Schritten den Raum.

Das war geschafft. Hoffentlich konnte sie sich jetzt in Ruhe ihrer Arbeit widmen.

»Miss Phoebe«, erklang erneut Hallows Stimme und er schien alles andere als glücklich. »Es geht mich ja nichts an, was zwischen Euch und Griffin vorgeht, aber wenn es Einfluss auf die Arbeit hier hat, ist es doch irgendwie meine Sache. Wird das jetzt zur Gewohnheit, dass immer nur einer von Ihnen auftaucht? Als ob wir nicht genug zu tun hätten.«

»Wird Cur... Lord Griffin heute nicht erscheinen?« Am besten überging sie, was Hallow sonst noch gefragt hatte.

»Wird er nicht. Er lässt sich entschuldigen.«

»Ist er krank?« Unwahrscheinlich, das sah ihm nicht ähnlich. Ihr allerdings auch nicht und sie hatte es trotzdem als Ausrede benutzt, um ihm aus dem Weg zu gehen.

»Seine Nachricht enthielt keine nähere Begründung.« Hallow schniefte und schüttelte übellaunig den Kopf. »Wie dem auch sei, wir haben Arbeit zu erledigen. Ihr könnt mit dem Inhalt der Kisten fortfahren, die Griffin gestern geöffnet hat.«

Gedankenverloren widmete sich Phoebe den Scherben und sortierte sie nach Größe. Dabei musste sie unweigerlich an Curtis denken. Was war der Grund für sein Fernbleiben? Sie? Oder der Fluch?

Über den letzten Gedanken musste sie lachen. Wenn das der Fall war, dann nur, weil er versuchte, zu beweisen, dass es keinen Fluch gab. Besser, sie widmete sich der Arbeit, seine Beweggründe würde sie noch früh genug erfahren.

Ein Abend bei den Burdons

Phoebe

Am Abend waren sie zu einem Ball eingeladen. Die Gastgeberin, Penelope Burdon, kurz Penny, war nicht nur eine gute Freundin, sondern auch eine Schwägerin von Phoebes Zwillingsschwester Helen. Penny und ihr Ehemann George waren vor kurzem von Sussex nach London gezogen, da dieser neuerdings einen Sitz im Unterhaus innehatte. Jetzt kamen die beiden lächelnd auf Phoebe zu.

»Wir haben uns ja ewig nicht mehr getroffen. Es ist so schön, dich endlich wiederzusehen«, rief Penny und zog Phoebe in eine kurze, aber herzliche Umarmung.

»Die Freude ist ganz meinerseits.« Sie wandte sich Pennys Ehemann zu. »Natürlich bin ich auch erfreut, dich zu sehen, George.«

»Es versteht sich von selbst, dass du jederzeit bei uns willkommen bist, Phoebe«, antwortete er mit seinem strahlenden Lächeln, das so manches Frauenherz hatte schwach werden lassen, bevor er mit Penny die Frau fürs Leben gefunden hatte. Er war ein gutaussehender Mann und angeblich auch ein fähiger Politiker.

»Entschuldigt mich, Lord Snow scheint etwas von mir zu wollen.« Nach einer kurzen Verbeugung in ihre

Richtung und einem etwas längeren Handkuss für seine Frau verschwand er.

»Du musst mir genau erzählen, wie es dir ergangen ist«, sagte Penny und griff nach ihrer Hand. »Es ist viel zu lange her.«

»Und du musst mir von deiner Tochter berichten. Wie alt ist sie jetzt? Sechs Monate?«

Pennys Lachen sorgte dafür, dass sich einige Köpfe in ihre Richtung drehten. »Die kleine Susan ist ein Engel und unser ganzer Stolz, aber ich kenne dich. Das interessiert dich überhaupt nicht. Also überspringen wir das Thema Kinder und kommen gleich zum reizvollen Teil. Was spielt sich da zwischen dir und Lord Griffin ab? Und wenn du darüber nicht reden möchtest: Was hat es mit dem Fluch auf sich, der angeblich auf dieser Mumie liegt, die du aus Ägypten mitgebracht hast?«

Das Stöhnen, welches Phoebe entwich, sorgte erneut dafür, dass sich Köpfe drehten. Keines der Themen schien ihr sonderlich reizvoll.

»Lass uns einen ruhigeren Ort aufsuchen«, schlug sie vor. »In diesem Ballsaal gibt es zu viele Ohren, die jedes Wort auf die Goldwaage legen und gewollt missverstehen. Egal über welches der beiden Themen wir sprechen.« Das umgehend einsetzende leise Gemurmel um sie herum gab ihr recht.

»Gehen wir in den Garten. Er ist zwar überschaubar und eigentlich nicht für Gäste bestimmt, aber zum Glück bin ich ja die Gastgeberin.« Penny geleitete sie durch die Menge, grüßte Gäste, wechselte ein paar kurze Worte und gelangte schließlich zu einer Terrassentür, die sie vorsichtig öffnete, bevor sie hindurchschlüpfte und Phoebe dabei hinter sich herzog. Draußen war es dunkel, lediglich zwei Fackeln spendeten ein wenig Licht, so dass man einen schmalen Weg sah, der zu einer Bank führte.

»George hat sie anzünden lassen, falls er ein ungestörtes Gespräch führen muss. Wie es aussieht, sind Politiker nie außer Dienst. Ich hoffe, dass wir in der nächsten halben Stunde ungestört sein werden. Mit Lord Snow sollte er nichts Vertrauliches zu besprechen haben.«

Sie folgten dem Pfad und Penny bot ihr einen Platz an, bevor sie sich selbst setzte. Die Bank stand so, dass sie das Haus nicht mehr im Blick hatten, sondern auf die efeuüberwucherte Mauer sahen, welche dieses Grundstück vom benachbarten trennte.

»Jetzt sag schon, was ist mit dem Fluch?« Gespannt richtete sich Pennys Blick auf Phoebe.

Diese war dankbar, dass ihre Freundin nicht über Curtis sprechen wollte. Oder einfühlsam genug, um zu spüren, dass ihr das Thema unangenehm war.

»Das ist nur ein dummes Gerücht.« Seufzend massierte sich Phoebe die Schläfe. »Was auch immer du gehört hast, ist sicher nie so passiert und es gibt auch keine Mumie.«

»Stimmt es, dass Fitzwilliam beinahe von einem Kistendeckel erschlagen wurde, als er neben dem Sarkophag eines Pharaos stand?«

Es widerstrebte Phoebe, das so zu bestätigen, denn die Details waren nicht ganz korrekt und sie wollte die Gerüchte auch nicht unnötig weiter befeuern.

»Zuerst einmal wissen wir gar nicht sicher, ob der Sarkophag wirklich einem Pharao gehörte und ...«

»Also stimmt der Rest der Geschichte?«

»Nein, ja, irgendwie schon, aber es war nichts Übernatürliches daran.«

»Bist du sicher? Ich habe gehört …«

»Entschuldigt, wenn ich mich einmische«, erklang eine wohlbekannte Stimme, »aber Miss Phoebe hat vollkommen recht.«

Wo zur Hölle kam Curtis auf einmal her? War er bereits im Saal gewesen, als sie eingetroffen war? Und wie war er in den Garten gelangt, ohne dass sie etwas gemerkt hatte?

Das waren keine wichtigen Fragen, aber sie hätte sich dennoch über eine Antwort gefreut. Zugegeben, seine Unterstützung kam ihr in diesem Fall recht.

»Selbst wenn es einen Fluch gäbe«, sprach Curtis weiter und kam neben Phoebe zum Stehen, »was wohlgemerkt nicht der Fall ist, wäre es doch ein recht armseliger, wenn er nicht mehr schafft, als eine Schramme am Kopf eines Säufers und einen blauen Zehennagel am Fuß eines abergläubischen Trottels zu verursachen.«

Von ihm ging eine angenehme Wärme aus, die ihr einen wohligen Schauer den Rücken hinunterjagte. Erinnerungen an die vergangene Nacht stiegen in ihr auf und gleichzeitig ein fast unwiderstehliches Verlangen, sich an ihn zu schmiegen und … Verärgert ob dieses Verrats ihres Körpers und nicht willens, der Versuchung nachzugeben, kniff sie die Lippen zusammen und blieb steif sitzen.

»Und wer seid Ihr, wenn ich fragen darf?«, fragte Penny skeptisch, was Phoebe dazu brachte, die verwirrenden Gefühle endlich abzuschütteln und die beiden einander vorzustellen.

»Euer Mann macht im Parlament von sich reden.« Curtis zeigte eines seiner seltenen Lächeln. »Er ist äußerst engagiert, stellt unangenehme Fragen und Forderungen. Sehr mutig, wenn auch mit wenig Aussicht auf Erfolg.«

»Irgendjemand muss damit anfangen, diese Forderungen zu stellen, damit sie endlich wahrgenommen werden.« Auch Penny lächelte.

»Das respektiere ich.« Curtis deutete eine Verbeugung in ihre Richtung an. »Dennoch muss die Frage gestattet sein, wie viel Energie man in eine zum Scheitern verurteilte Idee zu stecken bereit ist.«

Phoebe schloss die Augen. Sie hätte es wissen müssen. Mit seiner besserwisserischen Art und dem Drang, alle Menschen um sich herum zu belehren, würde er ihre Freundin zutiefst verärgern. Er konnte nicht anders.

Doch Penny lachte lediglich. »Ja, wir werden zuweilen als blauäugig und unverbesserlich bezeichnet. Aber wisst Ihr, ich wurde auch belächelt, als ich mein Schulprojekt in Windham begann. Inzwischen sind es schon zwei Schulen, eine in Windham und eine in Little Crossfield, die sich komplett durch Spenden ehemaliger Schüler finanzieren. Der Erfolg übersteigt unsere kühnsten Erwartungen. Irgendwann wird der Zeitpunkt kommen, an dem unsere Gesetzesvorlagen durchkommen und fruchten werden, zum Wohle Englands und der gesamten Bevölkerung. Bis es so weit ist, kämpfen wir einfach weiter.«

Wie es aussah, war Curtis mit dieser Antwort zufrieden, denn er nickte anerkennend und verzichtete auf weiteren Widerspruch. Aber wieso? Penny konnte ihn unmöglich überzeugt haben, denn er scherte sich nicht um die Meinung anderer Leute. Oder war es am Ende so, dass ihn nur ihre Meinung nicht interessierte? Das war ja wohl die Höhe!

»Wie dem auch sei«, fuhr Penny fröhlich fort, »Gegenstand unseres Gespräches war eigentlich der Fluch, der angeblich Fitzwilliam ereilt hat, es ist wirklich gruselig.« Sie schüttelte sich leicht. »Ihr habt doch beide mit ihm zusammengearbeitet und könnt mir erzählen, was wirklich passiert ist.«

»Das gibt es nichts zu erzählen«, sagten Phoebe und Curtis gleichzeitig, was beiden ein verlegenes Lächeln entlockte. Mit einer Handbewegung ließ er ihr den Vortritt.

»Wie bereits gesagt, ist lediglich ein Kistendeckel heruntergefallen und hat ihn unglücklich am Kopf getroffen.« Phoebe unterstrich ihre Worte mit einem Tippen gegen die Schläfe.

»Und was ist mit den anderen mysteriösen Vorkommnissen?« Fragend sah Penny von ihr zu Curtis.

»Wovon sprecht Ihr?« Curtis hob die Brauen und verlagerte sein Gewicht von einem Bein auf das andere.

Das interessierte Phoebe ebenfalls und sie forderte ihre Freundin mit einem Kopfnicken dazu auf, fortzufahren.

»Mir ist zu Ohren gekommen, dass es im Raum mit den ägyptischen Artefakten zu einem unerklärlichen kalten Luftzug kommen soll, der Dinge herunterfallen lässt.«

»Weil die Fenster alt sind und es je nach Windrichtung an einigen Stellen durchzieht«, sagte Curtis höflich und Phoebe nickte erneut.

»Und was ist mit den Dingen, die dort verschwinden? Man erzählt sich, dass bei der Arbeit dort ständig Wertgegenstände abhandenkommen. Fitzwilliam soll sich sehr darüber aufgeregt haben.«

»Das passiert, wenn man angetrunken zur Arbeit erscheint«, entgegnete Phoebe und schüttelte verächtlich den Kopf. »Er neigt dazu, seine Ringe auszuziehen, und seine Schnupftabakdose irgendwo liegen zu lassen. Bisher hat sich noch alles wiedergefunden, auch wenn es manchmal etwas länger dauert.«

Diesmal war es Curtis, der ihre Worte mit einem Nicken bestätigte.

Penny seufzte. »Ich gebe zu, ich hatte so meine Zweifel, als ich hörte, dass der Fluch Fitzwilliam endgültig eingeholt und ihn in Wüstensand verwandelt habe.« Sie klang beinahe enttäuscht. »So ein Fluch wäre ein wundervolles Gesprächsthema bei den langweiligen Besuchen diverser Damen gewesen. Stellt Euch vor, wie erkenntlich sie sich zeigen würden, wenn ich ihnen brühwarm Fluchgeschichten aus dem Museum erzählen könnte.« Sie sah entschuldigend zu Phoebe. »Ich sammle noch Gelder zur Startfinanzierung meiner Schule für Waisenkinder hier in London und habe festgestellt, dass die Leute nach einer guten Geschichte freigiebiger sind.« Seufzend hob sie die Hände. »Dann werde ich es wohl beim üblichen Tratsch belassen müssen. Ich kann zumindest erzählen, dass Fitzwilliam aus Angst vor dem Fluch in völlig desolatem Zustand war und deshalb betrunken im British Museum aufgetaucht ist. Das muss dann reichen.«

»Ständig betrunken war er schon vorher und seit jenem Unfall ist er gar nicht mehr aufgetaucht«, sagte Phoebe.

»Worüber niemand wirklich böse ist«, ergänzte Curtis.

Verwunderlich war das ganze aber schon ein bisschen. »Tante Victoria hat heute Morgen erwähnt, dass Fitzwilliam vermisst wird und Hallow erzählte vor ein paar Tagen, dass er nirgends aufzutreiben sei, und schien deswegen besorgt.«

Curtis winkte ab. »Hallow ist immer etwas überbesorgt, was Fitzwilliam angeht. Er sieht in ihm so etwas wie sein persönliches Projekt für den Prinzen, mit dem er befreundet ist. Bisher ist Fitzwilliam am Ende immer wieder aus irgendeinem Loch gekrochen gekommen. Wir sollten einfach froh darüber sein, dass er uns nicht mehr bei der Arbeit behindert.«

In diesem Moment erklangen Stimmen hinter ihnen, was die Ankunft mehrerer Herren ankündigte.

»Ich fürchte, das ist George«, sagte Penny bedauernd und erhob sich. »Überlassen wir den Gentlemen das Feld.«

Es folgte ein kurzer Wortwechsel zwischen den beiden Gruppen und Phoebe betrat an der Seite von Curtis wieder den Ballsaal. Im Kopf einen einzigen Gedanken: Wie kam sie schnell genug von ihm weg, ohne seinen Unmut auf sich zu ziehen? Denn seinem intensiven Blick nach zu urteilen, wollte er dringend mit ihr reden, und das wollte sie im Moment sicher nicht.

Curtis

An ihrem Blick erkannte er, was Phoebe vorhatte. Sich ihm entziehen, bevor sie ein weiteres Wort wechseln konnten. Doch das würde er nicht erlauben.

Er war entschlossen, sich nicht abwimmeln zu lassen. Wenn sie nicht bereit war, sich mit ihm in eine ruhige Ecke des Hauses zum Gespräch zurückzuziehen, würde er damit drohen, sie mitten im Ballsaal zur Rede stellen. Zugegeben, das war nicht fair, denn er war zuversichtlich, dass sie weder den Ball verlassen noch einen öffentlichen Eklat in Kauf nehmen würde, da sie mit den Gastgebern nicht nur gut befreundet, sondern auch über ein paar Ecken verwandt war. Es würde ihr gar nichts anderes übrigbleiben, als unter vier Augen mit ihm zu sprechen.

»Wage es nicht, mich stehenzulassen«, sagte er so leise, dass nur sie es hören konnte.

»Du hast mir gar nichts zu befehlen«, zischte sie zurück.

»Es ist in deinem eigenen Interesse. Es sei denn, du willst, dass ich hier und jetzt vor halb London verkünde, was sich in meiner Tasche befindet. Ich gebe dir einen Hinweis: Es trägt das Siegel des Erzbischofs von Canterbury.«

Sie schnappte hörbar nach Luft und funkelte ihn aus ihren eisblauen Augen an. »Das würdest du nicht ...«

»Willst du es darauf ankommen lassen?« Hoffentlich merkte sie nicht, dass ihm das Herz bis zum Hals schlug. Denn selbstverständlich würde er sie niemals in diesem Saal vorführen. Würde sie auf seine leere Drohung hereinfallen?

In ihrem Gesicht sah er deutlich, wie es in ihr arbeitete. Schließlich nickte sie und ging zu Mrs Burdon. Nach einem kurzen Wortwechsel, den er aus gebührendem Abstand verfolgte, warf Phoebe ihm einen Blick zu, der verdeutlichte, dass er bleiben solle, wo er war.

Mit gehobenen Brauen sah er ihr nach. Sollte er ihr folgen? Was, wenn sie im Begriff war, ihn auszutricksen? Gerade wollte er sich in Bewegung setzen, als Mrs Burdon neben ihm erschien und ihn anlächelte.

»Geht in den Flur dort drüben und dann die zweite Tür links«, sagte sie ruhig und mit einer unverbindlichen Miene, als würden sie über das Wetter plaudern. Mit einem strahlenden Lächeln wandte sie sich von ihm ab und einem anderen Gast zu.

Wie es aussah, hatte er sein Ziel erreicht. Seine Andeutung war auch eindeutig genug gewesen. Als Gentleman hatte er keine andere Wahl gehabt. Eine sofortige Eheschließung war die einzig ehrenhafte Lösung der gegenwärtigen Situation. Eigentlich war Phoebe vernünftig genug, um das einzusehen, aber die Tatsache, dass der Vorschlag von ihm kam, würde ihr genügen, um aus Prinzip zu widersprechen.

Er erreichte die Tür, atmete ein letztes Mal tief durch und drückte die Klinke. Zuerst sah er nichts, weil der Raum weitestgehend im Dunkeln lag. Lediglich durch ein Fenster drang Fackelschein von draußen herein und genau dort stand Phoebe, die Arme vor der Brust verschränkt, und sah ihn an.

Von ihrem Gesicht konnte er nur wenig erkennen, doch ihre Haltung machte deutlich, dass sie zu einem Kampf bereit war. Nun gut, das war er auch. Überrascht stellte er fest, dass ihn die Aussicht auf das kommende unvermeidliche Wortgefecht gar nicht störte, im Gegenteil. Die Auseinandersetzungen mit Phoebe waren äußerst belebend – und erregend. Tage ohne sie empfand er als vergleichsweise langweilig und öde. Wieso fiel ihm das erst jetzt auf?

»Wage es bloß nicht, mir einen Antrag zu machen!«, fauchte sie, sobald er die Tür geschlossen hatte.

»Gut, dann überspringen wir den Teil.« Er sprach ruhig und ging weiter auf sie zu. »Stattdessen frage ich direkt, ob dir ein Termin nächste Woche für die Hochzeit passt. Je eher, desto besser.«

»Bist du verrückt?« Sie löste die Arme aus der Verschränkung und schüttelt fassungslos den Kopf.

»Ich bin vollkommen rational. Eine schnelle Ehe ist der einzige Weg.«

»Warum? Nur weil wir uns in einem Moment der Schwäche haben hinreißen lassen, heißt das doch nicht, dass wir uns ein ganzes Leben aneinanderketten müssen.«

»Das sehe ich anders.« Verstand sie wirklich nicht, was die Ehre in diesem Fall gebot? »Nach der letzten Nacht wäre alles andere als eine sofortige Eheschließung unverzeihlich. Ich stehe zu meinen Taten, ohne Wenn und Aber. Ich bin ein Gentleman und außerdem keine schlechte Partie. Warum kannst du nicht einfach ...«

»Weil keiner von uns heiraten wird, so wie wir es besprochen haben. Ich will mein eigenes Leben führen.« Jetzt hob sie die Hände in einer Geste der Verzweiflung. »Können wir nicht so tun, als wäre nichts passiert, und nie wieder darüber reden? Ich möchte keine Kinder zur

Welt bringen, sondern zurück nach Ägypten, an Ausgrabungen teilnehmen und frei über meine Zeit und meinen Aufenthaltsort verfügen. Ende der Diskussion.« Ohne Vorwarnung setzte sie sich in Bewegung und war im Begriff, an ihm vorbei zur Tür zu eilen.

Er versperrte ihr den Weg. »Du kannst nicht so tun, als wäre nichts zwischen uns gewesen!«

»Ach nein?« Sie stand direkt vor ihm und stemmte die Arme in die Hüften, während ihre leuchtend blauen Augen Blitze versprühten. »Und was sollte mich daran hindern?«

»Die Vernunft. Keiner von uns kann sich einen Skandal leisten.«

»Wenn wir niemandem davon erzählen, gibt es auch keinen Skandal. Außerdem muss man wegen eines Kusses doch nicht gleich heiraten.«

»Das war mehr als ein Kuss. Viel mehr.« Seine Stimme war leise geworden und er näherte sich ihr langsam. Ihre Lippen übten eine unwiderstehliche Anziehungskraft auf ihn aus und die Mischung aus Wut und Erregung, die ihn fest im Griff hatte, half nicht dabei, sich zu beherrschen.

»Ein Moment der Schwäche«, flüsterte sie sanft, ohne vor ihm zurückzuweichen.

Er spürte ihren heißen Atem, keine handbreit von seinem Gesicht entfernt, und fieberte der süßen Verheißung ihres Kusses entgegen.

»Doch das wird sich nicht wiederholen.« Mit einem schnellen Schritt trat sie an ihm vorbei und ergriff die Türklinke.

Sie drehte sich zu ihm um und er erkannte, dass der Zorn vollkommen aus ihrem Blick verschwunden war.

Stattdessen schenkte sie ihm ein anerkennendes Nicken. »Curtis, danke für dein Angebot, ich weiß es zu schätzen. Aber, nein danke!«

Wo steckt Fitzwilliam?

Phoebe

Mit pochendem Herzen stieg sie aus der Kutsche und betrat das Museum. Würde Curtis auch da sein? Zwischen ihnen war zwar alles geklärt, doch ihr war etwas bange vor dem nächsten Streit, der unweigerlich auf sie zukam, wenn sie Seite an Seite arbeiteten. Es war wirklich schwer, seiner Anziehungskraft zu widerstehen, wenn er direkt vor ihr stand und sie herausforderte, das hatte der gestrige Abend bei den Burtons deutlich gezeigt. Ihn stehenzulassen, hatte all ihre Kraft erfordert.

Trotzdem, oder gerade deswegen, kam sie heute her. Vielleicht konnten sie hier im British Museum zu ihrem alten, distanzierten Verhältnis zurückzufinden. Wenn Phoebe von der Royal Society ernst genommen werden wollte, musste sie lernen, seine Gegenwart zu ertragen, ohne dabei jedes Mal schwach zu werden wie ein Schulmädchen.

Außerdem nahte Belzonis Ausstellungseröffnung und es waren noch einige Kisten und Artefakte übrig. Allein die sorgfältige Katalogisierung erforderte eine Menge Arbeit, die der alte Hallow unmöglich allein bewältigen konnte. Solange die nicht erledigt war, würde sie sich mit Curtis arrangieren müssen.

Phoebe ertappte sich dabei, wie sie ihre Frisur nervös zurechtzupfte, und stöhnte frustriert auf. Sie hatte nie das geringste Interesse an irgendeiner Art von amouröser Liaison gehabt, schon gar nicht mit diesem Mann, und trotzdem hatte er sie völlig aus dem Gleichgewicht gebracht. Wie war das nur passiert?

Curtis hatte doch allen Ernstes eine Hochzeit vorgeschlagen! Er, der behauptet hatte, die Ehe kategorisch abzulehnen, weil sie eine Geißel sei. Zu seiner Ehrenrettung ließ sie gelten, dass er, anders als sie, gezwungen war, irgendwann zu heiraten und Kinder in die Welt zu setzen, allein aufgrund seines Standes. Aber für sie galt das nicht. Warum konnte er sich nicht einfach eine hübsche Debütantin aussuchen, die ihn wegen seines guten Aussehens und seines Geldes anhimmelte?

Bei diesem Gedanken durchfuhr sie ein unbekanntes Gefühl, welches sie dazu brachte, sich über die Brust zu streichen. Missfiel ihr etwa der Gedanke, Curtis könne sich einer anderen Frau zuwenden? Das war ja lächerlich.

Unwillkürlich dachte sie an diese eine Nacht und wie sie am Ende atemlos nebeneinander auf ihrem Bett gelegen hatten. Würde es jede Nacht so sein, wenn sie seinem Drängen nachgab und ihn heiratete? Damit hätte sie sich durchaus anfreunden können. Aber war sie bereit, dafür ihre Autonomie zu opfern? Eher nicht. Außerdem war Curtis ein unerträglicher Besserwisser und sie würden sich ständig streiten. Wobei sie rückblickend zugeben musste, dass ihre Dispute vom ersten Tag an etwas Belebendes an sich gehabt hatten. Man konnte ihm viel vorwerfen, aber langweilig wurde es mit ihm nie.

Verärgert über sich selbst schüttelte sie den Kopf. Egal wie stark seine Anziehung auf sie war, eine Ehe kam für sie nicht infrage. Sie war nicht bereit, sich an ihn ketten zu lassen. Sie wollte frei sein und bleiben. Selbstbestimmt, auch was ihren Aufenthaltsort anging. Frei, um nach Ägypten zu reisen und dessen uralte Geheimnisse zu entdecken. Sie sehnte sich danach, dorthin zurückzukehren und dem Wüstensand längst vergessen geglaubte Schätze zu entreißen. Auch wenn es bedeutete, dass sie Curtis über Wochen, Monate oder sogar Jahre nicht wiedersehen würde. Das Ziehen in ihrer Brust verstärkte sich und ihre Gedanken wanderten zurück zu ihrer gemeinsamen Nacht. Daran, wie sie sich einander hingegeben hatten.

Wobei es genaugenommen gar nicht zum Akt gekommen war und ihre Jungfräulichkeit damit keinen Schaden genommen hatte. Oder doch? Sie sah zu Mrs Stroud und war sicher, was die dazu sagen würde. Eine Sünde war eine Sünde war eine Sünde. Und intimer körperlicher Kontakt mit einem Mann vor der Ehe war definitiv eine Sünde. Sich selbst zu berühren, allerdings auch und das hatte Phoebe in der Vergangenheit mehr als einmal ohne schlechtes Gewissen getan. Das, was sie und Curtis geteilt hatten, war, wenn man es genau nahm, etwas ähnliches. Auch wenn seine Berührung ungleich erregender gewesen war. Warum nur konnte sie nicht aufhören, daran zu denken? Zum Glück war sie nicht Mrs Stroud und teilte auch nicht deren moralische Werte.

Stöhnend rieb sie sich die Schläfe, in der Hoffnung, der leichte Kopfschmerz würde verschwinden, den ihr

eine weitere Nacht mit viel zu wenig Schlaf eingebracht hatte. Doch es half nichts. Sie musste ihn ertragen.

Curtis, Hallow und Hunting waren bereits anwesend,
als sie eintrat, und Hunting fuchtelte mit einer Zeitung
vor dem Gesicht der beiden anderen herum.

»Liest denn keiner von Ihnen die *Times*?«, ereiferte er
sich. »Der Fluch hat erneut zugeschlagen und ist in aller
Munde! Wir müssen dem Einhalt gebieten! Auf keinen
Fall dürfen wir zulassen, dass Belzoni den Sarkophag
öffentlich ausstellt. Das wäre ein riesiger Fehler!«

»Beruhigt Euch, Hunting«, kam es gelangweilt von
Hallow. »Ein simpler Kutschunfall vor dem Gebäude ist
wohl kaum mit einem angeblichen Fluch in Verbindung zu bringen.«

»Ein einzelner Unfall nicht, da gebe ich Euch recht.
Aber was ist mit den anderen?« Energisch wedelte er
mit der Zeitung in der Luft herum. »Die Dame mit dem
verstauchten Knöchel? Der Taschendiebstahl direkt
vor dem Eingang? Die ...«

»Jetzt ist es aber genug«, unterbrach Curtis. »Ein Taschendiebstahl als Auswirkung eines Fluchs? Ich bitte
Euch, das ist absurd.«

»Ihr nennt es absurd, ich nenne es ein Indiz. Eines von
vielen! Wir müssen vorsichtig sein und Vorsorge treffen. Es wäre das Beste, diesen Sarkophag entfernen lassen. Schicken wir ihn dahin zurück, wo er hergekommen ist. Falls Ihr ihn unbedingt behalten wollt, lasst
ihn wenigstens in den hintersten Winkel des Kellers
schaffen, wo er keinen Schaden anrichten kann. Auf
keinen Fall dürfen wir zulassen, dass er in die Egyptian

Hall gebracht und der Öffentlichkeit zugänglich gemacht wird. Das wäre fatal!«

»Fatal wäre es, auf Euch zu hören.« Phoebe gelang es ob Huntings Ignoranz nicht länger, sich zurückzuhalten. »Vor allem für Belzoni, aber auch für die Wissenschaft, die über diese Art von albernem Hokuspokus längst erhaben sein sollte.«

»Urteilt nicht zu früh, Miss Phoebe, denkt an den armen Fitzwilliam. Er hat alle vor dem Fluch gewarnt und nun ist er spurlos verschwunden. Das kann niemand wegdiskutieren!« Wutschnaubend drehte er sich zur Tür und rief im Hinausgehen: »Ich werde dafür sorgen, dass niemand mehr durch diesen Sarg in Gefahr gerät, und wenn es das Letzte ist, was ich tue!« Mit wehenden Rockschößen stürmte er aus dem Saal und ließ vier mehr oder weniger ratlose Menschen zurück.

Mrs Stroud stand noch immer neben Phoebe und bekreuzigte sich. »Fitzwilliam war weiß Gott kein Heiliger, aber ein Fluch? Das hat er nicht verdient. Gott sei seiner armen Seele gnädig.«

Phoebe schüttelte den Kopf und sah zu Hallow und Curtis. »Was ist denn in den gefahren?«

»Belzoni hat sich soeben gemeldet.« Hallow deutete auf Notiz neben sich. »Er will den Sarkophag morgen früh abholen lassen. Hunting war damit nicht einverstanden, Ihr habt es ja selbst gehört. Er scheint den Verstand verloren zu haben.« Seufzend sah er zu Curtis. »Allerdings hat er recht, was Fitzwilliams Verschwinden angeht. Erst heute Morgen war ein Bow-Street-Runner hier und hat Fragen gestellt. Fitzwilliam hatte angeblich vor, nach Kent zu reisen, um Eurem albernen Maskenball beizuwohnen, Griffin. Von diesem Ausflug ist er nie zurückgekehrt, wie es aussieht. Macht Euch darauf gefasst, in Bälde befragt zu werden. Seine Hoheit wünscht Antworten.«

»Ich kann dazu nichts sagen, er ist nie auf Channing Castle angekommen«, verteidigte sich Curtis.

Hallow zuckte mit den Schultern. »Mich müsst Ihr nicht überzeugen, Griffin. Der Prinz wird nicht ruhen, bis er seinen Sohn gefunden hat. Wir beide wissen, dass Fitzwilliam Eure Veranstaltung vermutlich nur vorgeschoben hat, um sich mit seinen Kumpanen ungestört zu betrinken oder irgendeinem Weibsbild nachzusteigen. Aber es ist eine andere Sache, das zu beweisen.«

Curtis runzelte nachdenklich die Stirn. »Woher wisst Ihr, dass er vorhatte, nach Kent zu fahren?«

»Der Bow-Street-Runner wollte wissen, ob ich das bestätigen kann.«

»Dann wird bald jeder wissen, dass Fitzwilliam auf dem Weg nach Channing Castle war, als er verschwand?«

»Vermutlich.«

»Das hat uns noch gefehlt. Als wenn das andauernde Gerede über meinen Bruder nicht schlimm genug wäre.«

Hallow klopfte ihm tröstend auf die Schulter. »So ist das nun mal, wenn der Sohn eines Prinzen verschwindet, auch wenn es nur ein illegitimer Spross des Königshauses ist. Die Leute reden. Aber ich kann Euch trösten, Eure Familie ist nicht die einzige, die darunter zu leiden hat. Leider gibt es eine Menge Menschen, die ähnlich abergläubisch sind wie Hunting und Fitzwilliams Verschwinden mit einem Fluch in Verbindung bringen. Ich befürchte, dass die Spenden für das Museum und speziell die ägyptische Abteilung massiv zurückgehen werden.«

Curtis ballte die Fäuste und straffte sich. »Dann müssen wir etwas dagegen unternehmen.«

»Und was, wenn ich fragen darf?«

»Ich werde Fitzwilliam aufstöbern und zu seinem Vater zerren, egal, in welches Loch er sich verkrochen hat.«

»Wie willst du das bewerkstelligen?«, mischte sich Phoebe ein. »Du weißt doch gar nicht, in welchen Kreisen er sich bewegt.«

»Ich kenne einige seiner Freunde«, widersprach Curtis. »Stockton und Farthwell waren mit mir in Oxford. Soweit ich weiß, sind beide eng mit Fitzwilliam befreundet und ...«

»... sicher bereits von der Bow Street befragt worden. Warum glaubst du, dass sie dir mehr erzählen würden?«

Kopfschüttelnd sah Curtis sie an und lächelte. »Weil ich sie kenne. Sie würden niemals ihren Freund verraten, besonders nicht gegenüber einem Runner. Aber ich bin einer von ihnen. Wenn ich meine Hilfe anbiete, werden sie reden, da bin ich sicher.«

»Tut, was Ihr nicht lassen könnt«, murrte Hallow. »Aber erst heute Abend, denn die Arbeit erledigt sich nicht von allein und ich muss bereits auf Hunting verzichten.«

Curtis setzte an, zu widersprechen, nickte dann aber widerstrebend und wandte sich seinem Arbeitstisch zu. Offensichtlich zog auch er es vor, Diskussionen mit Hallow so kurz wie möglich zu halten.

»Curtis, auf ein Wort«, sagte Phoebe so laut, dass auch Mrs Stroud es hörte, »ich könnte deine Hilfe bei einer Einordnung brauchen.« Das entsprach natürlich nicht den Tatsachen, ihr eigentliches Ziel war es, kurz ungestört mit ihm zu sprechen. Denn sie wollte ihn bei seiner Suche nach Fitzwilliam unterstützen. Seine Familie hatte es nicht verdient, unter den Eskapaden dieses Mannes zu leiden, und außerdem klang das Ganze nach einem Abenteuer, das sie sich nicht entgehen lassen wollte.

Zu ihrer Erleichterung kam er ohne Widerworte mit zu ihrem Tisch und blieb gerade so weit entfernt stehen, dass Mrs Stroud keinen Anstoß daran nehmen konnte.

»Ich werde heute Abend mitkommen«, flüsterte sie schnell, um das unmissverständlich klarzumachen. »Fitzwilliam ist genauso mein Kollege wie deiner und ich möchte deiner Familie helfen ...«

»In Ordnung«, kam es von Curtis und Phoebe glaubte kurz, sich verhört zu haben.

»Nur damit wir uns nicht missverstehen, ich will ...«

»Ich habe dich verstanden und würde mich über deine Begleitung freuen. Aber was wird Mrs Stroud dazu sagen?«

Verwundert, aber erfreut über seine Antwort fuhr sie fort: »Das ist leicht. Ich werde zuerst mit ihr nach Hause zurückkehren, um keinen Verdacht zu erregen. Dann schleiche ich mich weg. Währenddessen bringst du in Erfahrung, wo sich diese Freunde aufhalten.« Sie sprach schnell und gab ihm keine Zeit, Einwände zu erheben. »Sobald es dunkel ist, komme ich nach hinten zu den Ställen. Dort kannst du mich abholen.«

»Wird man dich nicht vermissen?«

»Nein.« Energisch schüttelte sie den Kopf. »Ich werde mich mit Unwohlsein entschuldigen und aufs Zimmer zurückziehen. Das klappt immer.« Sie biss sich auf die Zunge. So viel hatte sie ihm nicht verraten wollen. Sein spöttischer Blick zeigte sehr deutlich, dass er an ihre vorgetäuschte Krankheit vom vergangenen Wochenende dachte. Trotzig schob sie das Kinn vor. Solange er sie trotzdem mitnahm, war es ihr egal.

»Ich verstehe«, sagte Curtis lächelnd. »Sobald es dunkel ist, komme ich zum Hintereingang bei den Ställen.« Er nahm eine Scherbe in die Hand und sagte laut: »Ich sehe, du hast viel dazugelernt, was das Sortieren nach Größe angeht. Bis heute Abend wirst du diesen Krug bestimmt zusammengesetzt haben.« Vorsichtig legte er die Scherbe ab und flüsterte verschwörerisch: »Nun denn, bis heute Abend, verehrte Mitverschwörerin.«

Das Devil's Wheel

Curtis

Ungeduldig trat er von einem Fuß auf den anderen. Schon den ganzen Tag fragte er sich, warum er Phoebes wahnwitzigen Plan, ihn zu begleiten, zugestimmt hatte. Die Antwort war genauso leicht wie beschämend. Er war schlicht und ergreifend nicht in der Lage, dieser Frau etwas abzuschlagen.

Wann hatte sie es nur geschafft, ihn derart um den Finger zu wickeln? Und warum war sie bereit, das Risiko einzugehen und sich aus dem Haus zu schleichen, um ihn zu begleiten? Nicht auszudenken, was es für einen Skandal gäbe, wenn sie dabei erwischt wurden. Oder legte sie es genau darauf an?

Nein, ihre Reaktion auf seine Heiratspläne war mehr als eindeutig gewesen. Möglicherweise hätte er behutsamer vorgehen sollen. Ihr erst einmal klarmachen, dass eine Ehe mit ihm weniger schlimm war, als sie befürchtete. Er würde sie niemals einschränken oder Dinge von ihr fordern, die sie nicht wollte. Über eine Reise nach Ägypten würde man verhandeln müssen, doch daran sollte es nicht scheitern. Wie es wohl wäre, mit ihr verheiratet zu sein? Wahrscheinlich würde sie ihm weiter in allem und jedem widersprechen, nur um ihn zu provozieren, was die Aussicht auf eine nächtliche Versöhnung im Ehebett umso süßer erscheinen ließ.

Bemüht, diese Tagträume zu verscheuchen, schüttelte er entnervt den Kopf und sah sich um. Die Sonne war vor wenigen Minuten untergegangen, doch von Phoebe keine Spur. Hatte sie Probleme, das Haus zu verlassen?

Soweit er wusste, stand heute Abend kein nennenswerter gesellschaftlicher Anlass auf der Tagesordnung, weshalb die Castletons vermutlich anwesend waren. Das erschwerte es, sich unbemerkt hinauszuschleichen.

»Mmhmm«, vernahm er ein kindliches Räuspern hinter sich und drehte den Kopf in besagte Richtung.

Der Laut kam von einem Jungen, der lässig an die Stalltür gelehnt dastand. Seine Kleidung wirkte recht bunt zusammengewürfelt und hatte schon bessere Tage gesehen. Die Hose im dunklen Rot eines aus der Mode gekommenen Livree schlackerte um seinen schmalen Körper, genau wie eine Tweedjacke in undefinierbarem Braun. Ein schmuddeliges Hemd lugte darunter hervor und eine Kappe mit breiter Krempe ließ das Gesicht im Schatten.

Erst als der Junge zu ihm aufblickte, erkannte Curtis ein paar saphirblauer Augen, die ihn fröhlich anblitzten.

»Phoebe!«, entfuhr es ihm ungläubig und er musterte sie genauer.

»Wer sonst?« Ein breites Grinsen zog über ihr Gesicht. »Allerdings sollten wir uns einen anderen Namen ausdenken. Etwas Einfaches wie Peter, John oder Jack?«

Sprachlos starrte er sie an. Er hatte gewusst, dass sie sich in Ägypten häufiger als Junge verkleidet hatte. Dieses Wissen hatte ihn jedoch nicht auf das vorbereitet, was er nun vor sich sah. Auf den ersten Blick und wahrscheinlich auch auf den zweiten, hätte er sie wirklich für einen Jungen gehalten. Das war unerwartet. Ihre Verkleidung war um Meilen besser als die der Theaterschauspielerinnen, über die er sich vor einigen Wochen bei ihr beschwert hatte.

»Nein? Dann vielleicht Jim?«, fragte sie, da er immer noch nicht geantwortet hatte.

»Jack ist schon in Ordnung«, sagte er und nickte ihr wohlwollend zu. »Eine solide Verkleidung.«

»Das will ich doch hoffen.« Sie stieß sich von der Tür ab und kam mit leicht schlurfenden Schritten auf ihn zu, die nichts Weibliches an sich hatten. Wie lange sie das wohl vor dem Spiegel geübt hatte?

»Wo finden wir Fitzwilliams Trinkkumpane?«, fragte sie leise.

»Ich bin nicht ganz sicher«, gab er zu. »Es gibt da eine Spielhölle Namens *Devil's Wheel* in einer Gegend von St. Giles, in der die drei angeblich zahllose Nächte mit Trinken und Spielen verbracht haben. Die Chancen stehen gut, dass wir Stockton und Farthwell dort finden. Eigentlich kein Ort, an den ich eine anständige Frau hin mitnehmen würde.«

»Was für ein Glück bin ich heute Abend keine.« In ihren Augen glitzerte es vergnügt und sie deutet auf seine Kutsche. »Worauf warten wir?«

Er öffnete ihr die Tür und verzichtete darauf, ihr hineinzuhelfen. Trotzdem stieg ihm ihr Geruch in die Nase und er schloss kurz die Augen. Erinnerungen an ihren nackten Körper überfluteten ihn und er spürte die Auswirkungen unmittelbar in der Lendengegend. Kein guter Zeitpunkt für solche Gedanken, also verdrängte er sie und setzte sich Phoebe gegenüber.

»Glaubst du, dass Fitzwilliam auch dort sein wird?«, fragte sie.

»Wohl kaum. Wenn es so leicht wäre, hätten die Runner ihn längst gefunden.«

»Also hoffst du, dass uns deine Freunde sagen können, wo er sich versteckt?«

»Sie sind nicht meine Freunde. Ich habe lediglich das Pech, sie zu kennen.« Der Punkt war ihm wichtig. Zwar war er genau wie Stockton und Farthwell ein jüngerer Sohn und hatte zur selben Zeit in Oxford studiert, damit endeten die Gemeinsamkeiten aber auch. Die beiden hatten schon damals ihre Zeit lieber mit Spielen, Trinken und Frauen verbracht, während Curtis sich dem Studium gewidmet hatte. Entsprechend wenig hatten sie miteinander zu tun gehabt.

»Warum sollten sie dann überhaupt mit uns reden?«

»Erstens, weil sie mich kennen und ich kein Bow-Street-Runner bin. Und zweitens tendieren die beiden dazu, mehr zu trinken, als gut für sie ist. Das hilft, die Zunge zu lockern. Wenn ich mich zu ihnen an den Spieltisch setze, werden sie irgendwann reden.«

»Du spielst?«

»Tut das nicht jeder? Ich beherrsche alle gängigen Kartenspiele, spiele aber in der Regel nicht um Geld, es hat für mich keinen Reiz. Es tut mir in der Seele weh, dabei zuzusehen, wie irgendein armer Tropf sein Hab und Gut verspielt.«

»Du tust gerade so, als würdest du immer gewinnen.«

»Nun ja, du kennst die finanzielle Situation meiner Familie. Bei den Beträgen, um die es in der Regel geht, habe ich im Gegensatz zu anderen nicht wirklich etwas zu gewinnen oder zu verlieren. Aber du hast recht, wenn ich spiele, gewinne ich häufig. Es hilft ungemein, wenn man in der Lage ist, sich zu merken, welche Karten schon gefallen sind. Dazu sind erstaunlich wenige Menschen in der Lage.«

»Und du kannst das, nutzt diese Überlegenheit aber nicht aus?«

»Warum sollte ich? Wie gesagt, es reizt mich nicht besonders und ich kann mit meiner Zeit Besseres anfangen.« Er zuckte mit den Schultern und lehnte sich kurz aus dem Fenster, um dem Kutscher ihr Ziel anzusagen, bevor er sich wieder Phoebe zuwandte. »Aber vielleicht kann ich mein Talent heute nutzbringend einsetzen. Wenn die beiden betrunken sind und Spielschulden bei mir haben, kann ich sie leichter dazu bringen, Informationen über Fitzwilliam preiszugeben.«

Die Kutsche setzte sich in Bewegung und er hoffte, dass es tatsächlich so einfach werden würde.

Phoebe

Sie würde eine Spielhölle in St. Giles besuchen. Das war nichts, was bisher auf ihrer Wunschliste gestanden hatte, aber deshalb war es nicht minder aufregend. Obwohl sie von diesen Orten des Lasters bereits gehört hatte, glaubte sie nicht, dass es dort so unmoralisch zuging, wie man ihr Glauben machen wollte. So schlimm wie die Hafenkaschemme, in der sie vor Jahren gelandet war, als sie versucht hatte, allein nach Ägypten durchzubrennen, konnte es kaum werden. Damals waren ihr Onkel Jonathan, Chadwick sowie ihre Schwestern Helen und Georgina zu Hilfe geeilt, um sie aus den Klauen eines widerwärtigen Mannes zu befreien, der versucht hatte, sie als Schiffsjunge in seinen Dienst zu pressen.

Im Vergleich würde dieser Besuch vermutlich ein Klacks werden. Gewiss würde auch keine Notwendigkeit bestehen, irgendwen hinterrücks mit einer Schaufel niederzuschlagen, wie sie es vergangenen Sommer getan hatte, um ihre Freundin Penny vor einem Übeltäter zu retten, der sie entführt hatte. Und sie hatte auch keine Sorge, dass ihre Tarnung als Junge auffliegen würde. Diese Rolle hatte sie in Ägypten lange und ausgiebig geübt.

Nein, dieser Besuch würde ein Spaziergang werden und sie freute sich ungemein darauf. Auch wenn Curtis nicht allzu glücklich aussah. Ihm war offensichtlich weniger wohl dabei. Machte er sich Sorgen um ihren oder mehr um seinen guten Ruf? Das brachte sie zu einer Frage, die sie bisher zu stellen vergessen hatte.

»Wie erklärst du meine Anwesenheit? Ich sehe nicht gerade aus wie der Diener eines Gentleman.«

»Mein Führer durch die Gassen von St. Giles?« Er suchte ihren Blick und Phoebe ignorierte das Kribbeln, das ihren gesamten Körper erfasste. »Kannst du so tun, als würde dir alles, was du dort siehst, nichts ausmachen?«

»Klar kann ich das.« Zum Beweis zog sie geräuschvoll die Nase hoch und wischte sie dann mit dem Ärmel ihrer Jacke ab, wie sie es damals im Hafen bei so vielen Männern gesehen und seitdem geübt hatte.

Curtis quittierte das mit einem gequälten Nicken. »Es wird das Beste sein, wenn du mich reden lässt. Mit deiner Kleidung magst du als Straßenjunge durchgehen, aber sobald du den Mund aufmachst, erkennt man die Oberschicht.«

Sie hatte widersprechen wollen, weil sie dachte, er würde ihre zu hohe Stimme bemängeln. Diesem Argument hatte sie jedoch wenig entgegenzusetzen. Den Akzent eines Gassenjungen konnte sie tatsächlich nicht besonders gut imitieren.

»Ich schweige und beobachte«, sagte sie lächelnd. »Und berichte dann haarklein, sobald wir wieder in der Kutsche sind.«

»Einverstanden.«

Schweigen breitete sich zwischen ihnen aus und zum ersten Mal war es angespannt. Phoebe vermochte nicht, zu sagen, ob es daran lag, dass es zwischen ihnen noch Unausgesprochenes gab oder an der Gefahr, in die sie sich begaben. Wobei es sicher nicht allzu gefährlich werden würde. Schließlich wollten sie lediglich mit Fitzwilliams Freunden über dessen Verbleib sprechen.

Sie sah zu Curtis und überlegte, ob sie ihn fragen sollte, warum er zugestimmt hatte, dass sie ihn begleitete. Überhaupt war er den ganzen Tag unglaublich nett zu ihr gewesen. Normalerweise stritten sie über jede Kleinigkeit, doch seit sie ihm gesagt hatte, dass sie auf diesen Ausflug mitkommen wollte, hatte er ihr bei allem und jedem zugestimmt. Das war sie nicht von ihm gewohnt, es war geradezu unheimlich. Führte er etwas im Schilde?

Wenn dem so war, würde sie es sicher bald herausfinden.

Erst einmal konzentrierte sie sich auf das, was im Moment zählte: Wo war Fitzwilliam? Sie sah zu Curtis, bemerkte sein angespanntes Gesicht und unterdrückte den Wunsch, ihm Mut zuzusprechen. Oder sollte sie genau das tun? Damit rechnete er bestimmt nicht. Vermutlich würde er mit einem abfälligen Lachen reagieren, was zu einem Wortgefecht führen und ihrer beider Anspannung lösen würde. Küssen würde er sie bestimmt nicht, so wie sie aussah, von daher bestand also keine Gefahr.

Bevor sie ihren Vorsatz in die Tat umsetzen konnte, stoppte die Kutsche bereits und Curtis sprang hinaus. Er bot Phoebe nicht die Hand, was auch merkwürdig gewesen wäre, angesichts der Rolle, die sie momentan spielte. Er stellte sich weniger ungeschickt an, als sie erwartet hatte.

Ein Blick in die Gasse ließ jedoch nirgends eine Spielhölle oder etwas anderes als mehr oder weniger verfallene Häuser erkennen. Eine gute Taktik, nicht direkt vorzufahren. Das untermauerte ihre Geschichte, dass sie sein Führer war.

»Das *Devil's Wheel* liegt um die nächste Ecke«, sagte er neben ihr und deutete in die entsprechende Richtung. »Besser, du gehst vor. Es soll ja plausibel wirken.«

Phoebe nickte und schickte sich gerade an loszumarschieren, als er sie am Arm zurückhielt. »Bitte, sei vorsichtig. Ich glaube zwar nicht, dass uns hier unmittelbare Gefahr droht, aber St. Giles ist gefährlich, besonders diese Art Etablissement.«

»Ich kann auf mich aufpassen, Chef«, sagte sie mit verstellter Stimme und leicht schleifenden Worten.

Doch in ihrem Inneren tobten widersprüchliche Gefühle. Zum einen schmeichelte ihr seine Fürsorge. Zum anderen regte sich genau dagegen Widerstand. Sie brauchte nicht noch jemanden, der sich um sie Sorgen machte. Ihre Familie war in dieser Hinsicht schon schlimm genug.

Ohne ihn eines weiteren Blickes zu würdigen, lief sie los und hörte seine Schritte hinter sich. Sehr gut. Sie mussten sich auf das konzentrieren, was vor ihnen lag.

Sobald sie auf die belebte Straße traten, achtete Phoebe noch mehr auf ihre Körperhaltung. Sie hatte lange vor dem Spiegel geübt, wie ein selbstbewusster junger Mann zu laufen. Und genau das tat sie jetzt. Sie ging auf die Spielhölle zu, als würde ihr die Welt gehören und nichts und niemand könne ihr etwas anhaben.

Ohne darauf zu achten, ob Curtis ihr folgte, öffnete sie die Tür und trat ein.

Sie hatte keine Vorstellung davon gehabt, was sie erwartete, und blieb für einen Moment irritiert stehen, weil sie das Gefühl hatte, gegen eine Wand zu laufen. Dicke Rauchschwaden wehten ihr entgegen und erschwerten das Atmen. Dazu war die Luft mit einem dermaßen starken Geruch nach Alkohol und Körperausdünstungen geschwängert, dass sie sich sehr beherrschen musste, ihren Mageninhalt bei sich zu behalten.

Dieses Loch war entschieden widerlicher als die Kaschemme am Hafen. Doch sie fing sich schnell und setzte ihren Weg fort. Glücklicherweise gab es nur einen kurzen Gang, der mit seinem dunklen Holzboden und den dunkelroten Stofftapeten auf Phoebe alles andere als einladend wirkte und nach wenigen Metern in einem großen Raum endete. Auch wenn sie das kaum für möglich gehalten hatte, war die Luft hier sogar noch schlechter.

Durch die trägen Schwaden erkannte sie mehrere Tische, an denen Herren aller sozialen Schichten saßen und spielten. Einige standen auch um die Tische herum und schienen das Treiben nur zu beobachten. Dazwischen tummelten sich Frauen, die mit Sicherheit nicht zur feinen Gesellschaft gehörten. Leichtbekleidet balancierten sie Tabletts oder befanden sich in der Gesellschaft eines Herren. Wie überaus aufregend.

»Danke, Junge, ab hier übernehme ich«, erklang Curtis' Stimme neben ihr. Ihm schien weder der Rauch noch der Geruch etwas auszumachen, unter den sich nun auch noch das Aroma von Erbrochenem und schwerem Parfum mischte. »Zuerst besorgen wir uns etwas zu trinken.« Er sah sich um und hielt eine Frau an, die ihm ihre großen, kaum bedeckten Brüste entgegenstreckte. »Eine Flasche bitte.«

»Eine Flasche, kommt sofort, Süßer.« Sie musterte ihn von oben bis unten und Phoebe erkannte deutlich, dass ihr gefiel, was sie sah. »Dich habe ich hier noch nie gesehen, mein Hübscher. Zum ersten Mal hier?« Ihr Blick ging kurz zu Phoebe. »Falls du nicht auf den da stehst ...« Jetzt zeigte sie auf Phoebe und näherte sich Curtis noch ein wenig mehr. »... kannst du mit mir hoch auf mein Zimmer kommen. Für einen knackigen Burschen wie dich mache ich beim ersten Mal einen Sonderpreis. Ich garantiere, dass du mit mir mehr Spaß haben wirst als am Spieltisch. Der Junge kann gern zusehen, das kostet aber extra.«

Ihre Brüste streiften inzwischen Curtis' Arm und Phoebe biss die Zähne zusammen. Er würde sie gleich in ihre Schranken weisen. Diese aufdringliche, plumpe Vertraulichkeit konnte er sich unmöglich gefallen lassen.

»Nur den Schnaps, bitte«, sagte Curtis ruhig und lächelte die Fremde doch tatsächlich an.

»Ganz, wie du willst, Süßer. Eine Flasche oder zwei? Wobei der Kleine nicht aussieht, als würde er viel vertragen.«

»Eine. Und wo sind die Tische mit den höchsten Einsätzen?«

Die Frau zog einen Schmollmund und deutete mit dem Kopf weiter ins Innere der Kaschemme. »Wenn du den Schnaps noch willst, wartest du aber besser hier. Das da hinten ist Annys Bereich und ich fische nicht in ihren Gewässern.« Mit diesen Worten drehte sie sich um und ging mit wackelnden Hüften davon.

Phoebe gelang es nicht, ein Schnauben zu unterdrücken, was ihr einen warnenden Blick von Curtis einbrachte. Um nicht doch noch irgendetwas Unbedachtes zu sagen, richtete sie ihren Blick auf einen Tisch in unmittelbarer Nähe.

Darauf befand sich eine beachtliche Anzahl Münzen und Schuldscheine. Aber auch Ringe und eine Taschenuhr. Natürlich hatte sie davon gehört, dass Männer – und auch einige Frauen – nicht nur um Geld spielten, sondern auch ihr Hab und Gut einsetzten. Den Beweis so direkt vor sich zu sehen, war dennoch etwas anderes.

»Dein Schnaps, mein Hübscher«, erklang die Stimme der Hure, denn das war mit Sicherheit die Profession der Frau.

Curtis bezahlte, forderte Phoebe mit einem Blick auf, die Flasche und das Glas in Empfang zu nehmen, und suchte sich einen Weg nach hinten. Vor einem Tisch, an dem fünf Männer saßen, hielt er an, nahm das Glas in Empfang und ließ sich von ihr einschenken. Er leerte es in einem Zug und bat sie, es wieder zu füllen. Diesmal hielt er es allerdings lediglich in der Hand und richtete seinen Blick auf das Geschehen am Spieltisch.

Es dauerte nicht lange, bis einer der Männer seinen Blick auf ihn richtete. »Da brat mir doch einer ’nen Storch. Ist das nicht Curtis Hugh Warren Lynch III.? Oder müssen wir jetzt Lord Griffin sagen?«

Die Worte hätten abfällig klingen können, taten es aber nicht, denn der Mann, der sie aussprach, hatte dabei ein erfreutes, jungenhaftes Grinsen aufgesetzt.

»Griffin reicht völlig«, sagte Curtis und lächelte ebenfalls. »Wie ich sehe, neigt sich Eure Flasche dem Ende zu. Darf ich aushelfen? Gegen einen Platz an Eurem Tisch?«

»Das ist doch mal ein Wort!« Der Mann klatschte in die Hände und wedelte dann in Richtung eines anderen Herren. »Mach Platz für Griffin. Er kann es sich leisten, ein ordentliches Sümmchen zu setzen, und das kann ich heute Abend gut brauchen.« Erneut grinste er und diesmal fielen Phoebe seine geröteten Wangen und glasigen Augen auf. Wie es aussah, hatte Curtis’ Bekannter wirklich die Flasche neben sich geleert.

War es Stockton oder Farthwell, der dort am Tisch saß?

»Trotz des unverhofften Erbes knapp bei Kasse, Farthwell?« Curtis grinste ebenfalls und ließ sich auf dem freigewordenen Platz nieder. Mit einer Handbewegung forderte er Phoebe auf, dem anderen Mann einzuschenken.

»Spottet nur, Griffin, Ihr werdet auch noch dahinterkommen, dass ein großes Haus und die zugehörige Dienerschaft Unsummen verschlingen, die irgendwo herkommen müssen.« In einem Zug leerte Farthwell das frisch gefüllte Glas, ließ sich direkt nachschenken und sah in die Runde. »Weiter geht's. Wir spielen Commerce, ohne Limit, alle Einsätze sind erlaubt.«

Phoebe stand ruhig hinter Curtis und schenkte auf sein Geheiß hin nach, während sie genau beobachtete und zuhörte. Ihr fiel auf, dass Curtis zwar jedes Mal sein Glas an die Lippen hob, wenn ihn einer der anderen zum Trinken aufforderte, jedoch so gut wie nichts trank. Dafür verteilte er großzügig Schnaps aus seiner Flasche und orderte im Verlauf des Abends zwei weitere.

Er setzte keine hohen Summen und gewann damit langsam, aber stetig. Im Gegensatz zu Farthwell, der mit zunehmendem Alkoholspiegel immer mehr setzte und verlor. Gesprochen wurde dabei kaum und Phoebe fragte sich allmählich, was sie hier eigentlich machten. Gerade als sie überlegte, Curtis entgegen ihrer Abmachung darauf anzusprechen, sah dieser demonstrativ auf seine Taschenuhr und wandte sich an Farthwell, der im letzten Spiel eine erhebliche Summe an ihn verloren hatte.

»Gut gespielt, Farthwell, aber das Glück scheint Euch heute Abend einfach nicht hold zu sein. Es ist spät geworden, daher werde ich mich zurückziehen.« Er stand auf und warf einen Blick in die Runde. »Gentlemen, es war mir ein Vergnügen.«

»Jetzt, wo es erst richtig losgeht? Das könnt Ihr nicht machen, Griffin. Ihr müsst mir eine Chance geben, mein Geld zurückzugewinnen«, nuschelte Farthwell sichtlich empört.

Curtis hob abwehrend die Hände. »Bedaure, ich habe anderweitige Verpflichtungen.«

»Aber doch sicher nicht mehr heute Nacht? Kommt schon, Griffin, was kann ich tun, um Euch zu überzeugen?«

Curtis rieb sich das Kinn, als dächte er angestrengt nach. »Ich wüsste einen Weg, wie Ihr Euer Geld zurückbekommen könntet. Kommt mit mir nach draußen, damit wir unter vier Augen reden können.«

Farthwell sah ihn erstaunt an. »Griffin, Ihr habt Euch wirklich verändert«, lallte er. »Ich hatte Euch als Langweiler im Gedächtnis, der seine Nase lieber in Bücher steckt, als auf den Putz zu hauen.«

Das war eine Einschätzung, die Phoebe durchaus teilte, auch wenn sie das im Gegensatz zu Farthwell für eine positive Eigenschaft hielt. Aber es wäre ungünstig gewesen, das jetzt und hier zuzugeben.

»Wir haben uns alle verändert«, murmelte Curtis mehr zu sich selbst als an irgendwen bestimmten gerichtet.

Farthwell erhob sich derweil träge von seinem Stuhl. »Na gut, Griffin, ich komme mit. Aber nur dass Ihr's wisst, ich mache nichts Illegales.«

»Das würde ich auch niemals verlangen«, antwortete Curtis und lief um den Tisch. »Kommt, ich helfe Euch.« Den Protest der anderen Herren am Tisch ignorierend legte er einen stützenden Arm um den schwankenden Mann und führte ihn vorsichtig nach draußen.

Phoebe folgte auf dem Fuß, froh, diesem Höllenloch aus Zigarrenqualm und Männerschweiß endlich zu entkommen.

Draußen angelangt steuerte Curtis schnurstracks die Seitenstraße an, in der seine Kutsche wartete, und bugsierte seinen ehemaligen Studienkollegen hinein.

Der Betrunkene hatte Phoebe bisher keine Beachtung geschenkt, hob allerdings die Brauen, als sie ebenfalls einstieg. »Ihr nehmt diesen Burschen mit? In der Kutsche?«

»Ich habe mich an ihn gewöhnt und er leistet mir gute Dienste.« Curtis' Tonfall duldete keine Widerworte, so dass Farthwell lediglich mit den Schultern zuckte und sich längs auf seine Seite fläzte. Zum ersten Mal an diesem Abend erinnerte der Mann sie an Fitzwilliam.

Bisher hatte Farthwell jedoch trotz seiner Trunkenheit einen deutlich angenehmeren Eindruck gemacht. Offensichtlich trank und spielte er zu viel, doch das galt für einen Vielzahl gelangweilter Herren der Londoner Oberschicht. Ansonsten schien er ein durchaus anständiger und verträglicher Mann zu sein. Ganz im Gegensatz zum schmierigen, arroganten Fitzwilliam. Wusste Farthwell etwas über dessen Verbleib oder hatten sie sich die Nacht in dieser widerlichen Kaschemme vergeblich um die Ohren geschlagen?

Bemüht, sich in der Ecke der Kutsche möglichst unsichtbar zu machen, harrte sie der Dinge, die da kommen würden.

Ein Abend voller Überraschungen

Curtis

»Also, was führt Ihr im Schilde, Griffin?«, fragte Farthwell mit schwerer Zunge und sah auf einmal etwas besorgt aus. »Wohin bringt Ihr mich?«

Curtis musterte sein Gegenüber müde. Wofür hielt der Mann ihn? »Nirgendwohin, ich will nur reden. Und in der Kutsche ist es angenehmer als draußen auf der Straße, findet Ihr nicht auch?«

Ein unverständliches Grunzen war die Antwort, während Farthwell hin und her rutschte, um eine gemütlichere Position zu finden. »Und was springt für mich dabei heraus?«

»Wenn Ihr alle Fragen offen und ehrlich beantwortet, gebe ich Euch zwanzig Guinees. Das ist mehr, als Ihr heute Abend verloren habt.«

Farthwells Augen leuchteten gierig, bevor er sie misstrauisch zusammenkniff. »Das klingt zu gut, um wahr zu sein. Ihr würdet mich doch nicht auf den Arm nehmen?« Angesichts der Menge an Schnaps, die er intus hatte, hatte er seinen Verstand erstaunlich gut beisammen. Zweifellos war er ein starker Gewohnheitstrinker.

»Ihr habt mein Wort als Gentleman.«

Farthwell nickte zufrieden. »Was wollt Ihr wissen?«

»Habt Ihr eine Ahnung, wo Euer Freund Fitzwilliam steckt?«, fragte Curtis geradeheraus. Er spürte förmlich, wie Phoebe neben ihm innerlich stöhnte ob seiner plumpen Frage. Sie hätte sich vermutlich lieber über einen unverfänglichen Dialog langsam an das Thema herangepirscht. Aber das war nicht seine Art. Er fühlte sich schon unwohl genug damit, Farthwell in diese Situation gebracht zu haben. Er würde von nun an mit offenen Karten spielen.

»Ah, Fitzwilliam, das ist wirklich ein feiner Kerl.« Farthwell kicherte. »Immer spendabel, wenn man knapp bei Kasse ist. Was in letzter Zeit leider oft der Fall war. Ich habe eine verflixte Pechsträhne.«

»Das tut mir leid«, sagte Curtis, darum bemüht, geduldig zu bleiben. So klar war Farthwell wohl doch nicht. Es würde ein hartes Stück Arbeit werden, alle Informationen aus ihm herauszubekommen. Vielleicht hätte er ihm doch nicht so viel Schnaps ausgeben sollen. »Wisst Ihr, wo er sich aufhält? In diesem Moment?«

»Nee«, antwortete Farthwell und gähnte. »Keine Ahnung.«

Damit hatte er nicht gerechnet. Enttäuscht senkte Curtis den Kopf und warf Phoebe einen unauffälligen Blick zu. Sie sah ihn eindringlich an und nickte mit dem Kinn in Richtung Farthwell. Offensichtlich war sie noch nicht willens aufzugeben und erwartete, dass er weitere Fragen stellte. Aber welche?

»Habt Ihr ihn kürzlich gesehen?«

»Er war seit 'ner Weile nicht mehr im *Wheel*.« Farthwell gähnte abermals.

Wenn er noch Informationen von dem Mann haben wollte, würde er schnell machen müssen, bevor er dem Schnaps erlag und einschlief.

»Ist das ungewöhnlich?«

»Ja. Er ist sonst fast jeden Abend da.« Farthwell nickte übertrieben und hob einen Finger in die Luft. »Außer wenn er ein neues Frauenzimmer hat.«

»Könnte das der Fall sein?«

»Glaub ich nich. Da läuft was mit diesem Mädchen, aber die hat fast nie Zeit, weil ihr Vater sie kaum aus'm Haus lässt.«

»Ein Mädchen? Wie heißt sie?«

»Äh, Sybil oder so.

»Sybil? Und weiter?«

»Keine Ahnung, hat er nich gesagt.«

Curtis warf einen weiteren Blick hinüber zu Phoebe, die lautlos die Lippen bewegte. Was versuchte sie, ihm zu sagen? Verständnislos schüttelte er den Kopf.

Sie hob die Arme, als ziele sie mit einem Gewehr nach draußen, und formte anschließend erneut lautlos ein Wort mit dem Mund, bevor sie ihn mit einem vernichtenden Blick fixierte.

Curtis wollte schon aufgeben, als ihm endlich dämmerte, was sie zu sagen versuchte. »Meint Ihr die Tochter von Lord Hunting?« Aus dem Augenwinkel sah er, wie Phoebe sich zufrieden zurücklehnte.

»Kann sein. Fitzwilliam is ständig mit irgendwelchen Lords und Ladys zugange. Weil sein Vater ja der Prinz ist.«

»Ja, das war mir bekannt, danke.« Das klang genervter als beabsichtigt, aber es war wirklich anstrengend, Farthwell bei der Stange zu halten und gleichzeitig

Phoebes Erwartungen gerecht zu werden. »Das Letzte, was Ihr von Fitzwilliam gehört habt, war also, dass er sich mit dieser Sybil treffen wollte?«

Farthwell nickte eifrig mit dem Kopf. »Jetz erinner' ich mich. Er wollte aufs Land fahren, um sich da mit ihr zu treffen. Das war an Ostern.«

Endlich eine Spur! Curtis beugte sich nach vorn. »Seid Ihr sicher?«

»Ganz sicher.«

»Hat er gesagt, wohin er genau wollte?«

»Ja«, verkündete Farthwell stolz. »Zu 'nem Maskenball von so 'nem reichen Pinkel, Channing oder so.«

Curtis sackte in sich zusammen und stöhnte. Offensichtlich konnte der Mann ihnen nur das sagen, was sie bereits wussten. Sie standen wieder am Anfang.

»Ihr müsst verstehen, so'n Maskenball ist 'ne einmalige Chance, miteinander anzubandeln, besonders wenn man überbesorgten Eltern aus'm Weg gehen will«, beeilte sich Farthwell, zu erklären.

Curtis rieb sich die Stirn. »Ich verstehe. Danke, mein Freund.«

»Bekomme ich dann jetzt mein Geld?«, fragte Farthwell auf einmal hellwach. »Ich habe Euch alles gesagt, was ich weiß.«

Seufzend zog Curtis seine Börse hervor.

»Habt Ihr selbst gesehen, wie Fitzwilliam aufgebrochen ist?«, ertönte plötzlich Phoebes Stimme von der Seite.

Pikiert fuhr Farthwell hoch. »Was fällt dir ein, Bursche?«

Curtis' Schläfen pochten. Was dachte sich Phoebe nur dabei? Wenn ihre Tarnung aufflog, konnten sie beide in Teufels Küche geraten. Es gab einen guten Grund, dass er sie aufgefordert hatte, den Mund zu halten. Aber, nein, sie musste sich über seine Anweisungen hinwegsetzen. Das schien bei ihr schon fast zwanghaft zu sein.

Da daran nichts mehr zu ändern war, wedelte er mit seinem Geldbeutel, um Farthwells Aufmerksamkeit auf sich zu ziehen, und sagte: »Wenn Ihr das Geld wollt, beantwortet bitte seine Fragen.«

Für einen Augenblick wirkte der Mann verwirrt und zögerte, bevor sein Blick in die Ferne schweifte. Offensichtlich dachte er angestrengt nach. Entweder, weil er versuchte, sich an die Frage zu erinnern oder an Fitzwilliams Abreise. Am Ende schüttelte er jedoch den Kopf und sagte: »Nein, ich war nich dabei, als er aufbrach.«

»Wisst Ihr, ob er mit jemandem zusammen gereist ist?«

Diesmal nahm Farthwell keinen Anstoß daran, dass die Frage von Phoebe kam, und schüttelte abermals den Kopf. »Nich dass ich wüsste.«

»Der Weg nach Kent ist weit. Vermutlich hat er einen Zwischenstopp geplant. Habt Ihr eine Ahnung wo?«, übernahm Curtis wieder das Ruder.

»Keinen Schimmer, wirklich.« Farthwell zuckte mit den Schultern. »Ich weiß aber, dass sein Vater ihn an dem Tag zu sich bestellt hatte. Nur is Fitzwilliam nich hingegangen. Meinte, der Alte macht ihm sowieso nur Vorwürfe, weil er nich mehr ins Museum will.«

Curtis nickte müde. Ja, das klang plausibel.

»Ach ja, und am Abend vorher hat er 'ne Nachricht von so 'nem anderen Lord bekommen, über die er sich richtig gefreut hat. Irgendein verlorener Ring, der wieder aufgetaucht is oder so. Allerdings im Museum, das gefiel ihm weniger.«

»Das war vermutlich Lord Hallow. Fitzwilliam hat ständig Dinge liegenlassen.«

»Hallow, genau! Zu dem wollte er auch noch, um seinen Ring abzuholen.«

»Vor seiner Reise nach Kent?«

»Ich denke schon, ja. Ist das wichtig?«

»Möglich.«

»Ich hab Euch wirklich alles gesagt, was ich weiß. Kriege ich nun mein Geld?«

Curtis sah hinüber zu Phoebe, die frustriert in der Ecke lehnte und ein Schulterzucken andeutete. Offenbar waren auch ihr die Fragen ausgegangen.

Curtis zählte die Münzen ab und drückte sie Farthwell in die Hand. »Hier, bitte. Soll ich Euch zu Hause absetzen?« Eigentlich verspürte er kein großes Verlangen, den Mann länger zu ertragen als nötig, doch es widerstrebte Curtis, ihn betrunken ins *Devil's Wheel* zurückgehen zu lassen, wo er mit Sicherheit das Geld wieder verspielen würde.

»Nein, danke.« Farthwell grinste breit. »Ich hab so ein Gefühl, dass meine Pechsträhne gerade eben geendet hat. Es war mir ein Vergnügen, mit Euch Geschäfte zu machen, Griffin.« Mit diesen Worten öffnete er die Kutschentür und kletterte hinaus.

Phoebe sah ihm kopfschüttelnd nach. »Ich verstehe nicht, wie man diese widerliche Kaschemme freiwillig betreten kann.«

»Mich wundert mehr, dass er überhaupt noch laufen kann, so viel, wie er getrunken hat.«

»Punkt für dich.« Sie sah ihm in die Augen. »Was machen wir jetzt?«

»Stockton war nicht da. Wir könnten bei ihm zu Hause vorbeifahren.«

»Um die Uhrzeit? Eher nicht. Du hättest die Finger vom Schnaps lassen sollen«, bemerkte sie spöttisch.

»Hast du eine bessere Idee?«

»Wir sollten mit Hallow reden. Möglicherweise ist er im Museum.«

»Um die Uhrzeit? Eher nicht«, imitierte er sie.

»Touché. Aber im Ernst, wir sollten mit ihm sprechen.«

»Worüber?«

»Ernsthaft?« Sie starrte ihn an, als wäre er schwer von Begriff. »Hast du deinem betrunkenen Studienfreund nicht zugehört? Wenn er die Wahrheit gesagt hat, dann war Hallow womöglich der letzte, der Fitzwilliam lebend gesehen hat.«

»Und weiter?«

»Warum hat er das heute Morgen nicht erwähnt?«

»Glaubst du, Hallow hat etwas mit Fitzwilliams Verschwinden zu tun?« Das schien Curtis dann doch sehr weit hergeholt.

»Nicht wirklich«, gab Phoebe zu. »Trotzdem ist es seltsam.«

Das klang in seinen Ohren ziemlich übertrieben.

»Sieh mich nicht so an. Wir sollten ihn einfach danach fragen. Fragen kostet nichts.«

»Und was genau verspricht sich die Meisterdetektivin davon?« Er sollte seinen Mund halten und es gut sein lassen.

»Es kann uns helfen, den Zeitpunkt seines Verschwindens genauer einzugrenzen. Wenn Fitzwilliam an diesem Tag bei Hallow war, muss es danach gewesen sein, und wenn nicht, war es vermutlich vorher.«

Das war kaum von der Hand zu weisen. Doch so leicht würde er ihr die Genugtuung nicht geben. »Eine gewagte Hypothese.«

»Das sagst du nur, um mich zu ärgern.« Ihre Augen funkelten zornig.

Verdammt! War er so leicht zu durchschauen?

»Lass uns den Abend beenden und morgen früh gemeinsam mit Hallow reden«, sagte er versöhnlich.

Zu seiner Überraschung beruhigte sie sich und nickte zustimmend. »Einverstanden.«

Phoebe

Nachdenklich sah sie der Kutsche hinterher. Sie rechnete es Curtis hoch an, dass er sie auf diesen nächtlichen Ausflug mitgenommen hatte. Das war alles andere als selbstverständlich gewesen. Vielleicht war er doch kein so übler Kerl. Auch wenn sie das ihm gegenüber niemals zugeben würde.

Genauso wenig, wie die Tatsache, dass es ihr schwergefallen war, einfach so aus der Kutsche auszusteigen. Den ganzen Abend war die Anziehung zwischen ihnen von der Anspannung des Abenteuers überschattet worden. Sobald diese verschwunden war, hatte sie sich immer wieder dabei erwischt, wie sie ihn heimlich ansah und sich fragte, ob sie ihm erlauben sollte, sie beim Abschied zu küssen. Überaus lästige Gedanken. Und überflüssige, denn er hatte es nicht einmal versucht.

Sei's drum. Leise schlich sie zu der kleinen seitlichen Hintertür des Stalls, die sie unverriegelt gelassen hatte, um unbemerkt hineinschlüpfen zu können. Doch schon beim ersten Ziehen stellte sie fest, dass jemand den Riegel von innen vorgelegt hatte. Wie ungünstig.

Um diese Zeit war alles fest verschlossen. Wenn sie vorn klopfte, um hineinzugelangen, würde das unweigerlich zu peinlichen Fragen und großen Vorwürfen führen. Es war besser, zu warten, bis die Köchin das Haus für ihren morgendlichen Einkauf verließ. Dann konnte sie hoffentlich unbemerkt durch den Dienstboteneingang hineinschlüpfen. Doch bis dahin war noch jede Menge Zeit. Was sollte sie so lange tun?

Es gab nicht viele Orte in London, an die sie gehen konnte. Keine, um genau zu sein. Sollte sie sich ins Museum schleichen? Einige Fenster ihres Arbeitsbereichs schlossen nicht richtig. Es würde ein Leichtes sein, dort einzusteigen. Wobei natürlich die Möglichkeit bestand, dort auf Lord Hallow zu treffen. Wenn man seinem ständigen Gejammer über mangelnde Hilfe Glauben schenkte, verbrachte er vierundzwanzig Stunden am Tag dort. Mindestens.

Wobei sie sich nicht vorstellen konnte, dass er auf dem ungemütlichen Stuhl an seinem Schreibtisch schlief.

Der Schreibtisch!

Beinahe hätte sie vor Begeisterung in die Hände geklatscht. Sie wusste, in welcher Schublade Lord Hallow die Fundsachen aufbewahrte. Wenn Fitzwilliam seinen Ring nicht abgeholt hatte, musste er noch in dieser Schublade sein. Es war nichts Weltbewegendes, aber allein Curtis einen Schritt voraus zu sein, war äußerst verlockend. Außerdem hatte sie ohnehin nichts Besseres zu tun.

Bemüht, zu dieser nachtschlafenden Stunde keine unnötige Aufmerksamkeit zu erregen, eilte sie durch die Seitenstraßen von Mayfair. Sie musste das Nobelviertel schnellstmöglich verlassen, um eine Mietdroschke aufzutreiben, die sie zum Museum brachte. In dieser Verkleidung sollte das ein Leichtes sein. Sie beglückwünschte sich dazu, Geld eingesteckt zu haben, sodass sie problemlos eine Kutsche bezahlen konnte.

Trotzdem dauerte es eine Weile, bis sie vor der dunklen Silhouette des British Museums stand und sich fröstelnd die Hände rieb. Wie kam sie von hier aus am besten zu den schlecht schließenden Fenstern? Waren die überhaupt vom Boden aus zu erreichen? Und was, wenn hier Nachtwächter patrouillierten und sie beim Einbrechen erwischten? Warum hatte sie das alles nicht vorher bedacht? Jetzt wurde ihr doch ein bisschen mulmig.

Sie wollte sich gerade trotzdem auf die Suche machen, als hinter ihr eine laute Stimme ertönte. »Stehenbleiben! Wer sind Sie und was haben Sie hier zu suchen?«

Erschrocken fuhr sie herum und sah sich Curtis gegenüber, der sie mit offenem Mund anstarrte.

»Phoebe?«

»Curtis! Du hast mich erschreckt.« Sie versuchte, ihr wild pochendes Herz zu ignorieren. Im Grunde war sie erleichtert, ihn zu sehen. Wenn sie raten musste, hatte er den gleichen Gedanken gehabt wie sie.

»Was machst du hier?« Eine berechtigte Frage, die sie ihm allerdings nur ungern beantworten wollte.

»Das Gleiche könnte ich dich fragen.«

»Widerworte statt einer Antwort, ich habe nichts anderes von dir erwartet. Damit ist jetzt Schluss.« Sein Blick bohrte sich intensiv in ihren und sorgte dafür, dass ein warmer Schauer sie durchlief. Würde sie es weiter schaffen, ihm zu widerstehen? »Bist du mir gefolgt?«

Unwillkürlich wich sie einen Schritt zurück, stieß dabei mit dem Rücken an eine Mauer und hob trotzig das Kinn. »Das hättest du wohl gern.«

Er trat auf sie zu und sie schluckte schwer. Was hatte er vor? Ging es ihm am Ende ähnlich wie ihr? War er auch dabei, die Kontrolle über seine Gefühle zu verlieren?

»Und wenn es so wäre?« Seine Stimme war leiser geworden, kaum mehr als ein Flüstern.

Verzweifelt suchte sie nach einer passenden Antwort. Es war so leicht und verführerisch, ihm in die Arme zu fallen und ihn zu küssen. Dem Verlangen nachzugeben, das tief in ihr tobte.

»Keine schlagfertige Retourkutsche? Du lässt nach, meine Liebe«, flüsterte er fast zärtlich. »Dann verrat mir doch, warum du hier bist.«

»Um in Lord Hallows Schreibtisch nachzusehen, ob Fitzwilliams Ring dort ist.«

»Nicht zu fassen.« Curtis klang allerdings eher belustigt als fassungslos. »Ich hatte genau den gleichen Gedanken. Und da ich noch nicht müde war, wollte ich dich morgen früh damit überraschen.«

»Aber ich hatte die Idee zuerst. Außerdem war ich vor dir hier.« Ein lächerlicher Protest, doch sie schämte sich nicht.

»Ein paar Sekunden.« Curtis lachte leise. »Wie wolltest du überhaupt reinkommen ohne Schlüssel?«

»Durch eines der Fenster.«

Curtis lachte erneut. »Du bist wirklich einmalig.«

»Hör auf, mich auszulachen, du bist ...« Weiter kam sie nicht, weil er sie an sich zog und küsste.

Phoebes Welt geriet aus den Fugen und war doch genau so, wie sie sein sollte. Sie konnte die unwiderstehliche Anziehung, die Curtis auf sie ausübte, nicht länger verleugnen. Zu verlockend war seine Nähe, zu süß seine Küsse.

Sie fuhr ihm durchs Haar, was ihn veranlasste, den Kuss zu vertiefen. Gleichzeitig griff er nach ihren Handgelenken und drückte sie mit seinem Körper gegen die Wand. Etwas Ähnliches hatte er in ihrem Schlafzimmer schon einmal getan und sie musste zugeben, dass es ihr gefiel. Allerdings konnte sie es nicht hinnehmen, dass er sie dermaßen dominierte. Also verteidigte sie sich, indem sie ihn leicht in die Lippe biss, und bewegte ihre Hüften mit einem einzigen, starken Stoß in seine Richtung, ähnlich wie vorletzte Nacht in ihrem Schlafzimmer.

Der Laut, der aus seiner Kehle kam, schickte ein Zittern durch ihren Körper und entlockte auch ihr ein Stöhnen.

Doch dann ließ er plötzlich von ihr ab und verstärkte stattdessen den Griff um ihr rechtes Handgelenk. »Du gehst jetzt nach Hause, legst dich ins Bett und wartest auf meinen Besuch morgen früh.« Er sprach leise, aber bestimmt. »Ich hole dich ab, versprochen.«

»Das ist nicht fair. Ich gehe mit und sehe nach dem Ring.« Was dachte er sich eigentlich?

»Phoebe, Liebste.«

Sie öffnete den Mund, um zu protestieren, doch er legte ihr einen Zeigefinger auf die Lippen und sprach weiter.

»Du weißt, dass ich recht habe. Wenn man uns mitten in der Nacht zusammen hier erwischt, ist es um deinen guten Ruf geschehen. Das würde ich mir niemals verzeihen.«

Trotzig schob sie die Unterlippe vor und funkelte ihn zornig an. Natürlich hatte er recht, aber das änderte nichts daran, dass es unfair war.

Curtis ließ sie los. »Ich werde dich zu nichts zwingen. Aber wenn du klug bist, steigst du in meine Kutsche dort drüben ...« Er zeigt quer über die Straße. »Und fährst zurück nach Mayfair.« Sanft ergriff er ihre Hand, hauchte einen zärtlichen Kuss darauf und grinste sie spitzbübisch an. »Es sei denn, du hast es dir anders überlegt. Mein Heiratsangebot steht nach wie vor.«

Unwillig schubste sie ihn von sich. »Das könnte dir so passen. Was ist aus *Ehe ist Folter* geworden?«

»Deine ständige Gegenwart ist ohnehin wie Folter für mich, da fällt eine Ehe gar nicht mehr ins Gewicht.«

Sein Lächeln nahm den Worten die Spitze, dennoch schnappte Phoebe empört nach Luft. »Curtis Hugh Warren Lynch«, fauchte sie, »du bist absolut unmöglich. Keine Frau, die noch bei Verstand ist, würde dich jemals freiwillig heiraten.«

Er lachte leise auf. »Dann liegt es an dir, zu beweisen, dass du noch bei Verstand bist, indem du in diese Kutsche steigst.«

Wie hatte er es nur geschafft, sie so auszumanövrieren? Entweder, sie gab nach und fuhr zurück nach Mayfair, oder sie gab zu, dass eine Heirat mit ihm nicht das Schlimmste war, was ihr passieren konnte. Egal, was sie tat, er hatte gewonnen.

Verärgert wandte sie sich von ihm ab und stapfte auf die Kutsche zu, während sie auf Rache sann. Er würde schon noch sehen, was er davon hatte.

Erst als sie bereits unterwegs war, fiel ihr auf, dass sie nach wie vor keine Ahnung hatte, wie sie ins Haus gelangen sollte.

Nachts im Museum

Curtis

Kopfschüttelnd sah er der davonfahrenden Kutsche hinterher. Diese Frau steckte voller Überraschungen.

So gesehen, war es gar nicht verwunderlich, dass sie auf genau die gleiche Idee gekommen war wie er. Nur dass es für ihn wesentlich leichter war, weil er im Gegensatz zu ihr über einen Schlüssel verfügte und sich nicht verkleiden musste, um so spät allein in London unterwegs zu sein. Sie hatte wirklich Mumm.

Nach seinem Schlüssel tastend, drehte er sich um und ging auf den Haupteingang zu. Wenn Fitzwilliams Ring noch da war, würde er morgen früh als erstes die Bow Street kontaktieren und zu Protokoll geben, was sie herausgefunden hatten. Wobei es wahrscheinlich klüger war, Phoebes Beteiligung daran zu verschweigen. Eigentlich war das in ihrem Interesse, doch er konnte sich vorstellen, was sie für ein Gesicht machen würde, wenn sie davon erfuhr.

Lächelnd öffnete er die Tür und betrat das Museum. Wie zu erwarten, war es drinnen stockfinster.

Er nahm eine der am Eingang bereitliegenden Öllampen und entzündete sie mit Hilfe eines Tachypyrions. Diese neuartige Apparatur stammte aus Frankreich und ersparte einem das lästige Hantieren mit Feuerstein, Stahl und Zunder beim Entzünden einer Flamme. Das Museum hatte das Gerät erst vor kurzem angeschafft, aber Curtis war begeistert und überlegte, sich selbst eines zuzulegen.

Forsch bewegte er sich quer durch das dunkle Gebäude zu ihrem Arbeitsraum an der Rückseite. Diesen Weg war er so oft gegangen, dass er ihn im Schlaf kannte.

In dem Saal befand sich Hallows Schreibtisch, den der alte Mann, ganz Pragmatiker, dorthin hatte schaffen lassen, nachdem die Fundstücke aus Ägypten eingetroffen waren.

An der Tür angekommen, suchte Curtis im spärlichen Lampenlicht den passenden Schlüssel heraus und steckte ihn ins Schloss, doch er ließ sich nicht in die richtige Richtung drehen. Verwundert drückte Curtis die Klinke herunter und die Tür öffnete sich widerstandslos. Hatte Hallow etwa vergessen, abzuschließen? Oder war der alte Mann am Ende über seiner Arbeit eingeschlafen?

Leise trat Curtis ein und sah sich um. Von weiter hinten im Raum, aus der Nähe der Arbeitstische, kam ein schwacher Lichtschein wie von einer Kerze oder Öllampe.

Konnte das Hallow sein? War etwas dran an dessen theatralischen Beschwerden, dass er mangels Unterstützung Tag und Nacht durcharbeiten müsse?

Oder war es gar Fitzwilliam, der selbst hier war, um seinen Ring zu holen? Eher unwahrscheinlich. Warum sollte er das gerade heute tun? Einbrecher waren ebenso unwahrscheinlich, denn es gab hier nichts zu holen außer Papierkram, jeder Menge Tonscherben und dem schweren steinernen Sarkophag.

Der Sarkophag! Zwar lag dieser im Moment hinter Stapeln leerer Holzkisten verborgen, aber jemand hatte sich die Mühe gemacht, das große Holzgestell mit dem Flaschenzug wieder aufzubauen, mit dem sie den Deckel vor zwei Wochen angehoben hatten, um hineinzusehen. Obwohl Phoebe ihnen prophezeit hatte, dass er leer sein würde, war die Enttäuschung groß gewesen, nichts darin zu finden. Warum sollte ihn jemand erneut öffnen?

Curtis atmete einmal tief durch, bereute es aber sofort. Der penetrante Verwesungsgeruch wurde mit jedem Tag schlimmer. Aber das war momentan nicht sein vordringlichstes Problem. Vielmehr interessierte ihn, wer den Sarkophag geöffnet hatte und warum.

Belzoni hätte einen Grund, schließlich wollte er eine Mumie darin platzieren. Aber warum sollte dieser das mitten in der Nacht hier im Museum tun? Außerdem hatte er gar keinen Zutritt. Das ergab alles keinen Sinn. Hingehen und nachsehen hieß die Devise. Was sollte schon passieren? Das hier war das British Museum, kein Elendsviertel, in dem man bei einem falschen Schritt um sein Leben bangen musste.

Sich ein Herz fassend, ging Curtis zügig um den Kistenstapel herum. Der Anblick, der sich ihm bot, hätte bizarrer nicht sein können. Im schwachen Schein einer gedimmten Lampe sah er einen Mann, der etwas aus dem Sarkophag zog. Etwas Schweres, so wie er sich abmühte und keuchte. Der schwitzende Mann richtete sich auf und Curtis begriff, was dieser aus dem Sarkophag heraushob. Ihm entfuhr ein Laut des Entsetzens, der dazu führte, dass der Mann zu ihm herumfuhr.

Hunting!

Erschreckt und nicht dazu in der Lage, sich zu rühren, registrierte Curtis, dass der Übelkeit erregende Gestank von der Gestalt, der Leiche, kommen musste, die Hunting in den Armen hielt. Was in drei Teufels Namen ging hier vor sich?

»Griffin«, entfuhr es dem sichtlich überraschten Hunting, der gleichzeitig seine Last in eine neben ihm stehende große Holzkiste fallen ließ. Ein unangenehmes Klatschen war das Ergebnis und Curtis erschauderte. »Was macht Ihr denn hier?«

»Diese Frage sollte ich eher Euch stellen.« Mutiger, als er sich fühlte, ging Curtis einen Schritt auf Hunting zu, der sich nach wie vor nicht rührte. Dann noch einen und noch einen, bis er so nahe neben der Holzkiste stand, dass er hineinsehen konnte.

Der Gestank nahm überhand, er presste sich die Hand auf die Nase und im Schein seiner Lampe offenbarte sich, was Curtis längst geahnt hatte. Er blickte auf die verwesenden Überreste des vermissten Fitzwilliam.

»Ich kann das erklären«, kam es wimmernd von Hunting, dessen Anwesenheit Curtis für einen Moment fast vergessen hätte.

»Er ist tot.« Eine vollkommen überflüssige Bemerkung, doch Curtis brauchte Zeit, um sich zu sammeln und das Gesehene zu verarbeiten.

Wie es aussah, hatte Hunting Fitzwilliam umgebracht.

»Es war ein Unfall«, sagte Hunting und deutete auf den Sarkophag. »Er hat mich verhöhnt, erzählt, dass er meine Sybil entehrt habe. Hat mir vorgeworfen, ein schlechter Vater zu sein. Und dass sie mich verlassen würde, um mit ihm in Sünde zu leben. Ich war wie von Sinnen ...« Hunting zuckte mit den Schultern. »Es war nie meine Absicht, ihn zu verletzen, ich habe ihn nur weggeschubst. Er ist unglücklich gefallen, hat sich den Kopf angeschlagen und ist nicht mehr aufgewacht.«

»Und anstatt einen Arzt zu rufen, habt Ihr den Sarkophag geöffnet und seine Leiche darin deponiert? Das war nicht besonders klug.« Was eigentlich geschmeichelt war. Wenn Hunting die Wahrheit sagte, war sein Handeln an Dummheit kaum zu überbieten. Das anfängliche Verstecken der Leiche sowie der heutige Versuch, diese nach zwei Wochen heimlich verschwinden zu lassen, machte keinen guten Eindruck, aber Huntings Situation war nicht völlig aussichtslos. Ein Unfall blieb ein Unfall.

»Versteht Ihr denn nicht, dass ich keine Wahl hatte?« So wie Hunting das sagte, klang es, als sei Curtis schwer von Begriff.

»Man hat immer die Wahl. Fitzwilliam mag sofort tot gewesen sein, das ist bedauerlich, aber wenn es ein Unfall war, dann ...«

»Dann wäre es trotzdem zu einer Untersuchung gekommen und alles wäre bekannt geworden!« Huntings Stimme überschlug sich fast. »Das konnte ich unmöglich zulassen.«

»Ich verstehe nicht ...«

»Natürlich nicht. Ihr seid kein Vater und Eure Schwestern sind wohlbehütet aufgewachsen unter den wachsamen Augen ihrer Mutter. Meiner Sybil war das leider nicht vergönnt. Sie ist … Sie ist jung und unerfahren. Einem Mann wie Fitzwilliam war es ein Leichtes, ihr Dinge einzuflüstern. Sie zu Fehlern zu verleiten, von denen niemals ein Mensch erfahren darf. Niemals!« Sein unsteter Blick traf Curtis. »Was er zu mir gesagt hat, die Dinge, die er über sie wusste, lassen keinen Zweifel daran …« Bedauernd schüttelte er den Kopf. »Dann muss ich mich jetzt wohl auch um Euch kümmern.«

Noch bevor Curtis eine Chance hatte, zusammenzusetzen, was Hunting meinte, zückte dieser eine doppelläufige Pistole, spannte sie und richtete sie auf ihn. »Der Ruf meiner Tochter ist wichtiger als mein oder Euer Schicksal, das versteht Ihr doch«, sagte er dabei entschuldigend.

Unwillkürlich hob Curtis abwehrend die Hände. »Voll und ganz. Ich versichere Euch, Euer Geheimnis ist bei mir …«

»Nein, nein, nein. Eure Versicherung reicht mir nicht. Jeder weiß, dass Ihr ein arroganter, rechthaberischer Besserwisser seid, der nichts auf sich beruhen lässt.« Mit der Pistole in der Hand deutete er erst auf Curtis und dann auf die Kiste mit der Leiche neben sich. »Steigt hinein.«

»Aber Fitzwilliam …«

»Wird es nicht stören, die Kiste mit Euch zu teilen. Genauso wenig wie das Blut, welches eine Schusswunde in Eurem Kopf ohne Zweifel verursachen wird. Aber ich möchte wirklich vermeiden, den Boden hier unnötig zu verschmutzen. Ihr könnt Euch die Sauerei nicht vorstellen, die Fitzwilliam hinterlassen hat. Es hat ewig gedauert, alles sauber zu bekommen.« Er seufzte. Alle Emotionen waren aus seiner Stimme gewichen, was Curtis mehr erschreckte als der irre Ausdruck von vorher. »Also, los, steigt in die Kiste!«

Curtis ärgerte sich, dass er nicht selbst eine Pistole dabeihatte. Das wäre keine übertriebene Vorsichtsmaßnahme gewesen, wenn man bedachte, wo er zuvor an diesem Abend gewesen war. Andererseits war er kein besonders guter Schütze und eine Pistole damit eher nutzlos. *Auf so nahe Distanz hättest selbst du getroffen.* Solche Gedanken halfen ihm nicht. Er musste sich schnellstmöglich etwas einfallen lassen.

Während er zögerlich einen Schritt auf die Kiste zumachte, arbeitete es fieberhaft in seinem Kopf. Hunting hielt weiterhin den Lauf auf ihn gerichtet und bewegte sich seitlich, den Sarg als Deckung nutzend. Curtis stand nun direkt davor und hielt inne. Der Verwesungsgeruch war mit jedem Schritt schlimmer geworden und ein flüchtiger Blick auf Fitzwilliams Körper verbesserte die Lage nicht. Obwohl er bereits mehrere Tage tot war, gab es kaum Maden- oder Fliegenbefall. Das lag wohl an dem gut schließenden Deckel des Sarkophags, der lediglich einen leichten Verwesungsgeruch durchgelassen hatte.

Alles in Curtis sträubte sich dagegen, in diese Kiste zu steigen. Erstens war es absolut ekelhaft und zweitens würde Hunting ihn dann sofort erschießen. Allerdings sah Hunting auch nicht so aus, als würde er mit sich reden lassen.

Irgendetwas musste es doch geben, was er tun konnte!

Nur wenige Schritte von seiner Position entfernt befand sich Phoebes Arbeitsbereich, auf dem diverse, zum Teil sehr massive Scherben lagen. Wenn er die erreichen konnte …

Nein. Hunting hatte ihn direkt im Visier. Nah genug, um nicht danebenzuschießen, und weit genug, um jeden Versuch, ihm die Waffe aus der Hand zu schlagen, aussichtslos zu machen.

»Bitte«, sagte Curtis verzweifelt, »lasst uns darüber reden. Wir können zu einer Vereinbarung kommen. Ich helfe Euch, Fitzwilliams Leiche von hier wegzuschaffen, und Ihr …«

»Schluss damit, es gibt nichts mehr zu bereden.« Hunting deutete mit der Pistole ein weiteres Mal auf die Kiste. »Und jetzt rein da!«

In diesem Moment bemerkte Curtis eine Bewegung seitlich hinter Hunting, direkt neben dem Kistenstapel, der die Sicht zur Tür blockierte. Unwillkürlich zuckte sein Blick hinüber. Eine Gestalt kam dahinter hervorgestürmt. Hunting reagierte sofort und drehte sich um. Ein ohrenbetäubender Knall erklang, Mündungsfeuer blitzte auf und der fremde Angreifer ging zu Boden.

Erst jetzt bemerkte Curtis die bunt zusammengewürfelte Kleidung und die breitkrempige Kappe. Phoebe! Er erstarrte vor Schreck und ein nie gekannter Schmerz durchfuhr seine Brust.

Sie bewegte sich nicht mehr und um ihren Kopf herum bildete sich langsam eine Blutlache. Hunting hatte sie erschossen!

Das war unmöglich. Sie sollte in seiner Kutsche auf dem Weg nach Hause sein und nicht hier, leblos und blutend auf dem Boden liegen. Bedauern mischte sich unter den Schmerz.

Sie hatten sich gerade erst richtig kennengelernt. Er hatte ihr nie gesagt, was er für sie empfand. Dass er sie liebte und ein Leben ohne sie grau und öde erschien. Wahrscheinlich hätte sie ihn ausgelacht, doch das war er gern bereit, in Kauf zu nehmen, wenn er dafür die Chance bekam, noch ein einziges Mal mit ihr zu reden. Er ballte die Fäuste und stieß einen verzweifelten Laut aus. Phoebe war tot und er selbst nur einen Wimpernschlag davon entfernt.

»Wer ist das?« Hunting klang eher genervt als schockiert. Hatte er Phoebe nicht erkannt? »Einer Eurer Lakaien? Selbst schuld, wenn er mir direkt vor den Lauf rennt. Was für eine Sauerei! Jetzt muss ich doch wieder saubermachen.« Hunting seufzte und richtete den Lauf zurück auf Curtis. »Nun sind es schon drei Leichen, die ich entsorgen muss. Es ist wirklich, wie der alte Hallow immer sagt: Arbeit, Arbeit, Arbeit und alles muss man selbst machen.« Er warf einen nachdenklichen Blick auf die Kiste, in der Fitzwilliam lag. »Der Platz wird für alle reichen, aber das ganze Blut ist ein Problem. Hätte ich das nur vorher geahnt. Nein, ohne Abdichtung wird das nichts.«

Der Mann war völlig irre. Das hätte Curtis viel früher auffallen müssen, zum Beispiel morgens, beim Gespräch mit Hallow. Aber er war viel zu beschäftigt gewesen, seine Gefühle für Phoebe vor sich selbst zu leugnen. Jetzt hatte sie den Preis für seine Unaufmerksamkeit zahlen müssen. Alles in ihm schrie danach, zu ihr zu laufen, aber solange Hunting die Waffe auf ihn gerichtet hatte, war das aussichtslos.

»Hunting! Noch ist nicht alles zu spät«, rief er. »Lasst mich einen Arzt holen. Ich verspreche, ich werde mich für Euch einsetzen.«

»Haltet den Mund«, unterbrach ihn Hunting rüde. »Ihr habt es nicht begriffen. Trotzdem will ich Euch eine letzte Gelegenheit gewähren, mir zu helfen.«

»Danke«, sagte Curtis erleichtert. »Ihr werdet es nicht bereuen.« Er ließ die Hände sinken. »Ich werde sofort einen Arzt ...«

Hunting stieß ein schrilles Lachen aus und schüttelte den Kopf. »Ganz sicher nicht, Griffin. Ihr habt mich missverstanden. Was Ihr tun werdet, ist, diese Kiste mit mehreren Lagen gewachster Segeltücher auszulegen. Ihr wisst schon, die aus Ägypten mitkamen. Dann hievt Ihr die andere Leiche hinein und legt Euch am Ende brav dazu.«

Curtis starrte seinen ehemaligen Kollegen verzweifelt an. Vielleicht kann ich sie noch retten, war der alles beherrschende Gedanke in seinem Kopf. Aber dafür musste er es zuerst schaffen, Hunting zu überwältigen. Nur wie? Er war unbewaffnet und kein geübter Faustkämpfer. Noch dazu hatte sein Gegner bewiesen, dass er bereit war, seine Waffe zu benutzen. Und ein Lauf war noch geladen.

»Wird's bald? Wir haben nicht die ganze Nacht Zeit!«

Die Hände abwehrend erhoben, ging Curtis langsam zu der Ecke, in der die Segeltücher lagen. Den Blick hielt er dabei fest auf Hunting und die hinter ihm liegende Gestalt gerichtet.

Hatte sie sich geregt? Hoffnung durchflutete ihn. Mit etwas Glück war sie nur verletzt. Falls das stimmte, musste er ihr irgendwie Zeit verschaffen.

»Wie stellt Ihr Euch das vor, Hunting?«, fragte er, bemüht, den Verrückten von Phoebe abzulenken. »Wie wollt Ihr eine Kiste mit drei Leichen hier raus schaffen? Allein das Gewicht ...«

»Das lasst mal schön meine Sorge sein. Und jetzt hört mit dem Gequatsche auf und beeilt Euch gefälligst.« Hunting hielt die Pistole weiter konzentriert auf Curtis' Kopf gerichtet.

Im Hintergrund meinte Curtis, eine erneute Bewegung wahrzunehmen, doch diesmal beging er nicht den Fehler, direkt hinzusehen. Es lag an ihm, Huntings gesamte Aufmerksamkeit auf sich zu ziehen, damit Phoebe unbemerkt fliehen konnte. Gott gab ihm eine zweite Chance, ihr Leben zu retten, und diesmal würde er sie nutzen.

Umständlich beugte er sich hinunter zu den Tüchern, wobei er Hunting keine Sekunde aus den Augen ließ. »Wie viele sollen es sein? Zwei? Drei? Mehr?«

Hunting rollte mit den Augen. »Stellt Euch nicht dümmer, als Ihr seid, Griffin. Bringt so viele mit, wie Ihr tragen könnt.«

Langsam hob er mit jeder Hand ein Tuch auf und sah Hunting fragend an, woraufhin dieser missmutig die Augen zusammenkniff.

»Ich durchschaue Euren lächerlichen Versuch, Zeit zu schinden. Entweder Ihr befolgt meine Anweisungen zügig und ohne Widerspruch, oder ich töte Euch sofort, Ihr habt die Wahl.«

Curtis klemmte sich ein Tuch unter den Arm, hob ein drittes auf und sah Hunting abermals fragend an, was dieser mit einem Zähneknirschen quittierte.

»Wirklich, Griffin? Habt Ihr es so eilig, zu sterben? Letzte Warnung. Ich zähle bis drei.«

Curtis klemmte sich ein Tuch unter den anderen Arm und bückte sich abermals.

»Eins!«

Durch Huntings Beine hindurch konnte er sehen, dass Phoebe sich aufgerappelt hatte. Ihr Gesicht war blutverschmiert, doch es schien ihr gut zu gehen. Von Hunting unbemerkt verschwand sie lautlos hinter dem Kistenstapel. Von da war es nicht mehr weit zum Ausgang. Sie hatte es geschafft! Da Phoebe entkommen war, musste er Hunting nicht länger ablenken. Es spielte keine Rolle mehr, ob dieser sich umdrehte.

»Zwei!«

Erleichtert klaubte Curtis so viele Tücher auf, wie er konnte, und ging hinüber zu der Kiste mit Fitzwilliams Leiche. Hunting hielt die Pistole weiter auf ihn gerichtet und wich dabei etwas zurück, um Abstand zu wahren. Das Fehlen von Phoebe war ihm bisher entgangen, denn er lehnte sich lässig an den Kistenstapel, offensichtlich hochzufrieden mit sich selbst.

Im selben Augenblick ertönte ein dumpfer Schlag und Huntings Körper versteifte sich. Seine Augen verdrehten sich, bis nur noch das Weiße zu sehen war und er sackte langsam in sich zusammen.

»Drei!«, ertönte Phoebes triumphierende Stimme, während sie aus den Schatten hinter dem Kistenstapel trat, in den Händen die Brechstange, mit der sonst die Kisten geöffnet wurden.

»Phoebe!« Curtis ließ die Tücher fallen und eilte zu ihr hinüber.

»Den habe ich voll erwischt«, stellte sie zufrieden fest und trat mit einem Fuß testweise gegen Huntings Körper. Sie hob ihren Blick, um Curtis eingehend zu mustern. Allerdings weder erleichtert noch freundlich, sondern mit vor Zorn sprühenden Augen. »Glaubst du, du seist unsterblich?« Sie stieß ihn von sich weg und schüttelte mehrfach den Kopf.

»Nein, ich ...«

»Was fällt dir ein, einen bewaffneten Verrückten derart zu provozieren? Er hätte dich töten können!« Mit wenigen Schritten war sie bei ihm und bohrte ihren Finger in seine Brust. »Mach das nie wieder, hörst du? Versprich es mir!«

»Versprochen.« Seine Erleichterung, dass sie am Leben war, wich der Sorge um ihre Gesundheit. »Was ist mit dir? Du bist verwundet. Wir müssen dich sofort zu einem Arzt bringen.«

Sie sah ihn befremdet an. »Verwundet? Nein, mir fehlt nichts. Er hat danebengeschossen. Ich habe mich gerade noch rechtzeitig zu Boden geworfen.«

»Aber woher kommt dann das ganze Blut?«

»Welches Blut?«

»In deinem Gesicht, deinen Haaren. Überall!«

Sie wischte sich über die Wange und sah auf ihre blutige Hand. »Oh! Das ist nichts. Wie es aussieht, ich bin auf die Nase gefallen. Nasenbluten, halb so wild. Hast du ein Taschentuch?«

Er fischte ein seidenes Taschentuch aus seiner Weste und reichte es ihr. Ohne das fein gestickte Familienwappen eines Blickes zu würdigen, knüllte sie das Tuch zusammen und betupfte damit ihre Nase. »Siehst du, schon vorbei.«

Er schüttelte fassungslos den Kopf. »Du bist unmöglich. Was tust du überhaupt im Museum? Du solltest gar nicht hier sein.«

»Zum Glück war ich es. Denn sonst wärst du Hohlkopf jetzt tot! Das hätte ich dir nie verziehen.«

Er setzte zu einer Erwiderung an, hielt jedoch inne, weil er die Tränen in ihren Augen bemerkte. »Du sorgst dich um mich?«, fragte er, legte sanft seine Hand an ihre blutige Wange und zog sie näher an sich heran. Diesmal stieß sie ihn nicht weg.

»Bild dir bloß nichts darauf ein, du ...« Der Rest des Satzes ging in einem leidenschaftlichen Kuss unter.

Ende gut, alles gut

Phoebe

Sie lag in seinen Armen und das war alles, was sie wollte. In dem Augenblick, als Hunting damit gedroht hatte, Curtis zu erschießen, war ihr eine Sache klar geworden: Der Gedanke, ihn zu verlieren, war schier unerträglich.

Mit einer Klarheit, wie sie einem nur selten zuteilwird, hatte sie erkannt, wovor sie die ganze Zeit die Augen verschlossen hatte: Sie liebte Curtis. So einfach und doch so weltverändernd.

Obwohl er sie mit seiner arroganten, besserwisserischen Art regelmäßig zur Verzweiflung brachte, wollte sie dennoch keinen Tag ihres Lebens mehr ohne ihn verbringen. Sie hatte nach wie vor nicht die Absicht, sich einem Mann unterzuordnen, doch damit schien er kein Problem zu haben, im Gegenteil. Dass sie ständig miteinander stritten, lag nicht zuletzt daran, dass er ihr zuhörte, im Gegensatz zu den meisten anderen Männern. Außerdem hatte er keine Sekunde gezögert, ihre Hilfe bei seiner Suche nach Fitzwilliam anzunehmen. Er mochte nicht perfekt sein, aber wer war das schon?

Und dann waren da noch seine Küsse und Berührungen, die ungeahnte, nie für möglich gehaltene Empfindungen in ihr auslösten. Sie schmiegte sich enger in seine Umarmung, erwiderte den Kuss, in der Hoffnung, er würde so verstehen, was sie sich nicht traute, auszusprechen.

»Was ist denn hier los?« Die wohlvertraute krächzende Stimme ließ sie beide zusammenzucken.

»Hallow?« Überrascht starrten sie den alten Mann an, der sich ihnen langsam näherte.

Lord Hallow sah sich aufmerksam um, bevor er die Nase rümpfte. »Eigentlich war ich überzeugt, dass mich nichts mehr überraschen kann, aber dieser Kuss zwischen Ihnen beiden ist nicht einmal der skandalöseste Anblick hier.« Er trat an Hunting heran und musterte die leicht blutende Wunde an seinem Hinterkopf. »Ich nehme an, es gibt eine Erklärung für das alles?«

»Die gibt es«, sagte Curtis und nahm Phoebes Hand. Eine angenehme, wenn auch überflüssige Geste. Phoebe beschloss, vorerst nichts dagegen zu unternehmen. »Hunting hat ...« Er räusperte sich offensichtlich bemüht, die richtigen Worte zu finden.

Lord Hallow sah ihn skeptisch an. »Seit wann mangelt es Euch an Eloquenz, Griffin? Vielleicht fangen wir besser mit Miss Phoebe an.« Er wandte sich ihr zu und musterte sie von oben bis unten. »Ich freue mich immer, Euch hier zu sehen, mein Kind. Aber in diesem Aufzug? Blutüberströmt? In Griffins Armen? Eure Tante wird mich in Stücke reißen, wenn sie ...«

»Es ist alles in Ordnung«, unterbrach Phoebe ihn. Sie wollte das ein für alle Mal klarstellen. Auch Curtis gegenüber. »Meine Kleidung ist eine zwingende Notwendigkeit, wenn man sich zu dieser Uhrzeit als Frau allein auf die Straße begeben möchte, ohne belästigt zu werden. Und was das Blut angeht, könnt Ihr unbesorgt sein. Ich bin nicht ernsthaft verletzt.«

»Soso.« Hallow runzelte die Stirn. »Und wie gedenkt Ihr, den Kuss mit diesem Mann zu erklären?«

»Wir lieben uns und Curtis hat unlängst eine Sondergenehmigung zur sofortigen Heirat beim Erzbischof eingeholt. Wir kamen nur noch nicht dazu, es allen zu sagen. Wir werden heiraten.« Damit war das geklärt.

»Wir lieben uns?« Die Überraschung in Curtis' Stimme war nicht zu überhören.

Sie verstärkte unauffällig den Druck auf seine Hand, damit er begriff, dass dies nicht der Zeitpunkt war, Scherze zu machen oder seinem Drang, ihr zu widersprechen, freien Lauf zu lassen.

»Und wir werden heiraten?« Seine Stimme klang immer noch, als traue er seinen Ohren nicht.

Sie sah zu ihm auf und schenkte ihm einen vernichtenden Blick. Seine Mundwinkel hoben sich amüsiert. »Ja, das werden wir«, beeilte er sich zu bestätigen. »Schön, dass wir das geklärt haben.« Er sah zu Hallow. »Ihr habt es gehört, wir lieben uns.«

Eine wunderbare, in ihrer Situation vollkommen unangemessene Wärme breitete sich in Phoebe aus und sie lächelte ebenfalls. Nicht zuletzt über das perplexe Gesicht des alten Mannes.

»Na, das kann ja heiter werden«, murmelte dieser, bevor er sich räusperte. »Äh, ich wollte sagen: Glückwunsch zur Verlobung.«

Curtis ließ sich nicht aus der Ruhe bringen. »Danke. Wir können morgen heiraten, wenn es erforderlich

ist.« Er sprach zwar anfangs mit Hallow, suchte dann
aber Phoebes Blick.

»Mir soll es recht sein«, antwortete sie. »Ich fürchte jedoch, dass meine Schwestern mindestens eine Woche
Zeit fordern werden, um alles zu planen.«

»Dann also in einer Woche.« Nach wie vor lächelnd
sah er wieder zu Hallow.

Der zuckte mit den Schultern und fuhr fort: »Da das
geklärt ist, hätte vielleicht jemand die Güte, mir zu sagen, was Hunting widerfahren ist und warum seine
Leiche so barbarisch stinkt?«

»Hunting hat nur einen Schlag auf den Kopf bekommen, ich denke nicht, dass er tot ist. Im Gegensatz zu
Fitzwilliam. Der liegt in der Kiste neben dem Sarkophag dort drüben und ist die eigentliche Quelle des Ge-
ruchs.«

»Drückt Euch gefälligst klarer aus, Griffin. Wie
kommt Fitzwilliams Körper hierher und was habt Ihr
und Hunting damit zu tun?«

Da Phoebe diesen Teil auch noch nicht ganz zusammengesetzt hatte, sah sie erwartungsvoll zu Curtis.

»Soweit ich Huntings wirren Ausführungen folgen
konnte«, sagte dieser, »hatte er kurz vor Ostern einen
Streit mit Fitzwilliam, in dem es um Huntings Tochter
ging. Fitzwilliam behauptete, sie entehrt zu haben, und
Hunting hatte wohl Grund zu der Annahme, dass das
stimmt. Sie stritten, eins führte zum anderen und Fitzwilliam fiel unglücklich auf den Kopf. Laut Hunting
war es ein Unfall.«

»Schwer zu glauben. Einen Unfall hätte er doch mel-
den können.«

»Er wollte verhindern, dass ans Licht kommt, was Fitzwilliam mutmaßlich mit seiner Tochter getrieben hat. Um ihren Ruf zu schützen.«

Ein Stöhnen unterbrach ihre Unterhaltung. Wie es aussah, war Hunting dabei, zu erwachen.

»Ah, dann kann er uns ja gleich selbst erzählen, was geschehen ist.« Hallow ging auf den am Boden liegenden Mann zu. »Ich werde diese Pistole vorsichtshalber an mich nehmen, bevor noch ein Unglück geschieht.«

Curtis nickte und sah zärtlich zu Phoebe. »Als ich dachte, ich hätte dich verloren, war es ...« Kopfschüttelnd brach er ab. »Ort und Zeit könnten unpassender und unromantischer nicht sein, aber ich liebe dich, Phoebe Heart. Ich wollte, dass du das weißt.«

Ihr Herz jubilierte und dennoch hatte sie keine Ahnung, wie sie darauf reagieren sollte. Wenn er glaubte, dass sie einfach so bei seinen Worten dahinschmolz und »Ich liebe dich« säuselte, kannte er sie auf jeden Fall schlecht. Spontan legte sie ihm die Arme um den Hals und funkelte ihn kampflustig an. »Das will ich schwer hoffen.«

Das belustigte Funkeln in seinen Augen zeigte, dass er verstand, was sie damit eigentlich sagen wollte.

»Ich unterbreche Euch Turteltauben ja nur ungern ...« Hallow erschien neben ihnen. »... aber es wird eine Untersuchung geben, wir haben hier einen Toten und eine Waffe ist abgefeuert worden. Fürs Erste sollten wir dafür sorgen, dass Hunting nicht das Weite suchen kann. Könnt Ihr das übernehmen, Griffin?«

»Ich kann ihn fesseln«, bot Phoebe an. Wie es aussah, würde sie noch den Rest ihres Lebens Zeit haben, in Curtis’ Armen zu liegen. Zielstrebig ging sie auf einen

Haufen Seile zu, mit denen einige der Kisten verschnürt gewesen waren. Erst als sie Huntings Unterarme und Beine komplett damit eingewickelt hatte, bemerkte sie, dass sie mit Curtis allein war.

»Wo ist Hallow?«

»Unterwegs, um die Bow-Street-Runner zu holen. Es wird also in nicht allzu ferner Zukunft hier von Menschen nur so wimmeln.« Curtis kam zu ihr und musterte sie von oben bis unten. »Wenn du willst, bringe ich dich nach Hause, bevor das geschieht, damit du dich angemessen kleiden kannst.«

»Wäre es denn ein Problem für dich, wenn ich es nicht täte?« Eigentlich kannte sie die Antwort bereits, doch sie wollte es von ihm hören.

»Überhaupt nicht«, sagte er, legte einen Arm um ihre Taille und küsste sie. »Wenn es nach mir geht, kann die ganze Welt erfahren, was für eine tatkräftige und exzentrische Dame die künftige Lady Griffin ist.«

Die künftige Lady Griffin, dachte sie. Das klang zwar nicht unangenehm, aber merkwürdig. Ob sie sich jemals daran gewöhnen würde? Letzten Endes war es nur ein Name. Viel wichtiger war, dass sie ihr eigenes Leben führen würde, an der Seite des Mannes, den sie liebte.

10 Monate später

Curtis

»Warum muss es in diesem Land immer so heiß sein?« Mit einem Tuch wischte sich Curtis den Schweiß von der Stirn und ließ den Blick über die weite Ebene von Theben schweifen.

Wieso hatte er sich nur überreden lassen, die Flitterwochen in Ägypten zu verbringen? Diese Hitze konnte unmöglich gesund sein.

Seine Frau schien das jedoch nicht zu stören. Sie sprühte geradezu vor Energie. »Stell dich nicht so an. Siehst du die Ruinen dort drüben? Das sind die Überreste des koptischen Klosters, von denen ich dir erzählt habe.«

Der Sand machte ihr offensichtlich genauso wenig aus wie die Hitze. Sie rannte mehr oder weniger in die Richtung, in die sie gezeigt hatte.

»Ich weiß, ich war selbst schon hier«, rief er ihr hinterher. »Ich verstehe nur nicht, warum wir nochmal hierherkommen mussten.«

Phoebe seufzte und drehte sich zu ihm um. »Habe ich das nicht erklärt? Ich bin fest davon überzeugt, dass darunter die Ruinen eines viel älteren Tempels schlummern. Aus altägyptischer Zeit.«

»Das ganze verdammte Land ist mit Ruinen gepflastert.« Er hatte sie erreicht und begutachtete die Mauern des Klosters. Wahrscheinlich stimmte ihre Theorie, nur verstand er nicht, was ihnen das half.

»Aber in diesen könnten Beweise für die Existenz weiblicher Pharaonen aus vorgriechischer Zeit zu finden sein«, führte sie ihre Überlegungen aus. »Bist du nicht auch ein wenig neugierig?«

Das war er, nur nicht bereit, in dieser Hitze auch nur einen Spatenstich zu tun. »Man könnte fast meinen, du willst heute noch anfangen, hier zu graben.«

»Meinst du, wir könnten irgendwo ein paar Schaufeln herbekommen?« Ihre Augen leuchteten begeistert auf.

»Das kommt nicht infrage.« Sein Blick wanderte zu ihrem nach wie vor flachen Bauch. »Du musst dich schonen.«

Kurz nach ihrer Ankunft in Kairo hatte sie ihm mitgeteilt, dass sie guter Hoffnung war. Im Stillen hegte er den Verdacht, dass sie das schon vor ihrer Abreise gewusst hatte, aber er konnte es ihr nicht übelnehmen. Sie hatte sich so sehr gewünscht, wieder herzukommen, und da Chadwick derzeit keine neue Ausgrabung plante, seine Frau Georgina erwartete ihr viertes Kind, war die Hochzeitsreise ihre einzige Chance gewesen.

»Du könntest doch ein wenig graben. Da gibt es ein paar Stufen, die könnten der Zugang zu einem Keller sein und darunter ...«

»Bei diesen Temperaturen? Willst du mich umbringen?« Er hob die Hände in Richtung des strahlendblauen Himmels.

»Wir könnten ja bis zum Abend warten.«

»Ohne Grabungslizenz kommen wir in Teufels Küche.«

»Wenn wir nichts finden, ist es ohnehin egal.« Mit wenigen Schritten war sie bei ihm, legte eine Hand auf seine Brust und blickte ihn lächelnd von unten an. »Und wenn doch, besorgen wir uns die Lizenz nachträglich. Das wird zwar nicht billig, aber ich weiß, mit wem wir in Kairo sprechen müssten.«

»Versuchst du etwa, mich zu verführen, damit ich für dich Gesetze breche?« In gespielter Fassungslosigkeit schüttelte er den Kopf.

»Kommt drauf an. Funktioniert es?«

Das brachte ihn zum Lachen. »Woher weißt du überhaupt, wen man bestechen muss?«

»Von Belzoni, er kennt hier jeden, der Rang und Namen hat.«

»Das hätte ich mir ja denken können.« Der Mann war ihm nach wie vor ein Dorn im Auge.

»Ich verstehe wirklich nicht, was du gegen ihn hast.« Sie nahm die Hand von seiner Brust. »Du musst zugeben, dass seine Ausstellung wirklich eindrucksvoll ist.«

»Zu viel Eindruck und zu wenig fundierte Wissenschaft für meinen Geschmack.«

Phoebe gab ihm einen spielerischen Schubs. »Du hast auch immer etwas zu meckern. Was meinst du, warum es in letzter Zeit so viele Spenden für das Museum gab? Das habt ihr Belzoni zu verdanken.«

»Er verdient auch nicht schlecht dabei.«

»Reich wird er damit nicht.«

»Warum sollte er? Wir bekommen auch kein Geld im Museum.«

»Weil wir es nicht brauchen.«

»Vielleicht sollten wir von Hallow auch Bezahlung fordern. Seit Huntings Hinrichtung ist er auf uns angewiesen.«

Phoebes Gesicht wurde ernst. »Der arme Hunting. Nicht dass ich ihn besonders gut leiden konnte, aber das hatte er nicht verdient.«

»Er war ein Mörder«, widersprach Curtis. Alles, was recht war, aber mit dem Mann hatte er kein Mitleid.

»Du glaubst, dass er Fitzwilliam absichtlich getötet hat?«

»Darum geht es nicht. Er hat ein Geständnis abgelegt.«

»Weil er seine Tochter schützen wollte. Er hat den Mord nur gestanden, um weitere Untersuchungen zu vermeiden. Er hätte alles für sie getan.«

»Mag sein. Auch wenn ich es kaum nachvollziehen kann. Der Schatten der Tat wird auf seinen Kindern und dem Rest der Familie lasten. Niemand, der bei klarem Verstand ist, würde das in Kauf nehmen.«

»Ich denke nicht, dass er bei klarem Verstand war.«

»Zugegeben. Wir werden wohl nie erfahren, was damals wirklich geschehen ist. Dieses Geheimnis hat Hunting mit ins Grab genommen.«

Phoebe schüttelte sich. »Lass uns über etwas Erfreulicheres reden.«

»Wie deine Idee, hier zu graben?« Wenn er ehrlich war, war er neugierig, ob ihre Theorie der Wahrheit entsprach. Sowohl, was den Tempel anging, als auch die weibliche Pharaonin. »Wenn du weißt, mit wem man hier reden muss, um eine Lizenz zu bekommen, könnten wir ein paar Probegrabungen zur Sondierung anstoßen. Solange du nicht selbst Hand anlegst und ich es auch nicht tun muss.«

»Aber wo bleibt denn da der Spaß?«

»Das hier ist kein Spaß, sondern Wissenschaft.« Er legte locker einen Arm um ihre Taille. Bis auf die beiden Männer, die sich um ihre Kamele kümmerten, waren sie allein und für seinen Geschmack hatten sie genug diskutiert.

»Aber Wissenschaft darf doch auch Spaß machen.« Langsam drehte sie sich zu ihm und lächelte. »Daran ist nichts Verwerfliches.«

Auch er lächelte. »Du musst immer das letzte Wort haben.«

»Ganz genau.« Und dann stellte sie sich auf die Zehen-
spitzen und küsste ihn.

ENDE

Nachwort

Mit den Regency Ladies geht ein langgehegter Traum in Erfüllung. Seit meinem vierzehnten Lebensjahr lese ich Historicals, die im 19. Jahrhundert spielen, und liebe diese Art Geschichten. Egal ob sie im Regency oder in den späteren viktorianischen Jahren spielen.

Rauschende Bälle, Gentlemen mit Ecken und Kanten und ihre Ladies, die immer eine Spur zu draufgängerisch und modern sind, um sich den gesellschaftlichen Regeln zu unterwerfen.

Nie hätte ich gedacht, dass ich als deutsche Autorin einmal die Chance bekommen würde, in meinem Lieblingsgenre zu schreiben. Dafür danke ich Digital Publishers und meinen Lektorinnen vor Ort.

Jetzt noch ein wenig zum Inhalt dieses Buches. Die Ägyptologie steckte zu jener Zeit noch in den Kinderschuhen und ich habe mich an das wenige gehalten, was die Menschen damals schon wussten.

Giovanni Battista Belzoni gab es wirklich und auch seine Ausgrabungen in Abu Simbel und im Tal der Könige sind belegt. Ebenso wie die Ausstellung in der Egyptian Hall, in der er das Grab von Sethos I. nachbaute (samt Sarkophag, der aber nicht der echte war). Auch die Streitigkeiten mit der Royal Society und dem British Museum sind überliefert. Natürlich hat es weder Chadwick noch Georgina oder Phoebe wirklich gegeben, aber mir gefällt die Vorstellung, dass sie zusammen mit Belzoni bei den Ausgrabungen in Ägypten dabei gewesen sein könnten.

Wer alle Bände gelesen hat, dem ist sicher aufgefallen, dass ich die weibliche Pharaonin, ihr Grab und den möglichen Tempel bereits im ersten Band erwähnt habe.

Bei den beschriebenen Statuetten handelt es sich um die der Pharaonin Hatschepsut. Den Eingang zu ihrem Grab im Tal der Könige hat Belzoni (in unserem Fall zusammen mit Chadwick) tatsächlich entdeckt, aber nie ausgegraben.

Unter dem koptischen Kloster, das in Band 1 und 4 Erwähnung findet, liegt der Hatschepsut Tempel.

Auch was die bemalten Tonscherben angeht, liegt Phoebe richtig. Man nennt sie Ostraka (ein Ostrakon). Papyrus war teuer, trotzdem bestand die Notwendigkeit oder das Bedürfnis, sich Notizen zu machen oder schnelle Zeichnungen anzufertigen. Was lag da näher, als Scherben zu benutzen? Und das nicht nur im alten Ägypten, auch in Griechenland kamen sie zum Einsatz, zum Beispiel im sogenannten »Scherbengericht«. Sie dienen uns heute als eine Quelle für das Alltagsleben, umfassen sie doch neben Zeichnungen und Stimmzetteln auch Quittungen, Schulaufgaben, Gedichte, Notizen und Ähnliches.

Und so ist die Geschichte zu Ende erzählt, die Schwestern verheiratet, genau wie ihre Freunde. Es war ein besonderes Erlebnis, diese Geschichten schreiben zu dürfen, und ich bin sicher, dass ich nicht zum letzten Mal in diesem Genre geschrieben habe.

Mein Dank geht an alle, die einen oder alle Bände gelesen, geliebt und bewertet haben. Es bedeutet mir viel, euch erreicht zu haben. Ich hoffe, ihr hattet schöne Lesestunden.

Falls ihr euch fragt, was ich sonst noch so treibe, schaut gern unter Nicole Knoblauch/Nicoletta Leek auf Instagram, TikTok oder Facebook vorbei. Oder folgt mir auf Amazon (Nicole Knoblauch, Nicoletta Leek, Marie Hatzbach – ja. Das bin alles ich – und ihr könnt jedem Profil einzeln folgen, damit ihr nichts von dem verpasst, was ich veröffentliche).

Was bleibt noch zu sagen? Danke, und liebe Grüße
Eure Nicoletta/Nicole